KB249193

전유성의
구라 삼국지

나관중(羅貫中) _ 지음

중국 진(晉)나라 때의 진수(陳壽)가 쓴 정사 『삼국지』를 기반으로 당시 민간인들 사이에서 떠돌던 다양한 버전의 영웅 이야기를 통폐합, 오늘날의 소설 『삼국지』를 만들어낸 인물. 직업은 비록 정부 하급 관리에 불과했지만 풍부한 상상력과 디테일한 캐릭터 묘사, 상식을 압도하는 스케일로 소설 『삼국지』를 동아시아 최고의 베스트셀러로 만들어냈다.

성격이 좀 까탈스러워 사람 사귀는 걸 좋아하지 않았고, 무슨 짓을 하며 살았는지에 대한 정보가 거의 없어 '행적이 묘연한 의문의 사나이'라고 할 만하다. 어쨌든 당시의 정사 『삼국지』에 대담한 수법의 구라를 섞어 넣고 흥미를 유발하는 짜임새 있는 이야기로 뽑아냈다는 점에서 존경과 찬탄을 받지 않을 수 없는 대단한 스토리텔러이자 당대 최고의 구라꾼. 언제 죽었는지는 모르지만 사람들에게 맞아 죽었다는 대단히 믿기 힘든 설도 있는데, 이는 구라를 쳐도 적당히 쳐야지 심하게 쳤다가는 결국 응징을 당한다는 교훈을 남겨주고 있다.

전유성의 구라 삼국지

전유성_구라 | 김관형_그림·사진 | 이남훈_구라 다림질

3

자신의 단점을 아는 자가 정말 무서운 자다

소담출판사

엇박자가 선사하는 기묘한 웃음의 세계

영화 〈왕의 남자〉는 연극 〈이(爾)〉에서부터 출발했다. 그리고 〈이〉의 놀라운 작품성과 뛰어난 해학적 구성을 제일 먼저 알아본 사람 중의 한 명이 바로 다름아닌 개그맨 전유성 씨였다. 그는 초연 이후 늘 든든한 후원자가 되어 주었다고 한다. 뿐만 아니라 수많은 개그맨들에게도 적극 추천하고 후배 개그맨들에게도 단체 관람을 시켜준 덕에 〈이〉는 개그맨들 사이에서는 '꼭 봐야 할 연극'으로 알려져 있었다. 나 역시 이 연극을 본 직후 경탄을 금할 수 없었다.

최근 영화계에서 '흥행배우'로서의 입지를 굳힌 백윤식 씨 역시 개그맨 전유성 씨에게 '간접적인' 도움을 받은 바 있다. 한 시나리오 작가는 백윤식 특유의 무표정한 연기를 끌어내기 위해 그에게 '전유성식 무표정'을 떠올려 보라고 주문하기도 했다고 한다. 웃을 듯하면서도 절대 웃지 않는, 그래서 오히려 그 일그러진 표정이 사람들에게 웃음을 자아내게 하는 그 기묘한 웃음의 세계, 바로 이것이 '전유성식 개그'의 핵심이 아닐까 생각해 보기도 했다. 한때 〈전유성을 웃겨라〉라는 TV 프로그램이 인기가 있었는데, '웃기기 위한 치열한 노력과 웃지 않으려는 저항' 사이에서 배어나오는 팽팽한 긴장감이 아직도 기억에 남아 있다.

개그맨 전유성 씨가 삼국지를 썼다는 이야기를 들었을 때 일단 놀라움을 금할 수 없었다. 예를 들어 우리에게는 이런 경험이 있다. 그 사람의 얼굴과 이름이 서로 따로따로 노는 그런 경험. 이름은 알겠는데 얼굴은 기억나지 않는다든지, 혹은 얼굴은 기억나는데 도대체 이름이 뭔지 기억이 안 나는 그런 경험 말이다. 영웅들의 이야기이자 오늘날 현대인들에게도 많은 교훈을 주고 있는 '삼국지'와 '개그맨' 전유성 씨와의 연결 고리가 쉽사리 포착되지 않았던 것이다. 그 괴리는 삼국지에 대한 고정관념에서 비롯됐다. 삼국지가 최고의 베스트셀러이기는 하지만 딱딱하고 복잡한, 어려운 면이 없지 않기 때문이다. '개그맨'은 어떤가. 만약 개그맨이 딱딱하고 복잡한 어려운 개그를 한다면 그는 이미 오래전에 개그맨을 때려치워야 했을 것이다. 『구라 삼국지』는 이렇게 '딱딱한 원본 스토리'와 '쉽고 재미있는 개그맨'이라는 상반된 두 가지 이미지로 인해 더욱 궁금증을 증폭시켰다.

『구라 삼국지』를 처음 받아들었을 때 나는 내 고정관념과 굳어져 있던 일련의 이미지가 순식간에 휘발되는 듯한 느낌을 받았다. 늘 화선지에 그려진 듯한 묵화가 장식하던 삼국지의 삽화들은 온데간데없고 오히려 컬러풀한 사진과 톡톡 튀는 아이디어가 반영된 삽화들이 삼국지의 이미지를 완전히 뒤집어 놓았다. 게다가 끊임없이 등장하는 '추가 구라' 이야기에서는 폭소를 멈출 수 없었다.

그 파격의 신선함에 이어 바로 전유성 씨 특유의 표정이 떠올랐다. 그 '기묘한 웃음의 세계'가 영웅들의 이야기에 고스란히 녹아 있었다. 권위적이고 딱딱한 문체로 누군가를 가르치려 하기보다는 그 미세하면서도 코믹한 엇박자를 보여줌으로써 오늘을 살아가는 우리에게 새로운 지혜를 보여주고 있다.

'엇박자'의 미덕은 일탈의 정신과 그 맥을 같이한다. 모두가 똑같은 생각, 똑같은 행동을 하고 있을 때, 느닷없이 튀어나온 엇박의 신선함은 보는 이를 즐겁게 할 뿐만 아니라 일탈의 자유로움을 선사하기 때문이다. 그런데 『구라 삼국지』가 보여주는 엇박자는 단순히 일탈만을 강조하는 엇박자가 아니었다. 전유성 씨는 그 엇박자를 통해서 세상의 모든 권위와 진지함, 딱딱한 편견에 대해서 하나의 '조롱'을 하고 있었다. 이는 내가 영화 〈황산벌〉과 〈왕의 남자〉를 통해 보여주고자 했던 것과 크게 다르지 않았다. 그리고 때로 전유성 씨는 가장 강하면서 또 가장 위험한 카드인 '자기 조롱'

도 서슴지 않으면서 세상의 모든 권위를 '무화(無化)'시키려는 시도를 보여주었다.

'웃음'에는 여러 가지가 있다. 그저 입꼬리만 올라가게 하는 헛웃음이 있는 반면, 머리로 생각하게 하고 무르팍을 치게 하는, 그래서 가슴으로 받아들이게 되는 그런 웃음이 있다. 그런 면에서 『구라 삼국지』가 보여주는 웃음의 세계는 오래도록 가슴속에 남아 있을 것이다.

영화감독 이준익

“반항하라, 때론 그것이
우리를 더욱 발전시킨다.”

3권을 이끌어가는 주요 인물들

유비

한나라 왕실의 혈통을 이어받았다고는 하나 집안이 가난해 돗자리와 짚신을 짜면서 불우한 어린 시절을 보냈다. 인덕이 있다고는 하지만 때때로 우유부단한 면을 보여주기도 하고 순수한 인간적인 매력에 비해 능력이 좀 모자란다는 평을 받기도 한다. 촉의 황제가 되기는 했지만 천하통일과 한나라의 부흥에 대한 꿈을 이루지는 못한다.

관우

죽어서 신으로까지 모셔질 정도의 충직한 의리를 보여준 유비의 오른팔. 지조, 충성의 대명사이자 천하무적의 호걸로 불리지만 인정에 다소 약한 면을 가지고 있다. 쌈질에서는 타의 추종을 불허한다. '대춧빛 같은 피부'와 '미염'이라고 불리는 길고 아름다운 수염이 강한 인상을 주는 캐릭터.

장비

술 먹으면 개가 되는 스타일. 성질이 급한 데다 아랫사람들을 패는 버릇이 있다. 하지만 역시 관우와 함께 당대 최고의 쌈꾼으로 이름을 떨치며 유비의 왼팔 역할을 톡톡히 해낸다. 삼국지 초반부에는 좀 머리가 비어 보이는 듯하지만 후반부에 가서는 나름대로 전투 아이디어도 내는 등 열심이다. 호탕한 성격은 나름대로의 장점.

원술

원소의 동생으로 권력욕이 많고 신중하지 못해 이쪽에 붙었다 저쪽에 붙었다 하는 꼼수를 많이 사용한다. 손책으로부터 옥새를 손에 넣은 후 천자가 될 발칙한 꿈을 꾼다.

순욱

조조네에서 뛰어난 참모 중의 한 명. 한왕조에 대한 충성심이 대단하고 조조가 위공으로 즉위하려 하자 이에 반대해 미움을 받고 타의 반 자의 반으로 자살을 하고 만다.

곽가

조조마저 그의 죽음을 애석해했던 당대 최고의 전략가. 윗사람에게 직언을 하는 강직함도 갖추고 있다. 병으로 일찍 죽지 않았더라면 제갈량에 비견할 만한 큰 인물이 됐을 거란 평가를 받고 있다.

하후돈

삼국지에서 가장 인상적인 전투의 한 장면을 연출했던 위나라의 용맹한 장수. 화살에 맞은 자기의 눈알을 먹는 등 다소 엽기적이지만 효심이 깊다.

진궁

황당한 '여백사 타살 사건'을 겪고 조조에게 실망한 후 그를 떠난다. 그 후 여포의 전략가로 활동하지만 결국 조조에게 죽임을 당한다. 주인을 잘못 만난 케이스.

예형

삼국지의 등장인물 중 가장 독특한 캐릭터. 기이한 세계관에 유별난 재주를 가지고 있으며 인상적이면서도 강렬한 독설도 서슴지 않는다. 전유성이 가장 닮고 싶어 했던 인물이기도 하다.

진등

원래는 도겸의 모사였지만 나중에 여포 밑으로 들어간다. 빠른 두뇌회전과 교묘한 이간질 수법으로 여포를 멸망시키는 데 큰 공을 세운다.

동승

천자의 비밀지령을 받고 조조를 죽이려고 동분서주하면서 삼국지의 한 장면을 흥미진진하게 만든다.

차례

1

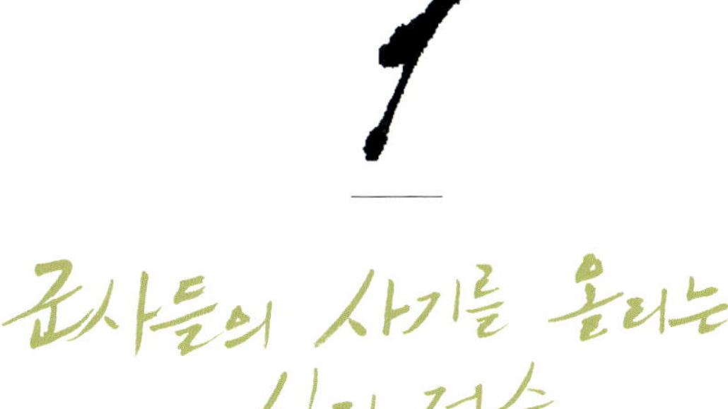

– '짝퉁 황제' 원술의 대권 실패기

조조의 큰아들 조앙이 갑자기 말을 타고 뒤를 쫓아왔다.

"아버지, 어서 제 말로 갈아타시고 달아나세요."

조조는 달아났지만 큰아들은 적병의 화살을 맞고 죽었다.

조조는 오입(誤入) 한 번에 많은 것을 잃었다.

연근 추가 구라 _ 지금도 마찬가지다. 멀쩡하던 사회적 인사가 뿌리 한 번 잘못 놀리다 걸려서 새된 경우를 많이 봤다. 걸리지 말아야 된다. 안 걸리려는 잔머리와 잡아내려는 잔머리 간의 치열한 싸움, 이것이 바로 뿌리

"내가 지난번에 떨어진 건 여성표가 모자라서
떨어진 거라고, 용한 점쟁이가 여자 스타킹을 몸에
지니고 다니라는 거야. 그래야 다음에 여성 표가
많아져서 당선이 된다는 거야."

깊은 오입의 역사다.

어느 국회의원이 오입을 하고 집으로 돌아와 마누라 앞에서 바지를 벗는데 얼라리! 바지 속에서 여자 스타킹이 나왔다. 마누라 눈에 바로 라이터불이 켜진다.

"아니, 여자 스타킹이 왜!"

이때 국회의원이 얼른 입을 막으며 다급하게 속삭인다.

"조용히 해, 조용히!"

"뭘 조용히 해요!"

"이놈의 마누라, 부정 타게 왜 그래! 내 얘기를 들어보지도 않고…….부적이란 말이여, 부적!"

"네, 뭔 부적??!!??"

그때 그 의원은 2선 의원을 지내고 3선 때 떨어져서 다음 기회를 노리고 있던 중이었다.

"내가 지난번에 떨어진 건 여성 표가 모자라서 떨어진 거라고, 용한 점쟁이가 여자 스타킹을 몸에 지니고 다니라는 거야. 그래야 다음에 여성 표가 많아져서 당선이 된다는 거야."

"정말이에요?!"

"여보, 내가 왜 거짓말을 해. 근데 점쟁이 말이 남들 모르게 해야 효험이 있다는 거야. 그러니까 조용히 해. 알았지?"

"여보, 미안해요. 그런 줄도 모르고……."

“괜찮아! 점쟁이가 비밀로 하라고 해서…….”

그 다음부터는 의원 마누라가 밖에 나갈 땐 꼬박꼬박 스타킹을 챙겨줬다는 거야.

“여보, 여기 스타킹.”

“쉿! 조용히.”

나중엔 바지란 바지마다 속에 작은 주머니를 만들어서 스타킹을 넣어줬다는 거야! 문제는 3선 때 당선이 되어서 그날 밤 둘이서 은밀히 스타킹 덕분이라고 스타킹에게 절을 했대나 말았대나! 진실도 89퍼센트!!!

사태가 대략 수습이 되자 조조는 좋은 날을 잡아 자기를 위해 죽은 전위를 위해 위령제를 올렸다.

“나는 이번에 조카와 아들을 잃었지만 두 사람의 죽음보다 전위의 죽음이 훨씬 애달프고 슬프도다.”

이 말에 참석했던 장군들은 전위의 용감함과 부하를 아끼는 조조의 마음을 느꼈다. 그런데 한편으로는 ‘조조를 위해 죽는 게 행복한 죽음이란 분위기’가 만들어지지는 않았을까?

조조는 다음 날 허창으로 돌아왔고 조조의 밀서를 가지고 여포를 만나러 간 왕칙은 여포에게 각별한 대접을 받았다.(왕칙이 여포에게 간 이유는? 조조가 군사를 일으켜 장수를 치려 하니까 성이 빈 사이에 여포가 공격하러 오는 게 두렵지 않겠어? 그래서 미리 여포에게 약을 친 거지 뭐.)

또한 평동장군(平東將軍)이란 직위와 이를 증명하는 도장을 건네주며 '승상께서 여포 당신을 특별히 생각하고 있다.'는 말을 전하자 여포의 입이 찢어진다. 찢어진 입을 꿰매기도 전에 '원술네에서 사신이 왔다.'는 보고가 올라온다.

사신이 나타나 말한다.

"원 공께서 곧 황제에 오르실 텐데 동궁을 세우시겠다며 따님을 회남으로 모셔오랍니다."

여포가 머리끝까지 화가 난다.

"야, 저놈 저거 죽여버려라. 그리고 가둬둔 한윤이라고 있지, 그놈은 막차 편에 조조에게 보내라."

조조는 여포가 원술과의 혼인관계를 때려치운 걸 알고 좋아했으며 막차 타고 온 한윤은 시내 중심가에서 목을 베어버렸다.

한편 회남의 원술은 주위의 온갖 반대를 무릅쓰고 "내가 황제가 안 될 이유가 뭐냐? 옥새가 있는데!" 하며 황제를 자칭하고 나선다. 나름대로 궁궐도 짓고 중앙과 지방의 관직 및 제도를 공표하고 풍방(馮方) 부인을 황후로 삼고 맏아들을 태자로 책봉했다. 사신으로 간 한윤이 처참하게 죽었다는 이야기를 들은 원술은 장훈(張勳)을 대장으로 삼아 20만 3명의 군사로 하여금 일곱 개의 길로 나누어 진격하게 하여 서주를 정벌하라고 명령하고 여기에 옥새로 결제도장을 찍는다.(옥새가 이럴 때 쓰이는

원술

건지는 잘 모르겠지만 옥새 가진 놈이 찍고 싶으면 찍는 거 아닌가?)

원술이 군사를 일으켰다는 보고를 받은 여포는 회의를 소집한다. 진궁이 먼저 아이디어를 낸다.

"서주가 이렇게 된 건 진규 부자 때문입니다. 저들 부자의 목을 베어 원술에게 보내면 원술네가 물러날 거 같습니다. 진규 부자 때문에 장군님만 화를 입었잖아요."

옆에 있던 진등이 "내가 볼 때 원술네 군사는 오합지졸인데 뭘 그렇게 미리 떨고 있습니까?"

여포가 "그럼 너는 쟤네들을 물리칠 아이디어가 있냐?"

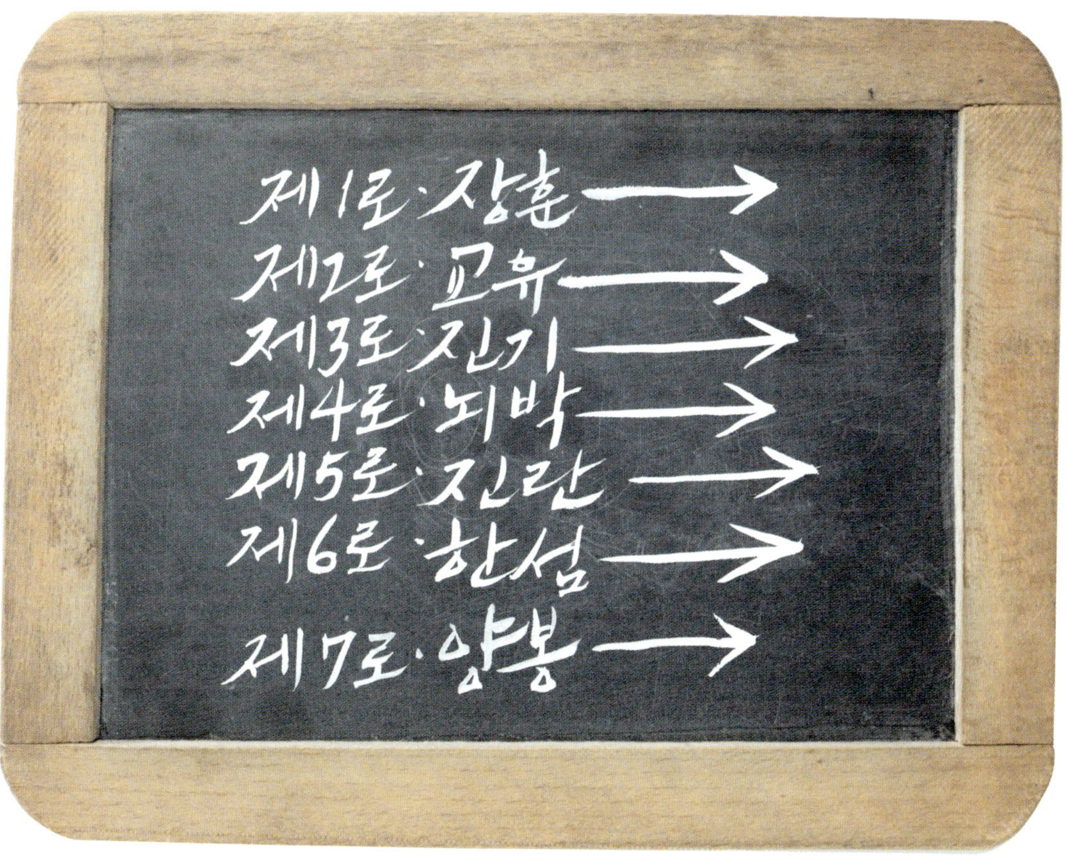

“아이디어라고 할 게 뭐 있습니까? 저 오합지졸에 맞서서 우리는 정예부대로 수비를 단단히 하고 기병을 보내어 싸우게 하면 틀림없이 이깁니다. 서주를 안전히 보호하고 원술도 사로잡아야지요.”

“구체적으로 말해봐, 구체적으로.”

“일곱 개의 길로 오고 있는 장수들 가운데 한섬과 양봉은 조조가 무서워서 원술한테 간 사람들 아닙니까? 근데 지금 그 두 사람은 원술의 푸대접에 불만이 많습니다. 장군의 밀서 한 통이면 그들과 내통할 수 있고 유현덕과 동맹을 맺으면 원술을 사로잡을 수 있습니다요.”

“그렇담 네가 양봉, 한섬하고 친하니 네가 가서 만나볼 테냐?”

“바로 떠나겠습니다.”

진등을 떠나보낸 여포는 허창의 조조에게 사정을 설명하고 예주의 유현덕에게도 편지를 보낸다. 진등이 하비에 있는 한섬의 진지로 은밀히 찾아간다.

‘원술의 불의를 돕지 말라.’는 내용의 편지를 읽은 한섬.

“나도 원술이 황제가 된다는 데 불만도 있고 한나라 조정에 충성하고 싶었지만 길이 없었소.”

진등이 “장군께서는 양봉과도 친하니 양 장군도 함께 끌어들여서 한나라를 위해 충성을 다합시다.”

“알았소이다. 내가 불을 질러…… 속닥속닥.”

“수군수군.”

"하하하."

"껄껄."

진등은 여포에게 출장 보고서를 올렸다.

그날, 원술네의 장훈이 쳐들어와서 짖어댔지만 여포를 당할 재간이 없자 20여 리를 달아나 진을 치고 원군이 올 때까지 기다린다. 그날 밤 약속대로 양봉과 한섬이 여기저기 불을 질러대니 여포가 불을 신호 삼아 장훈네 막사로 쳐들어가 잔인하게 도륙을 낸다. 장훈네 군사는 아닌 밤중에 불벼락과 칼벼락을 맞았고 장훈은 군졸들을 내버려두고 혼자 멀리 도망가버린다. 날이 밝아오는데 원술의 부장 기령이 여포 앞을 가로막는다. 둘이 붙는데 한섬과 양봉이 양쪽에서 협공하니 역시 기령도 토껴버린다. 뒤쫓아

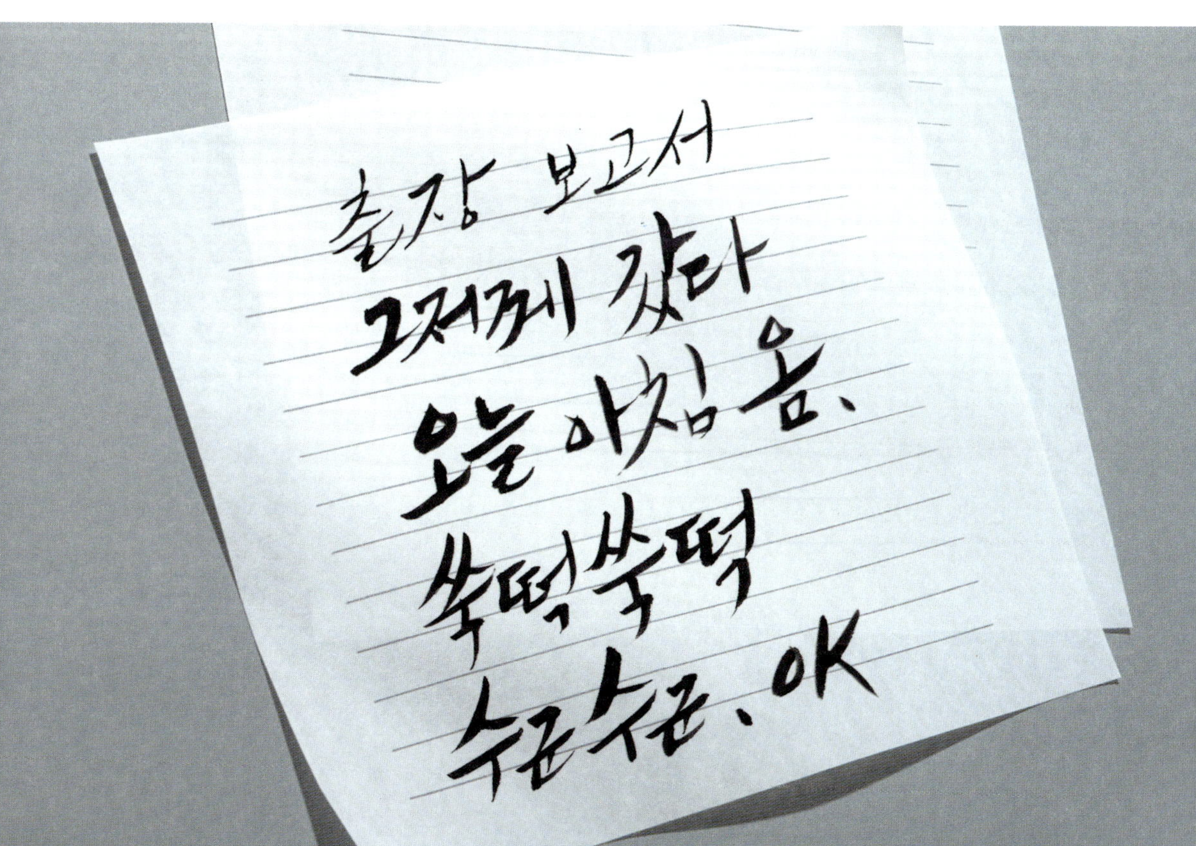

가 잡으려는데 오색 깃발이 나부끼고 금빛 철퇴와 은빛 도끼를 앞세우고
원술이 짜잔~ 나타난다.

"야, 애비만 전문적으로 배반하는 놈아!"

"뭐라고 새벽부터 지껄이냐."

여포가 달려 나가니 원술 앞에 있던 이풍이 창을 들고 앞으로 나가지만
바로 손을 찔린다. 이놈도 도망가고 원술도 같이 도망가버린다. 장훈, 기
령, 이풍, 원술 이놈들은 도망가는 거 개인교습을 받았나? 뻑하면 도망이
야, 도망이.

여포가 원술 군사들을 추격하니 그들이 도망간 자리에는 담뱃갑 껍데
기, 짝퉁 나이키 군화 한 짝(사이즈 대짜 오른쪽), 오늘의 운세 적힌 쪼가
리, 좆 빠지게 달아나다 좆 떨어진 거 몇 개, 찌그러진 양은 냄비 등이 쓸쓸
히 뒹굴고 있었다. 원술이 정신없이 달아나는데 헛것이 보인다. 산모퉁이
를 돌아서는데 호랑이 한 마리가 말 위에 걸터앉아 있다. 정신 차려보니 호
랑이가 아니고 관운장이다. "말 다리야, 나 살려라!" 하며
원술이 또다시 도망가는데 관운장이 "짝퉁 황제 너 안 설래!" 하고
소리를 지르며 추격한다. 혼비백산한 원술은 말 꼬랑지를 사타구니에 감
추고 회남으로 달아나버린다.

낙지 배춧국 추가 구라 _ MBC의 〈기인열전〉이란 프로그램에 심사위
원으로 출연한 적이 있었다. 그 당시 조경철 박사님과 에버랜드 동물원 강

문구 원장님이랑 셋이 심사위원이었다.

팔도 각처의 기인들이 출연했는데 기인뿐만 아니라 평상시에 보기 힘든 희한한 것들도 많이 출연했다. 뱀 키우는 사람이 키우는 뱀도 출연하고 앵무새, 원숭이, 훈련이 잘된 개도 출연을 했다. 지금은 훈련이 잘된 개 이야기를 하려는 거다. 미리 촬영팀이 내려가 덩치도 크고 잘생긴 개를 찍어두었다. '앉아, 일어서'는 물론이고, 주인을 빨랫줄로 묶어놓고 개가 이빨로 빨랫줄을 끊고 주인을 구하는 묘기도 보여주었다. 야외에서 미리 이 장면을 찍고 이걸 먼저 방청객에게 틀어주니 방청석뿐만이 아니고 심사위원석에서도 탄성이 터져 나왔다. 드디어 사회자 정재환이 개조련사를 소개하고 오늘의 '주견공'이 출연했다. 함성과 박수가 쏟아져 나왔다. 그런데 문제는 이 개가 갑자기 빙글빙글 돌면서 정신을 못 차리는 거다. 도대체 웬일인가. 아까의 그 용맹하던 모습은 온데간데없다. 조련사가 아무리 '앉아! 앉아!' 소리치고 머리를 쓰다듬고 먹이를 줘도 눈알이 풀린 채 헬렐레가 되는 거다. 그날 개는 녹화를 못했다. 조련사는 개 때문에 개망신당하고, 어깨가 떡 벌어진 늠름하고 터프한 개가 나중엔 걷지도 못하고 오줌을 질질 싸는 거다. 이유인 즉, 그날 두어 시간 전에 에버랜드에서 온 3개월 된 하얀 새끼 호랑이가 같은 장소에서 녹화를 했다는 거다. 그런데 그 개가 스튜디오에 남아 있던 호랑이 냄새를 맡고 혼비백산했다는 이야기다. 강문구 원장님의 말씀에 따르면 후각이 발달한 개는 호랑이를 직접 보지 않았음에도 불구하고 그 냄새만 맡고도 빌빌했다는 거다. 냄새만 맡아도 훈련이 꽝이 되는 개! 나는 이런 사실을 직접 보고 왜 다른 동물들이 호랑이를 무서워하는지 알게 됐다.

정신없이 도망가던 원술도 관운장이 호랑이로 보이니 정신이 아득해질 수밖에!

큰 싸움에서 이긴 여포는 관운장, 한섬, 양봉을 서주로 데리고 가서 잔치를 베풀었다. 2차에 이어 3차까지 했대나! 졸병들에게도 상을 내리니 상을 받은 녀석들은 무진장 좋아했는데 상 내용은 다음과 같더라.

양담배 한 보루, 황도 캔, 칫솔, 치약, 면도기, 화투, 쓰메끼리(원래 일본

후각이 발달한 개는 호랑이를 직접 보지 않았음에도 불구하고 그 냄새만 맡고도 빌빌했다는 거다.

말로는 쯔메끼리인데 우린 쓰메끼리라 부르는 손톱깎이. 예전에는 선거 때 설탕봉지도 돌렸지만 손톱깎이도 돌렸다는 영식이 아버지의 증언도 있음.), 유효기간 지난 여학생들의 위문편지 한 통, 네잎클로버, 플레이보이지 나체사진 화보, 영화배우 고소영 사진 등등. 관운장이 떠나자 여포는 한섬과 양봉에게 직책을 주어 서주에 있으라고 한다.

한편, 왕창 깨지고 회남으로 돌아온 원술은 울화통이 터져 혈압이 오른다. 팔에 링거를 꽂고 누워 손책에게 빌려간 군사를 보내달라는 서신을 보낸다.

서신을 받아본 손책은 어처구니가 없다.

"원술 이놈, 웃기는 원숭이 같은 놈이네! 담보로 잡힌 옥새를 빙자해서 스스로 황제라 칭한 대역죄인이라, 안 그래도 손 좀 봐주려고 했는데 나한테 군사를 돌려달라고? 생뚱맞은 놈!!”

사신이 부들부들 떨면서 앞에 서 있다.

“너도 꺼져, 임마!” 하고 손책이 훅! 부니 사신이 붕! 하고 날아가 원술 앞에 쿵! 떨어진다. 원술이 화가 안 날 리가 있나.

“이런 싸가지에 싹도 안 난 어린 놈! 내가 그놈부터 먼저 손을 봐야겠 구나.”

손책은 사신을 불어 날려 보낸 후 원술이 열 받아 쳐들어올지 모르니 강과 강 어귀를 잘 지키라고 군사들에게 이른다. 이번엔 조조의 사자가 손책에게 와서 ‘너에게 회계 태수 벼슬을 내릴 테니 원술을 쳐라.’는 말을 전한다. 힘을 얻은 손책이 원술을 손봐줄 계획을 발표하자 장소란 자가 “원술이가 지금은 싸움에 졌지만, 아직 군사들도 많고 군량미도 넉넉하니 얕볼 상대가 아닙니다. 먼저 조조네가 쳐들어가게 하고 우리가 원술을 협공하면 어떨까요? 우리가 지더라도 나중에 조조의 지원을 받을 수 있지 않겠습니까?”

허창에서 각종 정력식품으로 몸을 보한 조조는 손책의 편지를 받고 이번엔 원술 정벌을 결심한다.

“건방진 짝퉁 황제를 없애버려야겠다. 아울러 성안에 있는 다른 짝퉁 물건들도 단속하라!”

김밥 추가 구라 _ 김밥집을 하는 후배가 있었다. 자기네 동네 옷가게에서 일일판매원을 해달라고 부탁이 들어왔다. 방송국 개그맨 후배들이 조를 나눠서 며칠에 걸쳐 일일판매원을 해줬다. 후배 개그맨들이 갈 때마다 그 후배는 자기네 김밥집으로 개그맨들을 데려다 밥도 먹이고 사진도 찍었다. 찍은 사진을 김밥집에다 붙여놨겠지.

다소 시골틱한 동네라 여학생들이 개그맨 사진이 벽에 붙어 있는 걸 신기해하며 "이 사진 어떻게 찍은 거예요?"

"응, 이거? 좀 알아."

"어떻게 아는데요?"

"그냥!"

그중에 호기심 많은 여학생이 눈을 반짝이며 "혹시 예전에 PD 하신 거 아니에요?" 하고 묻자 그날부터 애매모호하게시리 뭐 '개그맨 시켜줄게 연예인하고 싶으면 말해!'까지 진도는 안 나갔지만 "음, 방송국에 잠깐 있었어." 라고 말해버린 거다.

요거 재미가 붙거던! 그 친구가 당시 연애할 때니까 "방송국에 쫌 있다가 관뒀어. 적성에 안 맞아서." 라고 말하고 말았다. 조금씩 조금씩 뻥튀기가 시작된 거다.

이럭저럭 둘이 결혼을 했는데 이 친구가 바람기가 있어서 신문에 연예인 누구 아버지 부친상 기사가 나오면 "저런, 전유성이 아버지가 돌아가셨구먼!"

문상을 핑계로 딴 여자랑 신나는 달밤을 보내다 오는 거다. 연예인 부친상, 모친상…… 누구든지 신문에만 나면 다 가봐야 되는 바쁜 사나이 짝통 심 모씨!

짝통 이야기 한 개 더 있다.

'학교종이 땡땡땡'이란 테마 찻집을 필자가 했을 때였다. 처음에 이걸 하게 된 동기는 해외토픽 기사를 보고 든 생각 때문이었다. 미국 대통령 카터가 대통령 선거에 출마한 후 개표방송을 보는데, 그 장소가 자기가 처음 대통령이 되고 싶어 했던 초등학교 교실이라는 거다. 신선했다. 우리네는 다들 당사에 나와 개표방송을 보던데! 우린 그런 생각을 왜 못했을까? 늘 머리에서 떠나지 않았다. 누구나 자기 꿈이 제일 컸을 때가 초등학교 시절 아니던가? 카터는 그 꿈을 꾸었던 곳에서 개표방송을 보고 당선 소식을 들었다는 거다. 이거 말 된다. 카페를 사업으로 하겠다는 사람들을 만날 때마다 초등학교 교실처럼 해보라고 입에 달고 다녔다. 아무도 안 했다. 들을 때만 재미있어 하는 표정이고 하는 사람은 없었다. 어떻게 하다보니 내가 했다. 개업하니 생각대로 장사가 제법 잘됐다. 그때부터 체인점을 하자, 나한테 팔아라, 상표등록을 해라, 여기서 뭘 가르치자, 인사동이니까 당나라 시를 가르치는 게 어떻냐! 녹차 마시는 법을 가르치자! 어쩌구 하는데 누가 상표등록을 날름 해버렸네! 어느 날 내 친구가 "양평에 학교종 한 개 더 차렸냐?"

"아니."

가보니까 '학교종이 땡땡땡'이란 상호가 걸려 있다. 똑같은 게 있더라!

그분, 그분을 닮고 싶었다.
자기 일에 대한 프로정신은 물론
걸음걸이, 얼굴 표정,
말투까지도……

사진모델 곽상훈

상호의 글씨는 인사동에 사시는 성륜 스님께서 써준 건데 그것까지 그대로 똑같이 짝퉁을 만든 거다. 모르는 사람들은 내가 하나 더 하는 줄 아니 이거 미치고 환장하겠는 거다. 손님들이 양평점에 갔다 왔다면서 왜 그곳엔 한 번도 안 오냐는 거다. 언젠가 양평 야외 바비큐집에서 삼겹살을 먹고 있는데 양평 사는 분들도 와서 "가게는 언제 오세요?"

내가 하는 게 아니라고 말했더니 "여기 양평 사는 사람들 전부 전유성 씨가 하는 줄 알아요!"

그냥 놔뒀다. 언젠가 알게 되겠지! 어느 날 택시를 탔는데 택시 기사 분이 "전유성 씨, 집사람이랑 친구들이랑 학교종에 갔는데 커피 값이 왜 그렇게 비싸요?" 하는 소리도 들었다. 내 아이디어 때문에 먹고 사는 사람이 생겼구나. 모르는 체하자. 얼마 전에 가니 안 보이더라!

'학교종이 땡땡땡'이란 말이 내가 만든 말도 아니고 다른 사람이 좀 쓰면 어때? 하지만 10년이 넘게 비슷한 짝퉁가게 해먹으면서 끝내 나한테 전화 한 통 안 했던 야속한 짝퉁!

조조가 군사 17만 명, 군수품 수레 1,001대를 직접 이끄는 한편 손책, 유비, 여포에게 자기를 도와 협공하라는 군사동원령을 내린다. 예주와 장주(章州)의 경계에 도착하니 유비가 마중나와 한섬과 양봉 두 놈의 머리를 조조에게 바친다. 갑작스런 대가리 두 개에 놀란 조조가 "웬 머리냐?" 하고 물어본다.

"이놈들이 기껏 거둬들여서 기도와 낭야의 목사로 부임시켜 백성들 관리 좀 잘하라고 했더니 그러기는커녕 백성들을 괴롭혀서 원성이 하늘을 찌르지 않습니까. 그래서 술자리에서 그냥 목을 베어버렸습니다."

"잘했소. 큰 공을 세웠구려."

조조와 유비가 서주 경계에 다다르니 여포가 마중을 나온다. 여포에게 좌장군을 임명하고 임명장은 허창에 돌아가 보내주겠다 하니 여포는 찢어졌던 입이 다시 찌~익! 소리를 내며 더 찢어진다. 조조는 자기는 가운데 서고 좌측에 여포, 우측에 유비, 선봉에는 하후돈과 우금을 배치시킨다.

원술네는 교유를 선봉장으로 해서 군사 5만을 이끌고 나타난다. 수춘땅 접경 지역에서 만난 그들은 간단한 인사를 주고받는다. 여기서 '간단한 인사'란 원술네 교유가 나오자마자 하후돈의 칼에 찔려 죽은 것이다.

동쪽의 여포와 서쪽의 손책네 해병대가 강을 타고, 남쪽에서는 유관장이, 북쪽에서는 조조가 수춘성을 향해 한 걸음 한 걸음 사방에서 조여들어간다. 원술네는 긴급 작전회의를 연다.

양대장이 "이곳은 몇 년째 가물어서 양식이 별로 없는 곳인데 이 마당에 군사를 동원하면 백성들이 삐쳐서 말을 잘 안 들을 것 같습니다. 정면 대결을 피하고 성에서 조금만 버티면 조조네 원정군도 군량미가 떨어질 겁니다. 그때까지 성안에서 개기는 겁니다. 폐하는 회수로 가 계세요. 시간이 해결해줄 겁니다."

원술 역시 달리 방법이 없다는 걸 알고 이풍, 악취, 양강, 진기에게 군사 10만 3명과 함께 성을 지키라 하고 지는 회수로 몸을 피했다. 조조네는 거의 한 달을 성 밖에 머무르니 자연히 쌀이 떨어지고 군사들의 사기도 떨어진다. 싸우러 왔는데 성을 꼭꼭 닫아놓고 버티니 싸울 수가 있어야지! 손책에게 쌀 10만 섬을 빌려왔는데 17만 명이 덮어놓고 먹어대는 통에 계속해서 먹을거리를 댈 수가 없다. 17만 명 곱하기 하루 세 끼 하면 하루에 51만 그릇이나 먹어댄다는 이야기다. 먼저 먹고 뒷줄에 가서 또 타 먹는 놈, 주방장이랑 안다고 국수가닥 하나라도 더 얻어먹는 놈까지. 정말 살인적으로 먹어대니 쌀이 남아날 리가 없다. 조조가 군수담당 왕후(王后)를 부른다.

"야, 오늘부터 밥을 바짝 줄여서 군사들에게 줘라."

"군사들이 원망할 텐데요!"

"괜찮아, 내가 책임질게, 시키는 대로 해봐!"

왕후가 조조의 명령에 따라 밥을 조금씩 주기 시작하자마자 원성이 잦아지기 시작했다.

"배고파 못 살겠다.", "밥 좀 더, 조조!!", "황건적 할 때도 이러진 않았다.", "조조 이거 나쁜 놈이네 이거."

3일 후 조조가 다시 왕후를 부른다.

"너 나한테 줄 게 있는데 줄래?"

"뭔데요?"

"네 목숨이야."

"내 목숨을 왜요?"

"밥 적게 준다고 군사들 원성이 자자하잖아!"

"내가 그럴 거라고 했잖아요! 제가 무슨 죄를 졌는데요?"

"죄 지은 게 없지. 그렇지만 이대로 가면 군사들이 반란을 일으킬 거란 말야."

'뎅겅!' 하고 왕후의 목을 친다. 그리고 왕후의 머리를 장대 끝에 매달아 주방 앞에 높이 매달고 '이놈이 쌀을 해먹어서 너희들에게 밥이 적게 돌아간 거다. 그래서 목을 쳐버렸다.'고 써놓으니 조조에게 했던 원망이 바로 왕후에게로 돌아간다.

"저런 싸가지 없는 놈이 해먹었구나!!"

조조는 즉시 성명을 발표한다.

"밥은 실컷 먹여준다. 대신 3일 안에 저 성을 함락하지 못하면 너희들도 죽을 수밖에 없다."

"수춘성을 깨부수자!" "깨부수자. 깨부수자. 깨부수자!"

조조가 몸소 내려가 성 앞에 돌을 나르며 공격 준비를 진두지휘했다. 이때 성 위에서 화살이 쏟아져 내리고 조조 옆에 있던 군사 두 명이 화살을 피해 몸을 숨기자 조조는 그 두 놈의 목을 날려버렸고 군사들은 사기가 올라버렸다.

● 구라 심리학 _ 정말 사기가 올랐을까? 역사서를 읽다보면 한 번

적을 향해 진격을 할
뒷걸음을 칠 것이냐.

것이냐, 아니면

씩 갖게 되는 궁금증이 '뒤로 물러서는 병사의 목을 치니 사기가 올랐다.'는 표현에 대한 진위 여부다.

먼저 사기의 사전적 정의를 살펴보면, '의욕이나 자신감 따위로 충만하여 굽힐 줄 모르는 기세.'라고 되어 있다. 앞에는 무서운 적이 도사리고 있고 뒤에는 물러나면 목을 쳐버리겠다는 우리 편 장수가 있는 상황에서 병사가 느끼는 감정은 어떤 것일까? 공포, 당혹, 놀라움, 두려움 등등의 감정일 것이다. 이때 옆에서 같이 떨던 놈이 뒷걸음질을 치다가 진짜로 목이 잘리는 것을 볼 때, 일어나는 감정은 공포 그 자체다. 앞을 봐도, 뒤를 봐도 공포감만 든다. 따라서 사기가 오른다는 것은 거짓말이다. 그건 그냥 목을 베는 사람 입장에서 봤을 때고, 병사는 사기가 오르지 않는다. 목을 베는 사람 입장에서야 죽기 아니면 살기로 적을 향해 돌진을 하니 사기가 오른다고 생각할 수도 있다. 그러나 병사의 입장에서는 조금 다르다. 이런 상황에서 병사는 중대한 결심을 해야 한다. 적을 향해 진격을 할 것이냐, 아니면 뒷걸음을 칠 것이냐. 선택의 상황에서 사람들은 각각의 선택에 따른 이득과 손실을 따지게 된다. 그리고 둘을 비교해서 손실이 적고, 이득이 많은 쪽을 선택하게 되는 것이다. 뒷걸음을 치면 방금 전에 보았듯이 100% 목이 잘려나간다. 그러나 적을 향해 돌진을 하면 물론 죽을 수도 있지만 운이 좋으면 살 수도 있다. 만약 재수가 있다면 상을 받을 수도 있다.

어느 쪽을 선택할 것인가? 당연히 적을 향해 돌진을 하게 되는 것이다. 이는 결코 사기가 충만해서가 아니다.

조조네 군사들의 진격으로 수춘성 성문지기의 목이 날아가고 자물쇠가 부서지자 군사들은 물밀듯이 성안으로 들어갔다. 조조가 명령을 내린 지 두어 시간 만에 성은 함락되고 만다. 원술의 부장들인 이풍, 진기, 악취 등을 전부 붙잡아 시가지에서 목을 쳐 죽여버리고 원술이 지어놓은 짝퉁 궁궐도 불질러버린다.

조조가 회수로 도망간 원술을 잡으러 가려고 하는데 순욱이 말린다.

"지금은 우리 군사들이 많이 지쳐 있고 군량미도 모자라니 일단 허창으로 돌아가 보리가 익을 때 군량을 보충해야 하지 않을까요?"

이리 갈까, 저리 갈까, 청량리로 갈까, 미아리로 갈까, 허창으로 갈까를 망설이고 있는데 군사2가 헐떡이며 달려온다.

"유표에게 달아났던 장수가 군사를 모아 반기를 들었습니다. 조홍이 막아봤으나 패했습니다."

조조는 장수 문제는 일단 따로 일을 도모하기로 한 후 손책에게 유표네 군사를 못 움직이게 막으라 한다. 유현덕과 여포에게는 서로 싸우지 말고 사이좋게 지내라 하고 자기는 허창으로 떠날 준비를 했다. 또한 떠나기 직전에 유현덕을 따로 불러 "소패는 진규, 진등 부자와 의논해서 지키면 나도 돕겠소이다."라는 말을 전했다.

　조조가 군사를 이끌고 허창에 도착하니 단외는 이각을, 오습(伍習)은 곽사의 목을 베어 칭찬받기를 기다리고 있었다. 단외가 이각의 친인척 떨거지 200여 명도 함께 잡아오니 조조는 시가지에서 곧바로 공개처형을 해버린다. 천자가 조조와 그의 일행을 불러 문무백관과 함께 잔치를 베풀어준다.

　조조는 며칠 후 다시 장수를 무찌르러 군사를 출동시키며 순욱에게는 허창에 있으면서 원병을 조달해달라고 명령한다. 이때가 건안 3년 4월, 날씨는 하늘냄비에 수제비구름 동동! 보리가 익어가는 4월이다. 조조가 보아하니 백성들이 수확을 해야 될 때임에도 불구하고 행군하는 군사들 때문에 수확을 못 하는 거다. 조조가 명령을 내린다.

　"우리는 천자의 명을 받들어 역적을 치러 가는 관군이다. 행군 때 보리를 밟지도 말고 손대지도 말아라. 타작할 시기다. 농부들에게 민폐를 끼치지 마라. 안 그러면 혼난다."

　조조가 말을 마치고 앞장서 가는데 갑자기 보리밭에서 일(?)을 보던 산비둘기 한 마리가 느닷없이 날아올라 조조 말의 눈앞을 스치고 날아가니 이놈의 말이 깜짝 놀라 보리밭으로 들어가 보리밭을 마구 밟아 쑥대밭을 만든다.

　"행군을 멈춰라! 내가 군율을 정하고 내가 어겼다. 그러니 어서 내 목을 쳐라."

　"아니되옵니다. 승상께서는 대군을 통솔하시는 분인데 스스로 목숨을

"행군을 멈춰라!
내가 군율을 정하고 내가 어겼다.
그러니 어서 내 목을 쳐라."

나, 죽는다.

끊으시면 누가 이 대군을 통솔하겠습니까?"

조조는 잠시 생각에 잠기더니 칼을 뽑아 자신의 머리털을 잘라 던지며
"그렇다면 이걸로 내 목을 친 걸로 대신하자."고 말한다. 군사들은 우~우~
박수와 함성을 터트린다.

"믿사옵니다, 할렐루야!!"

조조는 농부들의 환심도 사고 군사들의 군율도 드높였다.

* 사람의 머리란 울창한 숲과 같아서 숲이 무성하면 산사태를 방지하고 땅이
  기름지듯, 사람이 머리를 기르면 그만큼 건강과 수명이 길어진다.
  －이제마의 『사상의학』 중에서

2

싸움은 힘으로만 한다더냐
– 진등의 탁월한 이간질 수법

　장수는 조조가 쳐들어온다는 소리를 듣고 유표에게 원군을 부탁하고 뇌서(雷敍)와 장선(張先) 두 장군에게 조조를 막으라 이른다. 양쪽 군사가 마주 보고 진을 치고 있을 때 장수가 조조를 손가락질하며 "야, 이 짐승만도 못한 놈아! 어쩌구 저쩌구."

　몇 차례의 싸움을 거듭한 후에 결국 조조는 장수 — 유표 연합군에게 지고 퇴각을 할 수밖에 없었다. 그러나 조조가 누군가? 추격하는 군사들을 산으로 유인해 적병들을 물리치고 있는 가운데 원소가 허창을 친다는 급보가 날아든다. 조조는 조금만 물리쳐주고 허창으로 급하게 돌아온다.

돌아온 조조는 손책에게 높은 작위를 주고 유표를 막아 더욱 열심히 싸
우라는 격려의 마음을 담은 편지를 보낸다. 저녁 먹고 막 텔레비전 일일연
속극 〈삼각지의 전투〉를 보려고 리모컨을 찾고 있는데 곽가가 나타난다.

"저녁시간에 웬일이냐?"

"원소한테서 편지가 왔습니다."

"뭐라고 써 있더냐?"

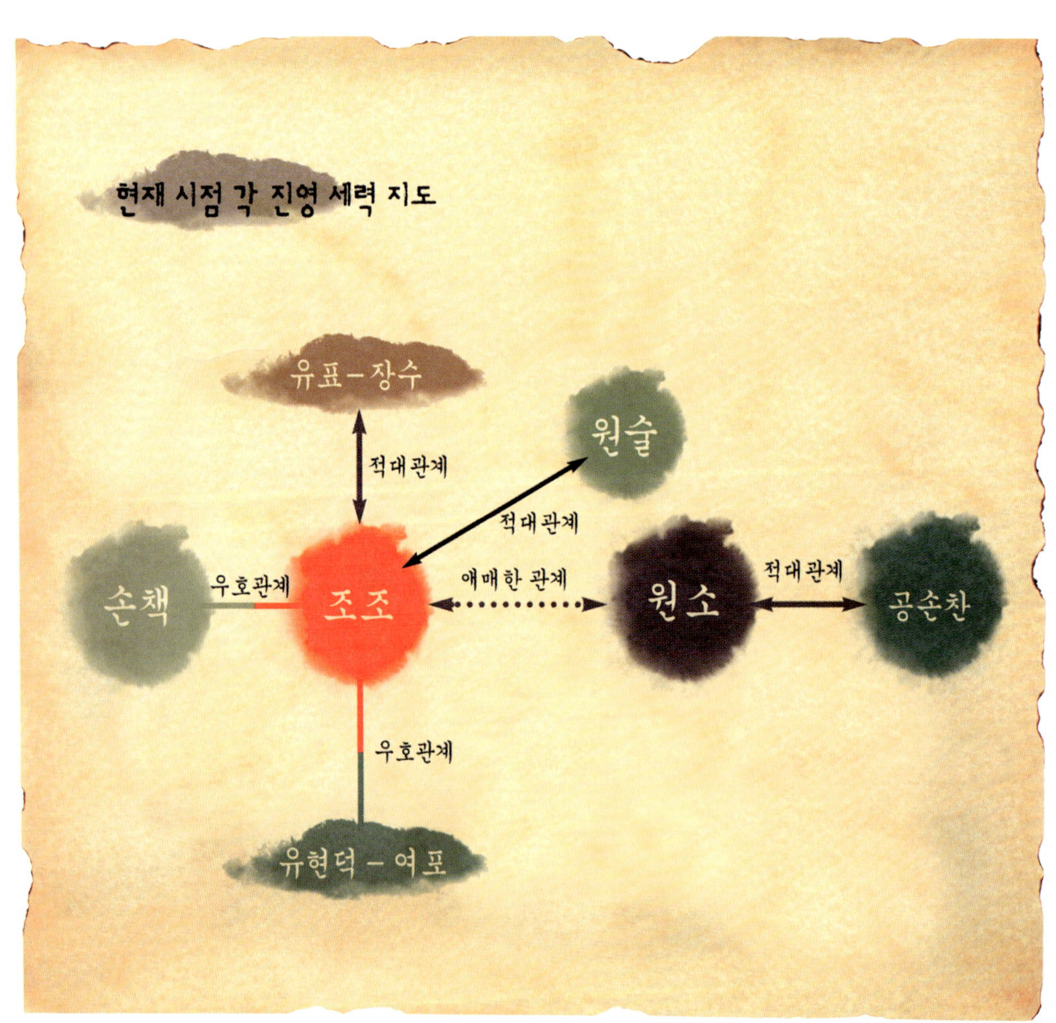

"공손찬을 공격하려고 하니 군사와 군량미를 빌려달라는데요."

"아니, 원소가 허창을 친다는 소문을 듣고 싸우다 말고 부랴부랴 달려왔더니 이제 와서 이게 무슨 소리냐?"

편지를 읽어보니 오만방자하기 짝이 없었다.

"이런 버르장머리 없는 놈."

—잠시 침묵—

"내 원소 놈을 당장 치고 싶지만 지금은 힘이 없으니 어떡하면 좋겠냐?"

"누가 힘으로만 싸웁니까? 머리로 싸워야지요."

야식 추가 구라 _ 이거 정말 가슴 아픈 추억이 있는 이야기다. 아주 오래전에 개그맨 장두석을 따라 볼링장에 놀러갔다가 밤 10시에 볼링장이 끝나는 걸 보고 사장에게 물어봤다. 볼링장은 밤 10시까지 하라고 법으로 정해진 거냐고. 아니란다. 그럼 왜 10시까지만 하냐? 다른 데도 다 그 시간에 끝나니까 우리도 그렇게 한다는 거다. 내가 말했다. 그렇지만 밤 10시 정각에 끝난 적은 없지 않느냐? 한 게임만 더! 치던 거 마저 끝내고! 하다보면 언제나 10시가 넘더라는 것이다. 그래서 내가 또 말했다. 그럼 볼링장을 밤새워서 해보면 어떻겠냐. 될까? 된다, 안 된다, 어쩌고저쩌고 말이 많았는데 내가 우겼고 끝내 이겼다. 심야 볼링장은 그렇게 충무로의 오성 볼링장에서 처음 시작됐다. 생각보다 많은 사람들이 밤새워 볼링을 친다. 언젠가 그 사장을 만났더니 만약에 심야 볼링장이 없었다면 자기네 볼링장은 망했을 거란다. 심야에 오르는 매상이 낮 매상을 훨씬 웃돈다고!

문제는 다음이다. 심야 볼링장의 성공으로 기분이 좋아진 사장의 아버님께서 날더러 옥상에 극장을 차리라는 거다. 정말 좋은 자리고 실제로 극장 관계자들이 여러 명 다녀가고 자기에게 세를 달라는 장소였다고 했다. 두어 달이 흘렀다. 그 사장의 아버님은 나에게 옥상의 극장 건은 어떻게 되어가느냐고 물으셨다. 돈이 없어서 못하겠다고 말씀드렸더니 역정을 내시는 거다.

"야, 이놈아! 사업을 무슨 돈을 갖고 해. 여기 극장 할 권리를 따낸 것만

나는 아직까지 사업을 해본 적이 없는 그릇, 빚보증 두 번에 찌그러진 양재기다.

으로도 돈을 대겠다는 사람들이 줄을 설 텐데. 돈 벌 기회를 줬는데 돈이 없어서 못한다는 게 말이 돼?”

그때 그분은 여든 살을 바라보고 계셨다. 1980년대 초반의 일이다. 역시 사업으로 성공하신 분은 다르다. 그때 벌써 펀드 개념을 나한테 말씀하신 거다. 나는 속으로 “그럼 극장 할 돈이나 좀 대주지!! 투덜투덜…….”

그분은 나보고 ‘넌 사업할 그릇이 아니야! 탕! 탕! 탕!’ 하고 의사봉을 내리치셨다.

그렇다. 나는 아직까지 사업을 해본 적이 없는 그릇, 빚보증 두 번에 찌그러진 양재기다. 여기서 우리는 교훈 하나를 얻게 된다. 사업은 돈으로만 하는 게 아니다. 싸움은 힘으로만 하는 게 아니다. 그때 나는 돈도 없었고 참모도 없었다. 다행히 조조는 참모가 있었다.

곽가는 조조에게 차분히 ‘왜 우리가 이길 수밖에 없는가.’를 도표를 만들어 설명해주기 시작한다.

프레젠테이션이 끝난 뒤 곽가가 구체적인 행동방안까지 풀어놓는다.

“잘 생각해보면 서주의 여포, 이거 시한폭탄 아닙니까? 원소가 북쪽의 공손찬을 치려고 하니 이때를 이용해 여포를 먼저 해치우고 동남을 평정한 후에 원소를 치는 게 순서일 것 같습니다. 우리가 먼저 원소를 치러 가면 그 틈새시장을 노려 여포가 허창을 치려 할 것입니다.”

"청진동 해장국처럼 속이 확 풀리는 아이디어다."(머리가 풀려야지 속이 풀리면 되나? 된다 치고!)

옆에 있던 순욱이 "유비에게 편지를 보내 여포를 같이 치겠다는 회신이 오면 군사를 움직이시지요."

조조는 일단 원소에게 대장군 태위의 벼슬을 내리고 편지를 가져온 사

성질	원소	속이 좁고 잘 삐짐	27점
	조 승상님	대범하고 고견을 품으심	94점
용인술	원소	혈연중심 인물기용	23점
	조 승상님	인물을 헤아려 적재적소 기용	91점
일 해결 능력	원소	거꾸로만 움직임	25점
	조 승상님	모든 걸 순리에 맞기셔서 풀어 가심	96점
결단성	원소	꾀는 많치만 결단성 제로	26점
	조 승상님	계획이 서면 곧 실행하는 대범함	100점
총명성	원소	아첨하는 무리 선호	25점
	조 승상님	아첨 배제 진실성 여부로 판단	99점
싸움질	원소	허세많고 군사 못 다룸	29점
	조 승상님	적은 군사로도 뛰어난 용병술 갖춤	95점
인간관계	원소	명예를 사려고 함	19점
	조 승상님	사람을 지성으로 대함	96점

자에겐 투구 광택제 두 통, 말 편자 한 세트를 선물로 주니 입이 헤, 하고 벌어진다. 더불어 '네가 공손찬을 치면 나도 도울게.'라는 내용의 답서도 함께 보냈다.

원소는 방금 도착한 사자의 말을 듣고 아침밥도 거른 채 북쪽의 공손찬을 공격하러 나간다. 유비도 여포를 치자는 조조의 편지를 받고 답신을 보내는데 이 답신을 가져가던 퀵서비스맨이 여포네의 진궁에게 잡혀서 편지를 뺏긴다.

여포가 편지 전달하던 퀵서비스맨을 죽여버리고 휘하 장수들인 고순과 장요를 이끌고 패성을 쳐부수러 간다. 쌈질하러 가는 놈들도 바쁘고 이 소식을 들은 유비도 바쁘다, 바빠!

"이거 큰일났네! 하필 그 편지를 뺏기다니!!"

"빨리 조조네한테 알려야 할 텐데요."

"이 판에 누가 갈 수 있을까?"

"제가 가겠습니다."

"누군가?" 하면서 봤더니 유비와 같은 고향 사람인 간옹(簡雍)이다.

유비네도 전투 준비를 하느라 분주하다.

"야, 칼갈이 어디 갔냐?"

에포
화
낫타

"창을 더 뾰족하게 갈아라."

"창 손잡이에 붕대를 감으니까 미끄러지지 않고 좋더라."

"넌 임마 성을 지키랬더니 어디 갔었어!"

예나 지금이나 남의 편지를 보는 건 불법이다. 그러나 남의 것 훔쳐보는 재미는 어떤 재미도 따라올 수 없다. 몰카가 인기 있는 이유가 재미있기 때문이지롱!

● 구라 심리학 _ 훔쳐보기의 유형은 참으로 다양하다. 먼발치의 여인을 힐끗힐끗 바라보는 훔쳐보기에서부터, 편지나 일기 훔쳐보기, 목욕탕이나 화장실 훔쳐보기 등이 있으며, 요즘에는 인터넷의 발달로 타인의 인터넷 활동 훔쳐보기 등 다양한 유형의 훔쳐보기가 있다. 사람들이 훔쳐보는 이유는 호기심 충족이 가장 큰 이유가 된다. 나 아닌 다른 사람은, 혹은 저 사람은 어떤 특성을 가지고 있으며 어떤 생각을 하고 있을까? 등등에 관한 궁금증을 충족시키기 위해 훔쳐보기를 시도한다. 훔쳐보기가 정신질환으로 인정되어 문제가 되는 것은 관음증이다. 관음증은 성도착증의 하나로 이성의 벗은 모습이나 성교 장면을 훔쳐봄으로써 성적 흥분을 느끼는 것을 말한다. 관음증 환자의 경우 정상적인 상황에서는 성적 흥분을 느끼지 못한다. 즉, 비디오를 본다거나 에로틱한 영화 등을 보는 것으로는 성적 흥분을 느끼지 않으며 훔쳐보기를 통해서 성적 흥분을

예나 지금이나 남의
그러나 남의 멋 훔쳐보는
따라올 수 없다.
돌파가 인기 있는

편지를 훔쳐보는 건 불법이다、
재미는 어떤 재미도

이유가 재미있기 때문이지롱!

느낀다. 하지만 이런 특성을 지닌 사람들이라고 해도 훔쳐보는 그
집에 침입을 한다거나, 훔쳐보는 상대와 관계를 맺고자 시도하지
는 않는다.

유현덕은 남문, 손건은 북문, 관운장은 서문, 장비는 동문을 맡았다. 두
번째 부인의 오빠인 미축은 가족과 식구들을 보호하는 업무를 맡는다.
고순이 성문 앞까지 쳐들어온 걸 본 유현덕이 먼저 말을 건다.
"나는 본래 여포 장군과 원한이 없는데 여기를 왜 쳐들어왔는가?"
"편지를 다 읽어봤는데 무슨 헛소리요."
여기서 잠시 생각해보고 싶은 게 생각났다. 뭐냐하면 역사를 다룬 소설

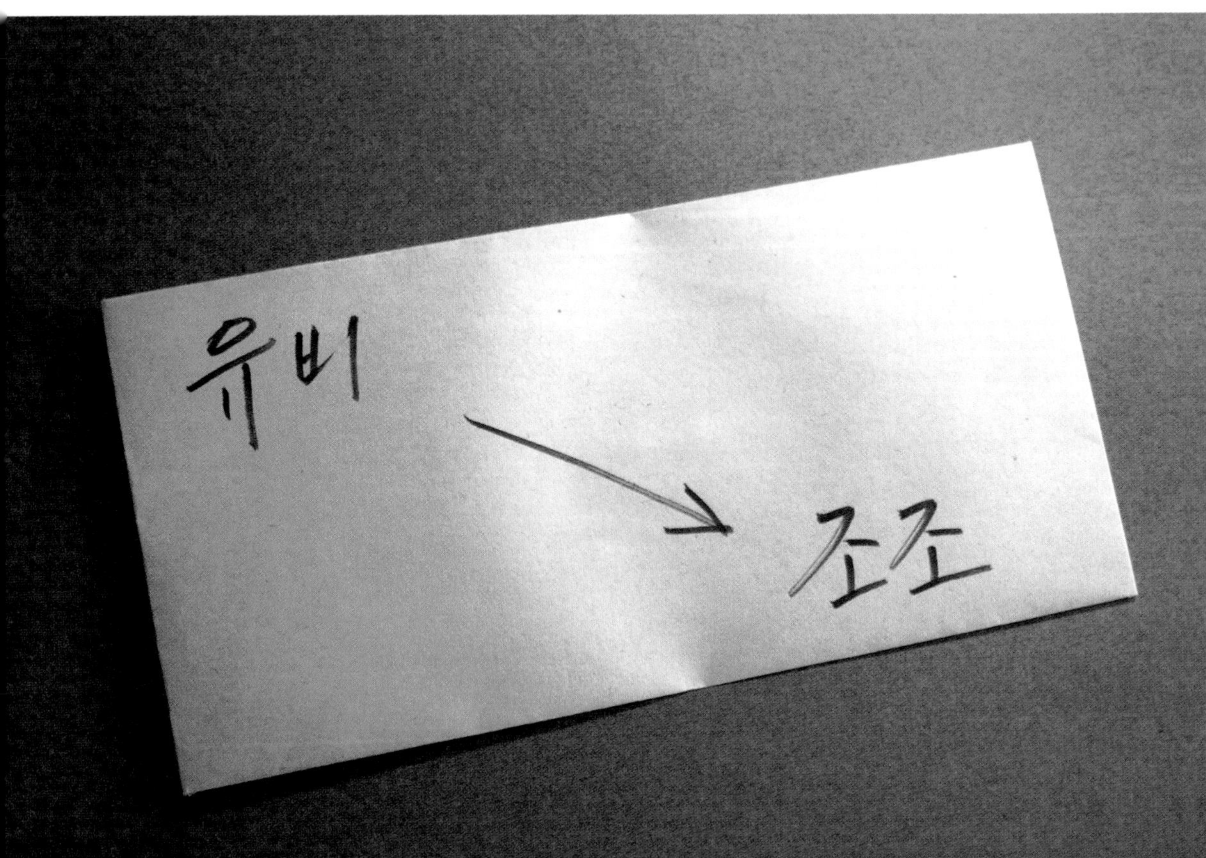

이나 영화를 보면 성 위에서 성 밑에 있는 적군과 싸우기 전에 말을 주고받는다. 성 높이가 제법 높던데 목소리만 가지고 의사가 제대로 전달이 됐을까? 성 아니라 벌판에서도 마찬가지다. 실제 상황은 이러지 않았을까? 예를 들면 성 위에서 "야, 임마, 왜 쳐들어왔니?" 하고 물으면 이런 대화가 오간다는 것이다.

"저거 뭐라는 소리지?"

"야, 다시 한번 말해봐?"

"뭐라구???"

"야, 다시 말해보라고 해봐."

"저게 뭔 소리냐? 지금 저놈이 뭐라는지 너 들었냐?"

"잘 모르겠는데요?"

"야, 왜 쳐들어왔냐구!!!"

"응, 저놈이 뭘 처먹겠냐고 한 거 아니냐?"

"맞는 거 같은데요!!!"

"갑자기 먹는 걸 왜 물어보냐?"

"근데, 저기 저놈 반말하는 거 같은데요?!?"

"그렇지?!! 저런 싸가지 없는 놈, 쳐부숴라!"

"그래, 붙자!"

그날도 이렇게 됐을 거다. 고순이 공격개시를 명령한다. 유비네는 성문을 꽁꽁 걸어 잠그고 싸움에 응하지 않는다. 다음 날은 여포네 장요가 나타나 공격하는데 관운장이 나타나 말을 건다.

"장요 씨, 나랑 말 좀 합시다. 당신 같은 사람이 어째서 역적 여포한테 목숨을 바쳐 일하는 거요? 여포를 역적이라 생각 안 하시오?"

장요가 얼굴이 빨개지며 고개를 숙이고 대답을 못한다. 관운장은 속으로 '저놈이 여포 밑에 있어도 말귀는 알아듣는 놈이네!'라고 생각한다. 장비가 동문에서 나와 장요를 뒤쫓으려 하는데 관운장이 군사7을 보내서 장비보고 들어오라고 전한다.

"형님, 다 잡은 걸 왜 못 잡게 하는 거요?"

"내가 알아듣게 말을 했더니 마음속으로 갈등하다가 싸움을 포기하고 돌아간 거야."

"진작에 말씀하시지, 형님두! 헛걸음만 했네."

"얘기할 시간이 어딨냐. 벌써 네가 뛰쳐나갔던데!"

간옹으로부터 편지를 빼앗긴 얘기를 전해들은 조조가 "지금 나는 여포를 공격하고 싶은데 원소는 별 문제가 되지 않지만 유표랑 장수가 문제거덩!"

순욱이 "유표하고 장수는 얼마 전에 싸움에서 크게 졌기 때문에 기가 꺾여서 얼마 동안 가만있을 겁니다. 근데 여포는 힘만 믿는 아둔한 놈이라 원술하고 같은 편이 된다면 눈에 뵈는 게 없이 길길이 뛸 놈이거던요."

옆에 있던 곽가가 "여포네 쪽에 쉬파리들이 들끓기 전에 파리채로 잡아야 합니다. 파리채로 잡을 걸 파리약을 뿌려 잡을 필요가 있겠습니까?"

조조는 하후돈, 하후연, 여건, 이전에게 군사 5만 3명을 각각 주어 선봉에 서게 하고 대군을 거느리고 나섰다. 고순이 여포에게 조조가 쳐들어온다는 걸 무전병을 통해 알리니 여포는 후성, 학맹, 조성에게 243명의 기병을 거느리게 하고 고순에게는 '이리 와서 같이 합치자.'며 불러들인다.

성 밖까지 나온 여포는 조조랑 한판 붙을 생각에 들떠 있다. 유현덕네도 조조네 군사가 온다고 하니 손건에게 성을 지키라 하고 미축 형제에겐 가족을 돌보라 이른 다음 관운장, 장비와 함께 조조를 마중 나간다.

선봉에 서 있던 조조네 하후돈은 여포네 고순의 군사들과 서로 째려보다가 한판 붙어보는데 50여 회를 싸워도 승부가 나지 않는다. 약간 힘이 달린 고순이 갈지자로 도망을 가니 하후돈이 쫓아가기가 쉽지 않다. 그래도 열심히 따라가는데 조성이란 놈이 화살 한 대를 날린다. 날아온 화살이 하후돈의 왼쪽 눈에 정통으로 박힌다.

"으악!"

비명을 지르며 쓰러진다. 정신을 차려 눈에 꽂힌 화살을 빼어 드니 화살 촉에 눈알이 꽂혀 있고 눈에서는 피가 낭자하게 흐른다.

"아버지의 정기와 어머니의 피를 받아 만들어진 것이다."

하후돈은 눈알이 꽂힌 화살을 입에 넣고 훑어 꼬치에서 오뎅 빼먹듯 제 눈알을 질근질근 씹어 삼킨다.

그 모습을 보고 조성이 놀라 달아날 수밖에. 하후돈이 달려가 창으로 조

조조가 닥치는 대로 찌르고 베며
쳐들어간다. 산적떼 3만여 명을 일시에
물리치고 나니 시중에는
조조표 바퀴벌레 약이 나왔다.

조조표
한방싹
바퀴벌레
Clean

성의 얼굴을 꿰뚫어버린다. 그 장면을 바라보던 양쪽 군사들은 다들 놀라서 동시에 그 자리에 자빠진다. 퍄당! 정신을 먼저 차린 고순네의 군사들이 물밀듯이 쳐들어오자 하후돈은 동생 하후연의 도움으로 목숨을 간신히 건지고 패잔병을 수습해 도망쳤다.

고순이 하후돈을 물리치고 기세를 몰아 유현덕네로 달려갔더니 여포도 대군을 이끌고 먼저 와 있다. 여포는 장요, 고순과 함께 군사를 3등분해서 배치하고 남은 우수리 몇 명은 지가 조금 더 가진 후 유비네 삼 형제를 공격하러 나간다.

조조네 군사가 아직 도착하지 않아 수적으로 열세인 삼 형제는 워낙 많은 여포네의 군사들을 감당할 수가 없었다. 일단 도망치고 볼 일이다. 고순, 장요는 관운장을 공격하고 여포는 장비네를 공략하니 이거 정말 힘에 부친다. 유현덕이 성으로 도망가니 적교가 내려온다. 유현덕만 들어오라고 내린 적교에 여포가 같이 들어오니 활궁수들은 잘못해서 유현덕을 맞출까봐 이러지도 저러지도 못하는 사이에 여포네가 성안으로 완전히 들어와버렸다.

유현덕은 가족들을 돌볼 사이도 없이 처자식을 버려둔 채 서문으로 도망쳤다. 여포는 유비네 가족을 죽이지는 않고 미축에게 현덕의 가족을 데리고 서주에 가 있으라 명한다. 자신은 산동지방의 연주로 가면서 고순과 장요에게는 소패를 지키라고 했다.

유현덕이 한참 도망가고 있는데 누군가 악착같이 쫓아오고 있는 놈이 있다. 뒤를 돌아보니 자기와 한패인 손건이었다. 자가용 몰고 가는데 뒤에서 누가 빵빵대길래 “어떤 자식이 빵빵대고 지랄이야?” 하고 돌아봤는데 알고 보니 친구일 때, 아주 반가운 심정이다. 유비도 그런 심정이었을 것이다. 두 사람은 관운장과 장비의 소식을 궁금해하며 거지꼴로 허창을 향한다. 거의 노숙자 차림으로 구걸하면서 허창으로 향하는 도중 한 마을에서 어떤 사냥꾼이 유비를 알아보고 집으로 데려가 음식을 대접했다. ‘여우고기’라고 해서 맛있게 먹었는데 나중에 알고 보니 자기 아내를 죽인 후 그 어깻죽지살을 도려내서 바쳤다는, 도저히 믿을 수 없는 일을 저질렀다고 한다. 『삼국지』에는 이것 말고도 산더미 같은 구라들이 나오니 믿을 수밖에 없지 않겠는가? 어차피 이 책의 이름도 ‘구라 삼국지’다. 구라도 문맥이 잘 통하면 재미있다던데 재미없어 안 팔리면 5권은 안 나온다. 이게 지금 3권인데 혹시나 해서 출판사 사장이 4권까진 내보자고 하겠지만 4권까지 신통치 않으면 여러 가지 핑계를 댈 것이다.

“전 형, 요즘 출판사 사정이 안 좋아서……” 등등의 구라를 칠 거다. 눈치 빠른 나는 “알았다, 오버.” 하면서 속으로 만세를 부를 거다. 삼국지에서 해방된다. 야호!

유비와 손건은 고생 끝에 조조를 만났다. 야호! 우리도 살았다.

조조는 하후돈의 눈을 살펴보고 종합병원으로 보낸 후 여포의 행방을 묻는다.

“지금 진궁, 장패와 같이 태산의 산적들과 어울려 다니면서 연주 이곳저

곳을 집적대고 있다고 합니다.”

“그렇다면 조인은 패성을 맡아라. 나는 여포를 치겠다.”

조조가 소관(簫關)에 이르니 산적떼들이 3만 명이나 나타나 가로막았지만 허저가 간단하게 물리친다. 여세를 몰아 조조가 닥치는 대로 찌르고 베며 쳐들어간다. 산적떼 3만여 명을 일시에 물리치고 나니 시중에는 조조표 바퀴벌레 약이 나왔다.

서주에 있던 여포는 소패가 위험하다는 걸 알고 출정을 하려고 한다.

“진규는 서주를 지켜라, 진등은 나를 따르고!”

진규는 떠나기 전에 아들 진등을 살짝 불러 귓속말을 한다.

“이번 전투에선 여포가 틀림없이 진다. 무슨 말인지 알겠느냐?”

“알아서 하겠습니다. 이번 전투에서 여포가 패해서 돌아오면 아버님은 미축한테 이야기해서 성문을 열어주지 마세요.”

“그러면 여포네 식구들은 어떡하지?”

“제가 알아서 할게요.”

잠시 후 여포에게 나타난 진등이 “서주는 적이 사방에서 공격하기 좋은 곳입니다. 만약의 경우에 대비해서 양곡을 하비로 옮겨 놓으면 서주가 혹시 포위되더라도 걱정할 일이 줄어들 텐데요.”

“네 말을 듣고 보니 그럴듯하다(끄덕끄덕)!”

“양곡을 옮길 때 내 아내와 식구들도 같이 가면 좋겠네!”

“그러시지요.”

여포는 송헌, 위속 등에게 군량미와 식구들을 맡으라 하고 자기는 진등과 함께 소관을 향해 떠난다.

이제 진등의 본격적인 이간질 수법이 빛을 발하게 된다.

― 진등의 시간대별, 장면별 활약상 ―

PM 5시 15분. 진등이 여포에게 "조조의 동정을 살필 테니 나중에 오세요."

PM 7시 30분. 진등이 소관에 도착, 진궁을 만나 "여포 장군이 빨리 나가 싸우지 않는다고 의심합니다."

진궁이 "조조의 병력이 많아 함부로 나설 수 없으니 여포 장군께선 패성을 잘 지키라고 전해주세요."

진등이 밤이 깊자 조조에게 화살에 편지를 묶어 전달하려다가 너무 급한 나머지 쥐에게 편지를 물려서 보냈다는 설(?)이 있지만 그 진위 여부는 아직 파악 안 됨.

다음 날 AM 12시 16분. 여포네로 돌아온 진등, "가서 보니깐 전에 여포님이랑 어울렸던 산적 손관이란 놈이 소관을 조조에게 내어주려고 합니다. 진궁에게 성을 잘 지키라 했으니 해질녘에 조조를 쳐서 진궁을 도우소서."

여포가 진등에게 "그럼 빨리 말을 달려 소관으로 가서 내응의 표시로 불신호를 올리라고 전하시오."

PM 2시 정각. 다시 진궁에게 간 진등, "조조의 군사가 이미 소관 땅에 도착해 서주가 위험하니 서주로 오랍니다.”

　진궁, 이 말 듣고 군사들과 서주로 출발할 준비 시작.

　PM 5시 5분. 성루에 있던 진등, 진궁의 군사들이 출발하자 횃불을 올림. 횃불 보고 달려온 여포의 군사, 서주로 가는 진궁의 군사들과 맞닥뜨려 서로를 조조의 군사로 오인하고 같은 편끼리 치고받고 찌르고 베고 아수라장이 됨.

　PM 6시 48분. 조조는 횃불이 오르자 전날 밤 쥐새끼로부터 받은(?) 편지 내용에 따라 일제히 군사를 몰아서 공격.

❀여포 죽이기 연합작전 상황도❀

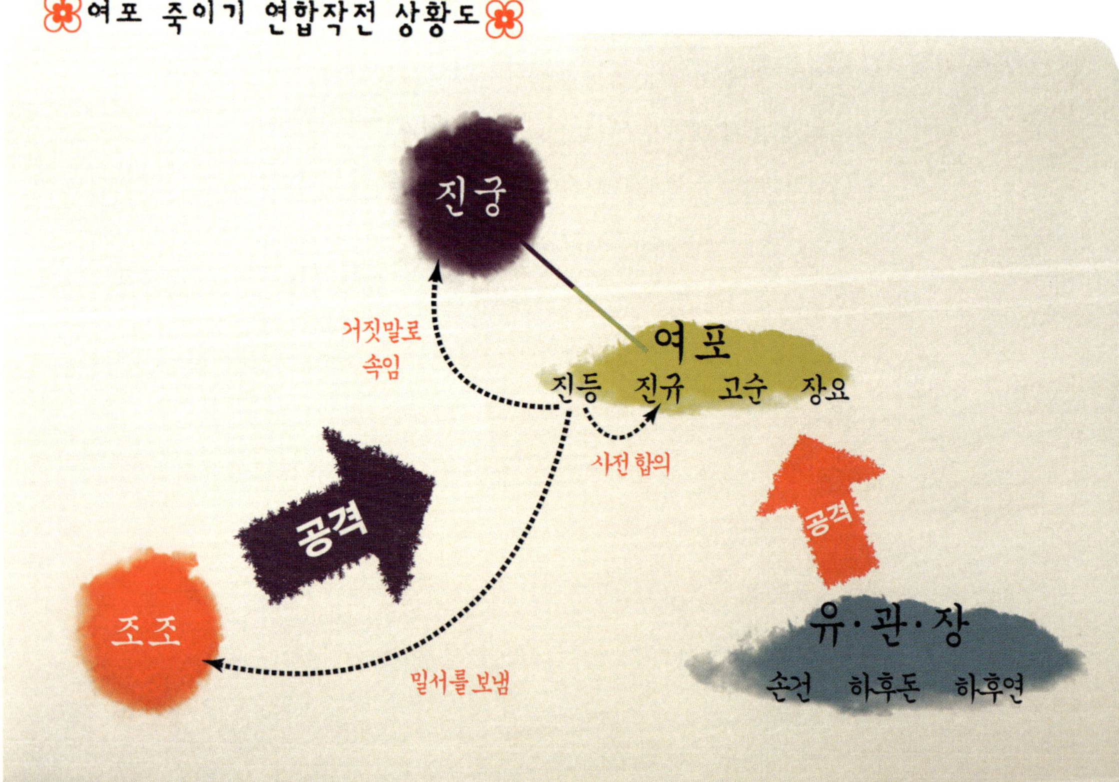

지들끼리 밤새 싸우느라 정신이 없는 여포, 손관 등의 도적떼들은 조조의 공격을 받고 바퀴벌레처럼 도망가기 바쁘다. 날이 밝자 그제야 진등에게 속은 줄 안 여포가 서주로 달려가 성을 열라고 목이 터져라 외치니 그 메아리로 화살이 날아든다.

미축이 자다 깬 얼굴로 나타나 하품 한번 하더니 말한다.

"누구냐? 잠을 깨우는 게? 어, 여포네?"

"빨리 문 열어, 이 자식아!"

"이 성은 원래 우리 주인한테서 뺏은 거니까 주인한테 돌려줘야지, 성에는 못 들어온다."

"아이고, 저놈 봐라, 어이가 없네. 애들아, 진규는 어디 있냐?"

미축이 "내가 10분 전에 죽였다."

"그럼 진등은?"

여포와 함께 있던 진궁이 "진등한테 속고 또 찾으세요?"

진등은 그림자의 샘플도 보이지 않는다.

진궁이 "일단 소패로 돌아가시지요." 하고 말하니 여포는 할 수 없이 돌아가다가 고순과 장요를 만난다.

"너희들은 또 어딜 가는 길이냐?"

"진등이 장군께서 포위당했다고 빨리 가서 도와주라던데요."

"그놈에게 또 속았구나. 내 이놈을 가만두지 않겠다. 부드득!"

서둘러 여포가 소패에 당도하니 성이 조조한테 함락당해 있네. 이것 봐라! 하늘엔 조조기가 펄럭~이네. 화가 난 여포가 군사들에게 공격 명령을 내리지만 군사들에게 씨가 안 먹힌다.

"여포야, 나 보이냐? 장비다."

"어쭈, 저 자식 봐라?"

여포가 직접 나서려고 하는데 멀리서 함성이 들려 고개를 돌려보니 조조가 대군을 거느리고 나타난다. 여포는 동쪽으로 달아나기 시작한다. 조조네 군사들이 여포를 추격한다. 적토마가 달리면서 한숨을 내쉰다.

"아이고, 내 팔자야. 이렇게 무거운 놈을 태우고 달리다니! 아이고, 허리야. 이번에 쉴 때 허리 엑스레이라도 한 장 찍어보려고 했는데."

이번엔 난데없이 관운장이 나타나 "여포야, 장 받아라! 관운장이다." 하고 달려든다.

조조, 장비에 관운장까지 나타나니 적토마는 꼬리를 말아 쥐고 진궁이 탄 말과 함께 죽을 둥 살 둥 하비로 가는 길을 찾아 내뺀다.

장비와 만난 관운장은 얼싸안는다.

"아이구, 형님, 어찌 지내셨슈?"

"나는 해주(海州) 길목에 있다가 자네가 온다는 이야기를 듣고 바로 달려 왔네."

"저는 망탕산(芒碭山)에 있다가 형님들이 여기 계신다기에 수염도 못 깎고 달려왔수. 갑시다, 큰형님한테."

삼 형제가 서로 만나 꺼이! 꺼이! 운다. 두 아우가 큰절을 올리니 현덕도

공로패
수상자 진등
상기인은 험한 땅따먹기 전투의
와중에 여포와 진궁 사이를 왔다
리 갔다리 하면서 탁월한 이간질
과 세련된 구라로 서주성을 뺏는
데 큰 도움을 주었으므로 여기
원가 4만 원짜리 공로패를 수여함
상서사 조조

기쁨을 주체하지 못한다.

"저녁들은 먹었냐? 우선 급한 대로 중국집에 짜장면이라도 시켜라! 중국음식 괜찮지?"

"그럼요. 형님, 저는 곱빼기요."

입가에 묻은 짜장을 닦을 사이도 없이 바로 조조를 만나러 간다.

"그래, 잘 왔네. 둘이 수고 많이 했네. 참, 식사는 했나? 이 근처에 맛있는 중국집이 있던데!!"

"네, 마침 그 집에서 먹고 오는 중이에요."

서주성으로 돌아오니 미축이 현덕의 가족을 잘 돌보고 있었고 진규 부자도 그 일행을 맞이하니 조조는 큰 잔치를 베푼다. 조조는 진규 부자에게 공로패와 더불어 큰 상을 주고 복파장군이란 벼슬을 내린다.

3

어리버리 술 먹다 최후를 맞은 여포

– 술을 먹는 여러 가지 이유들

조조가 장수들과 참모들을 불러놓고 "자, 이제 슬슬 여포가 있는 하비 성을 쳐야겠지?"

참모 정욱이 아이디어를 내면서 "지금 여포를 치면 갈데없는 쥐새끼꼴이 되어 죽기 살기로 덤벼들 거고 원술이랑 한패가 될지도 모릅니다. 둘이 힘을 합치면 쎄지게 되걸랑요!"

참치김치찌개 추가 구라 _ 참모들은 정말 대단한 놈들이야! 나도 훌륭한 참모가 있었으면 빚 보증도 안 섰을 텐데! 불과 몇 년 전만 하더라도 나

사호이에

나오면 참고 말을 잘 들어야 한다.

만 잘난 줄 알고 살아왔어. 어렸을 땐 엄마 말, 학교 가면 선생님 말씀, 사회에 나오면 참모 말을 잘 들어야 한다. 밤 12시가 넘어 불러도 쏜살같이 달려올 친구 한 명하고, 언제나 물어보면 대답해주는 참모 한 명하고, '어깨' 하고 말하면 어깨 주무르고, '허리' 하면 허리 밟아줄 안마사 한 명 있으면 세상 부러울 게 뭐가 있으랴! 이런 말 했더니 시인이자 친구인 이영유가 이렇게 말하더라.

"야, 임마! 그거 말고도 부러울 게 많지, 자식아!"

정욱의 말이 계속 이어진다.

"아직 산동에 남아 있는 장패와 손관 무리들이 버티고 있으니 여포와 손잡지 못하게 길목을 누가 막아야 하고 밖으로 원술을 공략하는 게 좋을 거 같은데요!"

조조는 바로 결단을 내려 자기는 산동에 이르는 길을 막기로 하고 유비에겐 회남에 이르는 길목을 맡아 달라 부탁한다. 다음 날 유현덕은 미축, 간옹에겐 서주에 남아 성을 지키라고 하고 손건, 관운장, 장비와 함께 회남으로 갔다. 물론 군사들도 같이 갔지! 조조도 하비를 공격하러 떠났다. 그럼 조조는 혼자 갔을까? 그럴 리가 있나, 조조도 군사들하고 같이 갔찌이~!

이미 하비에 도착한 여포는 이곳이 적과 싸우다가 적을 물에 빠뜨려 죽이기 좋은 지형임을 알고 자만에 빠져 있었다. '옮기기를 잘했지!'

진궁은 한껏 들떠 있는 여포의 기분을 상하지 않게 하려고 조심스럽게 "조조가 이쪽을 향해 오고 있는데 자리를 잡기 전에 선수를 쳐야 승리할 것 같습니다."

"내가 싸움에서 여러 번 졌기 때문에 군사들을 끌고 나가기가 아직은 때가 아닌 것 같아. 차라리 여기 있다가 조조네가 공격해올 때 뒤를 공격해서 수장을 시켜버리자."

진궁은 속으로 '거 참! 말 안 듣네!!!' 하고 물러난다. 며칠 후 조조가 하비성에 도착해 진지를 구축하고 여포에게 말을 건넨다.

"여기 메가폰 좀 가져와라. 아아, 마이크 시험 중, 마이크 시험 중. 여포야, 들리냐? 소문에 의하면 네가 원술이랑 사돈을 맺으려고 했다던데? 역적 동탁도 죽였으면서 어째 다시 역적 원술이랑 손을 잡으려고 하냐? 지금이라도 늦지 않았으니 항복을 하고 우리와 함께 황실을 보호하자."

여포가 잠깐 상의할 시간을 달라고 했다. 진궁은 "저놈한테 속지 마세요. 간교한 놈입니다."라고 말하고 여포의 허락도 없이 가지고 있던 화살로 조조를 겨냥해 화살 하나를 먹여버린다. 날아간 화살이 조조 투구에 팅 맞고 떨어진다. "저런 싸가지 없는 자식을 봤나?" 하고 공격 명령을 내리지만 성문은 쉽게 열리지 않는다. 진궁이 여포에게 "조조 군사들은 먼 곳에서 왔기 때문에 지금 지쳐 있어 오래 못 갑니다. 먼저 성 밖으로 나가 샅바싸움 한번 해보시지요. 10일만 버티면 조조는 항복할 겁니다. 저는 성안에 있다가 조조가 장군을 공격하면 나가서 조조의 뒤를 칠 것입니다. 만약 조조가 장군을 공격하지 않고 성을 공격하면 장군께서는 조조네의 뒤를 후려치십시오.”

여포가 아무 말이 없자 진궁은 약간 답답했지만 부연 설명을 하며 “공격 세력을 분산시켜 상대의 힘을 약하게 하는 전법이지요. 초등학교 5학년 2학기 때 시험에 나왔던 전법입니다.”

“그래? 그 당시 그 문제의 답을 맞췄느냐?”

“그럼요. 제가 전교 회장 출신이에요.”

“알았다. 그렇게 해보자.”

여포는 슬슬 군사들과 쌈질 무기들을 챙기기 시작한다. 그날 밤 오랜만에 엄씨 부인을 찾으니 엄씨 부인이 걱정스러운가보다.

“장군께선 또 싸우러 나가시는 모양이지요?”

“그렇다. 진궁의 전법에 따라 조조를 무찌르러 나간다.”

“만일 이번 싸움에 져서 이 몸이 적에게 더렵혀진다면 당신은 어쩌시려우?”

“아, 잠이나 잡시다. 빨리 불 끄고!”

“밖에 인기척이!!!”

“게 누구냐?”

초선이다.

“넌 웬일이냐?”

“이번 전투는 아무래도 불길한 거 같아서요!”

마누라 둘이 동시에 이러면 갈등 생긴다. 이러지도 저러지도 못하고 3일을 그냥 흘려보내니 진궁이 다시 찾아와 "지금 우리는 조조에게 성을 완전히 포위당했습니다. 빨리 서둘러야 합니다. 한시가 급합니다."

"며칠 생각해봤는데 성을 나가서 싸우는 것보담 성을 지키고 있는 게 더 나을 거 같은데!"

"조조네가 식량이 거의 다 떨어져 허창으로 사람을 보냈답니다. 정예부대가 나가서 보급로를 끊어야 합니다."

"아니다. 조조가 나를 끌어내기 위해 쌀 가지러 갔다고 꾸며낸 소문이야. 난 갈 수 없다. (엄씨도 말리고 초선이도 말리잖아!)"

진궁이 자리를 물러나 탄식에다가 한숨을 섞고 비탄을 버무린 숨을 몰아쉰다.

"아이고, 이젠 내가 죽어도 묻힐 땅이 없겠구나!"

여포는 이러지도 저러지도 못하다가 술로 해결책을 찾았다. 술 가져와라! 엄씨와 초선을 불러 퍼마신다. 어느 날은 초선에게 "너 이쁘게 생겼구나. 아저씨랑 2차 갈래? 웨이터! 여기 계산서."라며 횡설수설을 해댄다. 웨이터 대신 모사 허사(許氾)와 왕해(王楷)가 나타나 "지금 회남에 있는 원술 장군의 세력이 엄청 커졌습니다. 장군께서 다시 사돈을 맺자 하면 어떻겠습니까?"

"뭐. 라. 구? 다시 말해봐라!"

"원술 장군이 들어주기만 하면 좌우협공으로 조조는 쉽게 물리칠 수 있을 텐데요!"

여포가 술이 확! 깼다.

"연필 준비됐냐? 불러줄 테니 받아써라." 하고 편지 내용을 불러준다.

장요와 학맹이 자다 말고 불려나와 편지를 가진 허사와 왕해가 포위된 성을 뚫고 나갈 수 있게 도와주라는 명령을 받는다. 야음을 틈타 허사와 왕해가 성 밖으로 나가는 데 성공한다. 다음 날 원술을 만나 편지를 전한다.

원술이 "전에는 내가 보낸 사신을 죽이고 파혼하자더니……."

허사가 말을 가로막으며 "조조한테 속아 넘어가서 그렇게 된 겁니다. 오해를 푸십시오."

"오해는 무슨 오해야! 지금 조조네가 쳐들어와서 위급하게 되니까 딸을 시집보내려는 거 맞잖아!"

"도와주십시오. 여포 장군이 위태로워지면 공에게도 화가 미칠 겁니다. 입술이 없으면 이가 시리지 않겠습니까?"

"여포는 신용불량자야. 믿을 수가 없어. 먼저 딸을 보내면 군사를 보내겠다고 전해라."

허사가 이 말을 듣고 냉큼 여포에게 달려가는데 문제는 허사의 탈출을 도와주고 돌아가던 학맹이 장비네 군사에 잡혀 500여 명이 떼죽음을 당하고 학맹은 고문에 못 이겨 조조 앞에서 허사가 원술네에 간 사연을 다 불어버렸다.

조조가 화가 잔뜩 나서 "포위를 잘하라고 그렇게 말했는데 이놈들이 빠져나갔단 말이다. 앞으로 거위 한 마리도 빠져나가지 못하게 하라. 이런 일이 생기면 가차 없이 목을 벨 것이다."

말이 끝나기 무섭게 학맹의 목이 날아간다. 하비성으로 천신만고 끝에 무사히 돌아온 허사와 왕해는 딸을 먼저 보내주면 군사도 보내준다는 원술의 이야기를 전하면서 학맹이 잡혀갔다는 이야기도 덧붙인다.

"조조네가 학맹을 통해 우리 사정을 다 알아버렸으니 장군께서 직접 포위망을 뚫고 나가지 않으면 힘들겠습니다."

여포는 장요와 고순을 불러 군사 3,000명을 붙여주고 딸의 예물을 호송하라 이르고, 딸에겐 두툼한 솜 누비옷을 입혀 등에 업고 적토마에 올랐다. 등에 업힌 여포 딸은 그때 나이 14세란다.

겨울산 눈 덮인 땅, 바람도 차디찬 국경을 넘는다. 달빛만 차갑게 흐르는 밤! 첫날은 무사했다. 둘째 날 밤, 10여 리를 갔을까? 휘익! 휘익! 바람 가르는 화살소리에 앞을 보니 관운장, 장비, 유현덕이 앞을 가로막고 있다. 아무리 날고 기는 여포라도 딸을 등에 업었으니 딸이 행여 부상이라도 입을까 제대로 싸울 수가 없었다. 엎친 데 덮친 격이라고 조조네의 허저가 '여포 잡아라!' 하고 소리치면서 달려든다. 여포는 할 수 없이 다시 성으로 필사적으로 되돌아갈 수밖에 없었다.

성으로 돌아온 여포는 우울증, 불면증, 답답증에다 과민성 대장염으로 인한 변비로 고생하며 술로 나날을 보내게 된다. 매일 아침 술이 덜 깬 상태로 화장실에 쭈그리고 앉아 있지만 장이 안 뚫려 끙끙대고 있다. 한편 성

밖의 조조도 성을 아무리 공격해도 안 뚫려 낑낑대고 있었다. 날씨는 추워지고 동상 걸린 말들은 힝힝거리고 땔나무도 떨어지고 쌀도 떨어지니 허창으로 돌아가고 싶은 생각이 간절하다. 모닥불 앞에서 손을 녹이고 있는 조조에게 군사1233이 달려와 고한다.

"하내 태수 장양이 여포를 도우려다가 그의 부하 양추에게 목이 잘렸습니다. 그걸 들고 승상에게 바치려고 오다가 장양의 심복 휴고(眭固)가 다시 양추를 죽이고 대성(大城)으로 달아났다고 합니다."

"알았다."

조조가 계산서를 보내니 휴고는 바로 목이 잘려나간다.

"근데 말이야, 북쪽에는 원소가 있고 동쪽에는 유표하고 장수가 있어 하비성이 열리지 않으니 허창으로 돌아가 재충전하고 오는 게 어떻겠느냐?"

바지락 콩나물국 추가 구라 _ 재충전, 이거 중요한 거다. 많은 연예인들이 재충전한다며 쉬고 다시 돌아온다. 근데 재충전을 국내에서 하면 안 되냐? 그리고 너네가 무슨 핸드폰이냐? 재충전하게!?

순유가 나서서 "싸움에 여러 번 진 여포는 지금 사기가 땅에 떨어졌고 그 사기를 다시 주울 힘도 없습니다. 군사들은 오너가 사기가 떨어져 있으면 의욕이 안 생겨서 다른 회사로 갈 궁리만 하거던요."

또 다른 놈이 나서서 "맞는 얘깁니다. 장사해본 사람들은 열심히 장사할 때는 모르지만 '이 가게 팔아야지.' 하는 생각이 드는 순간부터 아무리 손님들이 몰려들고 매상이 팍팍 올라도 장사하기 싫어지거든요. 이럴 때 그 가게를 사면 권리금도 필요 없고 전세금만 주면 가게 하나를 거저먹을 수 있거던요."

"근데 넌 누구냐?"

"압구정동에서 카페하다 망해서 지금은 장군님 졸개로 있습니다."

"좋은 거 배웠다. 일찍 들어가 자라. 아무 데나 끼지 말고."

"네, 충성!"

"자, 모닥불 가까이 와봐라. 이럴 때 너희들의 아이디어가 필요하다."

곽가가 "군사 20만을 부리는 것보다 더 좋은 생각이 떠올랐습니다."라고 하자 순욱이 "기수(沂水)와 사수(泗水)의 물을 하비성 쪽으로 트자는 거 아니오?"라고 말을 받는다.

"허허, 들켰네! 나 혼자만 생각한 줄 알았더니!"

조조가 알아듣고 다음 날 아침 즉각 실행에 옮긴다. 군사들에게 기수와 사수의 둑을 끊으라 명령하고 높은 곳에 올라가 내려다보니 하비성이 점점 물에 잠긴다. 여포가 하비성으로 와서 기수와 사수를 보고 방비하기 좋은 곳이라 흐뭇하게 생각했던 게 그에게 화근이 되어버린다.

배추 겉절이 추가 구라 _ '자신의 약점을 개성미로 살려라.' 대학 들어

가서 제일 먼저 배운 말이고 아무 데서나 써먹는 말이다.

점점 물에 잠기는데도 여포는 아직도 큰소리다.

"내 적토마는 물속에서도 평지에서처럼 달릴 수 있다. 걱정 마라."

부하들이 아무리 와서 말해도 술에 취한 여포의 판단력에는 콩껍질이 씌어 있다. '너만 적토마지, 남들 말은 그냥 평범한 말이잖아! 임마! 혼자 싸우냐?' 이 글 쓰다가 내가 여포한테 해주고 싶은 말이었다. 인간은 왜 술을 마실까요, 헬렐레~, 하고 속 쓰려하면서……. 남자답게 보이려고? 아니면 돈지랄을 하려고? 아니면 멀쩡한 정신으로 살아도 살기 힘든데 지가 너무 똑똑하다는 걸 알게 되고부터 멀쩡해도 살기 힘들어하는 사람들과 수준을 맞춰주려고 그러는 건 아니겠지?

● 구라 심리학 _ 인간이 창조해낸 최상의 물질이라고 칭해지는 술. 사람들이 술을 마시는 이유는 뭘까? 주당들에게 술을 마시는 이유를 물으면 그 대답은 각양각색이다. 술이 인간사를 통해 사라지지 않고 지속적으로 존재하는 이유는, 술에 포함된 에틸 알코올이라는 것이 인간이 발견한 것 중 가장 오랜 시간 동안 환각작용을 일으키는 물질이라는 점 때문이다. 비록 환각의 효과는 마약보다 훨씬 적지만 지속 시간은 5~6시간으로 필로폰 등 마약의 지속 시간이 몇 분에 지나지 않는다는 것을 감안하면 엄청나게 긴 시간이다. 따라서

일단 술에 빠진 상습적
음주자가 술을 먹지 않으면
금단 증세가 생긴다.
결국 마약과 다를 바 없는
중독물질인 것이다.

사람들이 술을 마시는 첫 번째 이유는 환각의 효과를 얻기 위함이라고 할 수 있다. 현실의 고통이나 고뇌로부터 벗어나고자 술을 마시는 사람들이 바로 이러한 유형에 속한다. 물론 에틸 알코올이 지니는 환각 효과 그 자체를 위해 술을 마시는 사람들도 있다.

둘째, 술은 음주자가 원하는 감정을 자유롭게 만들어주기 때문이다. 환각작용을 일으키는 마약류 중 필로폰은 아주 고조된 감정을 촉발하고 아편은 한없이 나른하게 해 세상만사를 잊게 하는 효과를 지니고 있다. 이에 비해 술은 마시는 사람이 원하는 감정을 자유롭게 만들어준다. 즐겁기 위해서 마실 때는 즐거운 마음을, 슬픈 연민의 정이 필요할 때는 그런 마음의 상태를 만들어준다. 집단 구성원의 분위기를 띄우거나 타인의 슬픈 감정을 어루만지기 위한 목적으로 술을 마시는 경우가 이러한 유형에 속한다.

술은 다른 환각 물질보다 신체에 미치는 폐해가 훨씬 적다. 물론 오랜 기간 술을 많이 마시면 분명히 몸에 탈이 난다. 그러나 마약류처럼 효과가 즉시 나타나면서 엄청나게 몸을 상하게 하는 것과 비교하면 술의 폐해는 상대적으로 적다. 오랜 시간 동안, 자신이 원하는 기분 상태를 유지해주면서, 상대적으로 몸에 대한 피해를 적게 주는 불가사의한 물질이 바로 술인 것이다.

그러나 술 마시는 버릇을 가진 사람은 점차 술에 대한 의존성이 높아진다. 술을 마신 후 기분이 좋았다든지 또는 스트레스를 풀었다든지 하는 긍정적 효과를 본 사람은 그 좋았던 기억을 술을 통해 다시 되살리고 싶어 한다. 술에는 내성이 있다. 같은 효과를 내기 위해선 종전보다 더 먹어야 한다. 처음에는 조심스럽게 술에 접근했지만 점차 술고래가 돼가는 것은 이런 이유에서다. 일단 술에 빠진 상습적 음주자는 술을 먹지 않으면 금단 증세가 생긴다. 결국 마약과 다를 바 없는 중독물질인 것이다.

여포가 어느 날 거울을 들여다보다가 거울에 비친 자기 얼굴을 보고 "너 누구냐?"고 묻는다. 다시 초선이를 부른다.

"초선아, 여기 거울에 비친 놈이 누구냐?"

(초선이 놀라) "서방님 얼굴 아닙니까?"

"아니 내 얼굴이 이렇게 찌그러졌단 말이냐? 정말 나 맞냐?"

"그럼요."

지가 들여다봐도 도저히 이해가 안 될 정도로 술과 여자에 곯은 얼굴이다. 정신을 차린 여포는 금주령을 내린다. 술 마시는 군사와 백성들은 모조리 죽여버린다는 엄명을 내리니 주민 모두가 겁에 질린다.

여포네 말 담당자 중에 후성이란 자가 있었다. 금주령이 내려진 그날 어떤 놈이 말 열다섯 필을 훔쳐 달아나다가 후성에게 붙잡혔는데 이 말 도둑놈은 말을 훔쳐서 유현덕네 갖다 주려고 했다는 거다. 여러 장수들이 찾아와 말 도둑 잡은 걸 치하하는 자리에서 후성은 그간 담궈두었던 술을 한잔

내고 싶으나 금주령 때문에 술을 마실 수가 없었다. 누군가 여포에게 허락을 맡고 한잔하자는 의견을 내놓는다. 술을 몇 병 들고 여포에게 찾아가 자초지종을 말하니 여포가 벌컥 화를 낸다.

"이 자식아, 금주령 내린 지 며칠이나 됐다고 나한테 술을 가져와? 애들아, 이놈을 당장 죽여라!"

여포가 길길이 날뛰는 걸 여러 장수들이 말리고 말리고 또 말려서 죽이는 건 취소하고 곤장 100대를 맞는 것으로 사건이 일단락이 됐다. 아니다, 일단락 안 됐다.

그날 밤 후성네 동네 카페에 여러 장수들이 위로하는 자리를 마련하면서 작당이 시작된다.

"곤장 맞은 데에는 말 방귀에 쏘인 참외를 깎아 먹으면 좋다던데!"

"우리끼리 몰래 마시고 안 걸리면 되는 건데."

"저는 실컷 처마셨잖아."

"쓰부랄! 여기서 못 살겠어. 이민 갈래!"

"아까 여포한테 가지고 간 술은 어디로 갔지?"

"야, 그러지 말고 아예 여포 목을 잘라다가 조조한테 갖다 바치자."

"나는 적토마를 훔쳐서 조조한테 갖다줄래!"

"남은 술 마셔버리자. 어때, 막가는 거야. 씨~ 블루스 탱고!!"

그날 밤 후성은 적토마를 훔쳐 조조에게 갖다 바치고 함께 작당을 했던 송헌과 위속이 성을 뺏을 수 있도록 투항할 거라 알려준다. 성 위에 백기를 꽂으면 그걸 신호로 쳐들어오라는 것이다.

아침이 되어 북소리와 함성이 천지를 진동하니 여포는 놀라 아침부터 각처를 달려 순시하며 성벽 가까이 오는 적병들을 처치하고 고래고래 소리를 지르고 군사들에게 성을 지키라 해봤지만 말을 잘 듣나! 그러게 평상시에 잘하지! 적군이 뗏목을 타고 사수를 건너 성으로 기어오르니 사수는 적군과 아군의 피로 벌겋게 물들었다. 점심때가 되니 조조의 군사들이 한 템포 쉬면서 물러간다. 아침부터 이리 뛰고 저리 뛰던 여포는 점심시간이 조금 넘자 슬슬 배도 고프고 잠도 온다. 의자에 앉아 깜빡 잠든 사이에 송헌이 여포 옆에 있던 방천화극을 몰래 빼내고 위속이 뒤에서 달려들어 여포를 밧줄로 묶어버렸다.

"여포를 묶었다!" 하고 고함을 치자 성문 위에선 백기를 들어 올려 조조네 군사에게 신호를 보냈다.

조조와 하후연이 혹시 계략이 아닐까 의심하고 있는데 여포의 방천화극이 성 밑으로 떨어진다. 동문이 열리자 조조네 군사들이 일제히 성안으로 뛰어든다.

서쪽에 있던 고순과 장요는 물이 넘쳐 도망칠 곳이 없어 절절매다가 조조네 군사들에게 잡히고 진궁도 남쪽으로 도망치다 조조네 서황에게 잡힌다. 하비성을 점령한 점령군 사령관 조조는 유비와 함께 백문루(百門樓)에 올라가 물을 빼라 이르고 백성들을 안심시켰다.(근데 뭘 어떻게 안심시켰다는 건지?)

"여포를 묶었다!" 하고 고함을 치자
성문 위에선 백기를 들어 올려
조조네 군사에게 신호를 보냈다.

포로 1,003명 앞에 밧줄로 묶인 여포가 앉아 있다가 조조에게 부탁 하나 한다.

"밧줄 좀 느슨하게 해주시오. 손에 피가 안 통해서!"

"안 돼!"

여포는 후성, 위속, 송헌이 조조 옆에 서 있는 걸 보더니 "내가 너희들한 테 얼마나 잘해줬는데 배신의 비빔밥을 무치냐?"고 묻는다.

"너는 혼자 술과 계집에 빠져 있다가 너 술 안 먹는다고 우리도 못 마시게 하나?"

"술은 몸에 안 좋잖아!"

조조가 나서서 "시끄럽다. 그리고 거기 있는 진궁, 옛정을 생각해서 같이 일하고 싶다."

"난 같이 일하고 싶지 않다."

진궁은 단호하게 잘라 말하고 스스로 형장으로 걸어 내려간다. 몇 사람이 설득을 해보기는 했지만 소용이 없었다. 조조가 마지막 배려를 해주며 "진궁의 늙으신 모친과 처자식을 허창으로 보내 편히 지내게 하라. 진궁의 관도 좋은 걸로 준비하고."

(아주 옛날 조조가 동탁을 암살하려다 실패해서 낙양을 탈출해 개털이 된 때가 있었다. 그때 조조를 도와줬던 게 바로 진궁이다. 내 편이 저 편 되고 저 편이 내 편 되는 사람 팔자 편 먹은 대로 안 되는 세상이다.)

다음은 여포 차례다.

"조 승상, 날 살려주면 안 되겠소? 조 승상을 도와 천하를 평정할 때까지 오른팔이 되겠소. 아이고 팔 저려!"

대답이 없다.

"유 공, 나를 살려주라고 한마디 해줄 수 없소? 현덕씨, 나 좀 살려주라……. 그래! 야, 유비야, 내가 너를 살려준 거 생각 안 나? 내 말 안 들려!"

여포 밑에 있던 장수 장요가 저쪽 편에서 끌려오면서 "야 이놈아, 사내답게 죽어. 목숨 구걸하지 말고!!!"

"어떤 게 사내다운 건데? 살려주면 사내답게 해볼게……."

뎅거덩! 여포의 목이 잘려 바닥에 구른다. 다음은 장요 차례다.

장요가 "나는 사내답게 죽겠다. 너도 패장이 되면 사내답게 죽어라."

조조가 칼을 뽑아드는데 유비가 팔을 잡고 말리고 관운장은 무릎을 꿇고 애원한다. 한 명은 내 편을 만들려 했으나 스스로 형장으로 걸어가고, 한 명은 살려달라고 했지만 죽여버리고, 한 명은 살려달라는 주위 사람들이 있어 살려주네. 조조가 묶인 밧줄을 직접 풀어주며 자기의 옷을 벗어 입힌다.

조조가 "사실 장요 장군 이야기는 유현덕을 통해서 들었소."라고 하자 현덕이 "저는 관운장을 통해서 듣구요."

관운장은 "저는 소패전투 때 첫눈에 장군의 사람됨을 알아봤습니다. 고만 일어나게! 너무 오래 무릎 꿇고 앉아 있으면 관절염 걸려!"

조조의 마음 씀씀이에 장요가 항복하니 그 소식을 듣고 장패도 부하들을 이끌고 투항해온다. 장요에게 관내후(關內侯)란 벼슬을 내리고 중랑장으로 삼는다. 이후 손관, 오돈, 윤례 등도 항복했는데 창희만은 투항하지 않고 반항을 했다.

양파 추가 구라 _ 세상 온갖 재미는 반항아들이 만들어낸다. 반항아가 없었다면 인류의 발전도 없었을 것이다.

※ 반항도 때로는 커다란 사업이다. - 도스토예프스키의 『백치』 중에서.

4

가족관의 차이, 자살의 유형

- '횟집의 광어' 신세를 면한 유비

싸움에서 이긴 조조는 군사들을 거둬들여 돌아간다. 서주를 지나가는데 백성들이 유현덕을 서주 목사로 있게 해달라고 한다. 조조는 '현덕은 이번 싸움에서 공로가 크니 천자께 보고하고 조처를 취하겠다.'고 하니 백성들이 고마워한다. 우선 임시로 거기 장군 차주(車冑)에게 서주를 맡으라고 하고 허창으로 떠나니 백성들은 '야호, 그간 고생만 직싸게 하던 유비도 이제는 뜨는구나.' 하며 좋아하더라.

허창에 돌아온 조조는 싸움의 공훈에 따라 계급도 올려주고 휴가비를 보태 휴가도 보내주고 지네들한테는 '양주'라고 할 수 있는 '서울 장수 막

걸리'를 주고, 오리온 초코파이도 한 개씩 나눠준다.(그때부터 지금까지 오리온 초코파이는 중국에서 인기를 끌고 있다.)

다음 날 조조는 유비에게 예복 한 벌을 맞춰주고 헌제를 찾아가 인사를 드린다. 그런데 족보를 따져보니 유비가 헌제의 아저씨뻘이 되는 거다. 이 날부터 유비를 '황제의 숙부'라는 뜻으로 '유황숙'이라 부른다. 헌제는 '조조가 국사를 밀가루반죽처럼 주물렀는데 다행히 숙부뻘 되는 영웅을 만났으니 도움이 되겠구나.' 하고 생각하니 기분이 좋아 얼굴이 밝아진다. 밝아진 천자의 얼굴은 조조네 참모들의 얼굴을 어둡게 하더니 어느 날 조조와의 점심상에서 순욱이 "천자께서 유비가 자기 숙부뻘이 된다는 걸 알게 된 게 우리에게 이롭지 않은 거 같습니다."

"숙부가 된다 하더라도 걱정 없다. 천자를 가까이 모시게 한다는 명분을 만들어 실제로 내 밑에 있게 한 건데 뭐가 두렵냐? 내가 걱정하는 건 양표(楊彪)야. 양표는 원술하고 친척 관계니까 둘이 힘을 합치면 고름 덩어리가 된단 말이야. 미리 예방주사를 놔야 할 거야."

며칠 후 강력한 항생제가 주사된다. 조조는 몰래 사람을 시켜 양표가 역적 원술과 내통하고 있다는 상소문을 올려 양표를 옥에 가둔다. 북해태수 공융 등이 찾아와 조조에게 짖어대니 조조는 양표를 고향으로 귀양 보내는 걸로 '양표 항생제 사건'을 매듭지었다.

미역 된장국 추가 구라 _ "네 죄를 네가 알렷다." – 이 대사 이거 사극에 많이 나오는 대사다. 틀린 말은 아니지. 네 죄는 네가 제일 잘 알지. 근데 다짜고짜 잡아다가 형틀에 묶어놓고 심문하기 시작한다.

"네 죄를 네가 알렷다!"

"저는 아무것도 모릅니다."

"저놈의 입에서 바른말이 나올 때까지 매우 쳐라!"

이거 정말 미치고 팔짝 뛰어서 머리가 하늘까지 닿을 노릇이다. 털어서 먼지 안 나오는 놈 있냐? 이거 안 당해본 사람은 모른다. 무교동 통기타 살롱에서 연예부장으로 일할 때다. 통기타 가수들에게 심각하게 "너, 이리 좀 와봐." 하고 불러서 사무실로 들어간다. 그리고 심각한 표정으로 "야, 너 요즘 안 좋은 소문 들리더라!" 하고 한마디 하면 열이면 여덟 아홉 명은 자기가 최근에 안 좋은 일 한 걸 털어놓는다. 그냥 재미로 해본 소린데, 다들 순순히 털어놓더라. 근데 1970년대에 활동했던 통기타 그룹 어니언스의 임창제만 "어떤 새끼가 뭐라고 하는데?" 하고 벌컥 화를 냈었다. 뒤가 구린 일이 없으니까 당당하게 화를 낼 수 있었던 거다.

사극에선 '너 역모 꾸몄지?' 하고 쎈 놈이 건들면 거의 걸려들더라. 어느 날 시골마을에서 사또가 한 놈을 붙잡아다가 "네가 역모를 꾸민다지?" 하고 심문을 시작한다.

"억울합니다. 제가 무슨 죄를 저질렀다는 겁니까?"

"저놈을 매우 쳐라. 네놈의 죄목은 대역죄다!"

"제가 어찌 감히 대역을 꿈꾸겠습니까요? 엉! 엉! 흑! 흑!"

평소 운동으로 배에 王 자가
선명했던 총각.
며칠 운동을 하지 않았더니 王이
土로 바뀌었다고 한다.
뭐든지 꾸준히 하자!

"증거가 있는데도 우기는 거냐?"

"도대체 무슨 증거가 있다는 이야깁니까?"

"저놈 앞가슴을 열어봐라."

포졸 둘이 달려들어 윗도리를 벗기니 배에 왕(王) 자가 나타났다는 거야. 몸짱 권상우한테서 나타나는 왕 자 배 있잖아! 그래서 삼대가 노비로 팔려갔대나? 어쨌대나??

이런 일이 생기자 조언(趙彦)이란 인물이 조조의 횡포를 조목조목 적어서 상소문을 올렸지만 미리 이 사실을 안 조조는 조언을 죽여버린다. 상소문은 천자에게 전달되지도 않은 채!!! 소문이 새끼를 치면서 점점 과대 포장이 되어 대신들이 조조를 무서워하게 된다.

모사 정욱이 "때가 온 거 같습니다. 이때를 놓치지 마시고 왕이 될 준비를 하셔야지요."

귀가 솔깃한 조조는(속으로는 '알지, 임마! 내가 그걸 왜 모르겠냐?') "아직 조정에는 천자의 심복들이 여기저기 박혀 있다. 그런 소리 입 밖에 낼 때가 아니다. 우선 천자에게 사냥을 가자고 해서 동정을 살펴보겠다."

조조는 안 가겠다는 천자를 어르고 달래고 반 공갈을 쳐서 사냥터로 끌고 나간다. 조조는 자신의 힘을 과시하기 위해 10만의 군사를 동원한다. 유비는 만약의 사태에 대비해 무기를 감추고 관운장, 장비와 함께 천자를 호위해 뒤를 따른다. 시간이 흐르자 황제는 유비의 사냥하는 솜씨를 보고 싶어 한다. 때마침 옹달샘에 세수하러 왔다가 물만 먹고 가는 토끼가 한 마리 눈에 띈다. 유비가 화살 한 발로 토끼를 명중시키니 황제 얼굴에 미소가 번진다. 황제가 산모퉁이를 돌아서니 사슴 한 마리가 뛰어나온다. 황제가 연달아 화살 세 발을 날렸으나 명중시키지 못한다. 조조가 황제의 활과 화살을 달라고 하더니 단번에 사슴의 심장을 맞춘다. 쓰러진 사슴에 황제의 금화살이 꽂힌 걸 멀리서 본 신하들은 황제가 사슴을 맞춘 줄 알고 와! 와! 함성을 질러댄다. 조조가 황제 앞으로 말을 달려 황제를 막으며 멀리 떨어진 신하들에게 손을 들어 '내가 쏜 거야!'라고 암시하는 손짓을 한다.

조조의 오만방자한 행동에 신하들은 아연실색하고 만다. 속으로만 '저런 싸가지 없는 놈.', '내가 일주일만 젊었어도 저런 놈 대가리를…….', '손톱 밑에 박힌 가시 같은 놈!'

관운장만이 숨기고 있던 칼을 빼어 들고 조조에게 달려나가려는 걸 유비가 눈짓 손짓으로 말린다. 그날 밤 관운장이 일기에 '오늘 조조를 죽였어야 하는데. 에잉!'이라고 써놓았는데 이 일기가 임진왜란 때 타버렸다는 설이 있긴 하다.

천자는 사냥에서 돌아와 줄곧 우울하다. 조조의 안하무인과 건방짐이 하늘을 찌르는 데 머무르지 않고 자신의 심장을 향해 다가옴을 느꼈기 때문이다. 어느 날 장인에게 한탄을 하며 "정치는 조정에서 하는데 명령은 승상부가 좌우하고 있으니 모두들 조조의 얼굴 표정만 살피고 있소이다. 바늘방석에 앉아 있는 기분이오."

장인이 "사냥터에서 있었던 일로 많은 사람들이 할 말이 많지만 조조의 심복들이 여기저기 너무 많이 깔려 있어서 다들 쉬쉬하고 있지요."

"그러니 이걸 어찌하면 좋겠소? 조조는 분명 조만간에 모사를 꾸밀 가능성이 다분한 놈이오."

"믿을 만한 사람을 제가 추천하지요. 이게 그 사람 명함입니다. 얼마 전에 새 디자인으로 뽑았다고 하더군요."

"좋소. 언능 궁으로 들어오라고 해서 이 난국을 타개해봅시다."

"근데 말이죠. 궁에는 조조의 심복들이 워낙 많아서 자칫 소문이라도 새어나가면 큰일이 날 것입니다."

"그러면 어찌……?"

"예복 한 벌과 옥대를 준비하여 옥대 속에 밀서를 넣은 후 읽어보라 하면 어떨까요?"

며칠 후 동승(董承)을 불러 천자께서 직접 예복 한 벌과 옥대를 선물한다. 선물 소식이 조조 귀에 들어가니 조조가 집으로 돌아가는 동승을 불러 세운다.

"그 보자기에 싼 게 뭐요?"

"천자께서 하사하신 예복과 옥대입니다."

"그거 나 한번 입어봅시다."

조조가 낚아채듯 보따리를 뺏더니 예복을 입어본다.

"나한테 딱 맞춤이네! 이거 나 줄 수 없소?"

조조가 의심스러운 눈초리로 이리저리 옷을 살펴보다가 특별히 다를 게 없는 예복이란 생각이 들자 얼른 말을 바꾼다.

"농담이오, 농담! 언제 나도 그 디자인으로 한 벌 맞춰 입어야지."

"후유!!!"

집으로 돌아온 동승은 예복과 옥대를 이리저리 들쳐봐도 아무것도 발견할 수 없다.

"그럴 리가 없는데!"

뭔가를 찾아보려고 밤을 꼬박 새우다가 책상에 옷과 옥대를 올려놓고 깜박 잠이 들었다. 매캐한 냄새가 나서 눈을 떠보니 책상 위에 있던 등잔의 불꽃이 튀면서 옷을 태운 거였다. 덕분에 붉은 천으로 싼 옥대 안에 있는 흰 천에 붉은 피로 쓴 천자의 밀서를 발견하게 되었다. 동승은 다시 한번 주위를 조심스럽게 살핀 후 밀서를 열어본다.

천자문

……(상략)…… 조조가 조정의 기강을 무너트리고 있고, 이미 심하게 무너졌다. 조조가 하는 짓을 눈꼴시어 못 보겠으나 짐이 어찌해 보기에는 힘이 부친다. ……(중략)…… 심지어 그가 내리는 상벌조차 짐은 알지 못하니……(다시 중략)…… 경은 일국의 대신이고 짐의

친척이다. 내 편이 되어 한나라를 구해달라……(하략)…….

— 건안 4년 봄 3월, 고량주 나발 불고 싶은 밤—

동승은 눈물로 범벅이 되어 한숨도 못 자고 뜬눈으로 이리 뒤척 저리 뒤척 날을 새웠다. 이때부터 동승은 천자가 내린 천자문('하늘 천 따 지.' 하는 그 천자문의 원조인가?)을 달달 외워서 머릿속에 깊숙이 박은 후 비밀 첩보원 못지않은 실력으로 조조네 사람들을 하나 둘씩 자기편으로 만들어 나간다.

이렇게 사람들을 포섭해나가다가 마등이 유비를 떠올려 강추를 한다. 동승이 의아해하며 "그 사람은 조 승상 밑에서 뿌리혹박테리아처럼 살아

가는데 무슨 도움이 되겠소이까?"

그러자 마등이 "내가 사냥터에서 봤는데 조조가 방자하게 천자를 가로막고 있을 때, 유현덕의 뒤에 있던 관운장이 청룡도를 들어 조조를 치려 하는 걸 유비가 눈짓으로 말리는 걸 보았소이다. 근데 그건 조조를 죽이기 싫어서가 아니라 당시 따르는 사람이 적었기 때문이었소."

"알겠소, 그럼 내가 먼저 만나보겠소이다."

동승이 조조네 아그들의 눈을 피해 늦은 밤 유비를 찾아온다.

유비가 "아이고, 이거 잠옷 바람인데……."

"미안합니다. 긴히 드릴 말씀이 있어서……!"

"무슨 일이시오?"

동승이 황제의 천자문을 알리니 유비가 동조할 뜻을 비친다. 일전에 사냥터에서 봤던 일을 말하니 유비가 놀란다.

"아니 그걸 어떻게 보셨소?"

"아무도 모르게 나만 봤지요. 조정의 신하들이 관운장만 같다면 얼마나 좋겠소. 모두들 조조의 눈치만 보고 있으니 답답한 심정이오."

"나도 돕겠소. 탄로 나지 않게 서로 조심합시다. 우롱차라도 한 잔 하셔야 할 텐데 애들이 잠이 들어서……."

"마신 걸로 알고 가겠습니다."

팔뚝 시계를 보니 벌써 새벽 5시다. 동승이 다녀간 후부터 유비는 후원에 나가 씨를 뿌리고 물을 주고 화초를 가꾸며 하루하루를 보낸다. 잡초를

뽑으며 "이런 조조 같은 놈, 언젠가 뽑아버려야지." 하며 조조를 없애버릴
궁리를 하니 한결 흥이 나고 화초를 돌보는 일도 즐거워진다. 장비와 관운
장이 화초를 가꾸고 있는 형을 못마땅해하지만 유비는 '참는 자에게 복이
있단다.'라며 아우들을 달랜다. 어느 날 조조의 심복인 허저와 장요가 군사
들과 함께 나타났다.

"승상의 명령을 받고 모시러 왔습니다."

"급한 일이오?"

"저희들은 잘 모르겠습니다."

유비가 머리를 갸웃거리며 조조에게 불려간다.

조조가 "요즘 큰일을 하신다구요?"

(헉! 눈치를 챘나?) "네? 아니 저……!!!"

"농사 일이 얼마나 큰일이오."

(안심하며) "할 일이 없어서 심심풀이 땅콩이나 길러볼까 하구요."

"매실을 보니 전에 장수라는 놈을 토벌하러 갈 때가 생각나네요. 날은 더
운데 물도 없어서 군사들이 목말라 하길래 여기서 10리만 더 가면 매실 밭
이 있으니 거기 가서 쉬면서 청매실을 따먹자고 했었죠. 군사들이 '매실'이
란 말을 듣고 입 안에 침이 고여 갈증을 면하고 행군했던 일이 생각납니다."

"지금도 입 안에 침이 고입니다."

"마침 매실로 담근 술이 있어서 공을 불렀소이다. 정자로 갑시다."

매실 숲을 걸어가는데 바람이 불어와 두 사람 머리 위로 매실 몇 개가

떨어지더니 가는 비가 내리기 시작한다. 고개를 들어 하늘을 보니 구름 한
뭉치가 용의 형상으로 꼬이더니 하늘 높이 솟구쳐오른다. 조조가 "저 속에
용이 있소이다. 용이 하늘로 치솟는 걸 같이 보게 되다니!"라고 말한다. 가
는 비가 굵게 변하더니 소낙비가 쏟아진다. 둘은 커다란 나무 밑으로 뛰어
가 비를 피한다. 용 이야기는 계속된다.

조조가 "용이 어떤 때는 크고 어떤 때는 작아서 푸른 안개를 뿜고 구름
을 일으키고 강 위를 날고 바다를 걷어차기도 하지만 몸을 작게 만들어 머
리를 묻고 발톱을 감추면 깊은 연못에서 100년이고 200년이고 있소이다."

"그런데 용이란 게 진짜 있는 겁니까?"

몸에 용 문신 있는 사람!

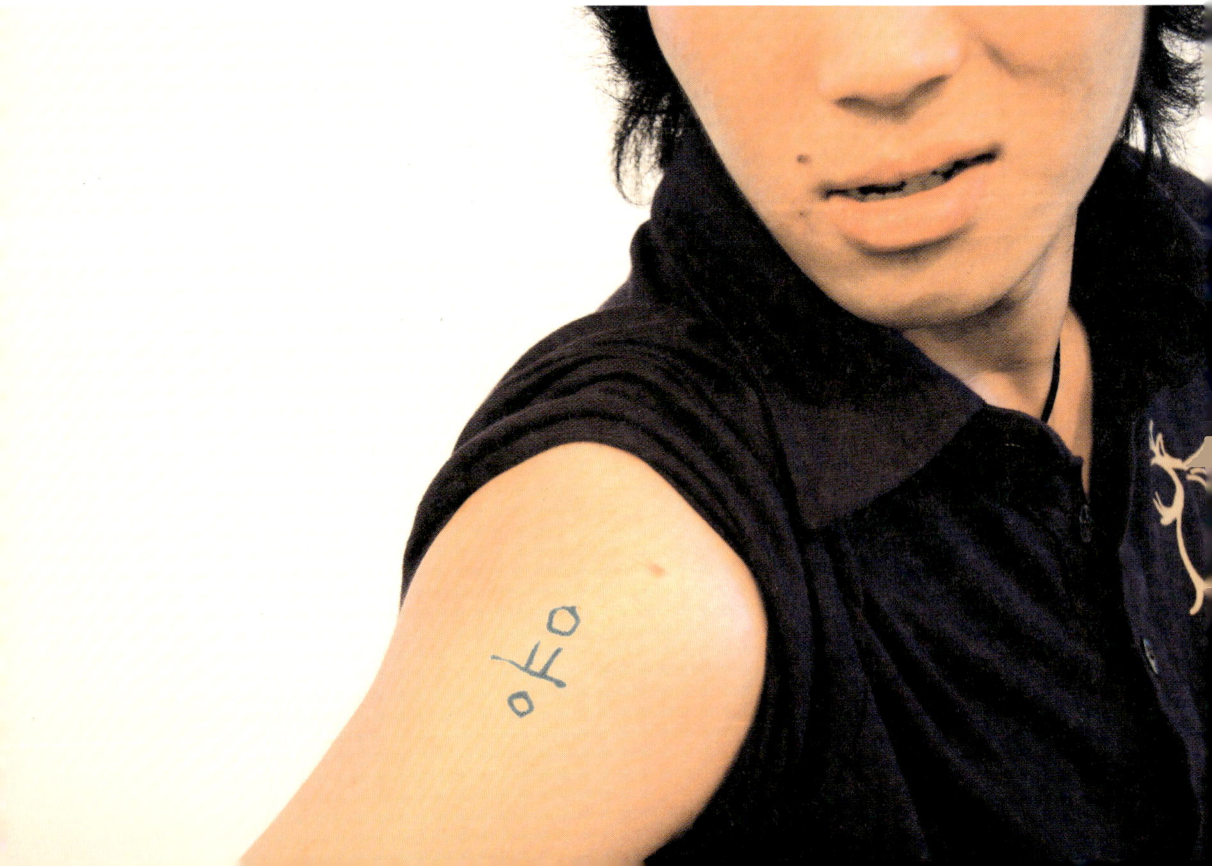

"있다면 있고 없다면 없는 것이지요."

"용 이야기는 많이 들었지만 실제로는 보지 못했습니다."

고추기름 추가 구라   옛날엔 용이 있었는지 모르지만 지금은 없다. 매연과 공해 때문에 용은 멸종됐다. 사실 나도 용을 보긴 봤다. 아주 오래전에 교보문고에서 영화감독 겸 글쟁이 이규형 감독이 쓴 책을 내가 함께 사인 판매하다가 중간에는 그냥 막 주기 시작했다. 그런데 기준이 뭐냐.

남자친구랑 같이 온 사람! 손등에 사마귀 있는 사람! 가출 경험 있는 사람! 지금 양다리 걸치고 있는 사람! 오늘 생리 중인 사람! 등을 손 들라고 해서 앞으로 나오면 책을 한 권씩 줬다. 마지막 열댓 권이 남았을 때 '자, 몸에 용 문신 있는 사람!'이라고 하자, 어떤 놈이 손을 들고 나와서 어깻죽지를 까는데 '용'이라고 써 있는 게 아닌가. 나는 진짜 여의주를 물고 있는 용을 말했던 건데 이놈은 어찌된 놈인지 '용'이라는 글자 한 자를 달랑 써놓은 거다. 몰려 있던 사람들은 웃고 구르고 박수치고 뒤집어졌다.

잠시 비를 피했지만 오히려 빗줄기가 굵어질 태세다.

"자, 뛰어갑시다."

정자에 도착하니 술상이 차려져 있고 이야기는 계속된다. 조조가 "유 공께서는 천하를 많이 돌아다니셨으니 당대의 영웅이 누구라고 생각하십니까?"

"제가 아직 사람 보는 눈이 없어서요."

"그래도 들어본 이름이라도……."

"회남의 원술은 군량미도 많고……."

"그는 무덤 속의 뼈다귀요. 곧 나한테 혼날 거요."

"하북의 원소는요?"

"허우대만 좋지 잔꾀만 많고 결단력이 없소이다."

"그럼 유표는요?"

"이름만 가수지 히트곡이 없잖소이까."

이런 가수들 시중에 무진장 많이 있다. 판만 열댓 장 냈지 히트곡이 없는 가수들!

유비가 몇 명 더 이름을 대봤지만 조조의 눈엔 새발의 핏자국이다.

조조가 가만히 속삭이며 "천하에 영웅은 당신과 나, 둘뿐이오!"

그 말을 듣고 놀란 유비가 숟가락을 방바닥에 쟁그렁, 하고 떨어뜨린다.

"무슨 말씀이십니까! 저는 날지도 못하고 발톱도 없는데요."

쟁그렁, 하는 숟가락 소리가 신호가 된 듯 갑자기 하늘이 어두워지고 천둥번개가 우르르땅딱! 쳐대니, 유비가 부들부들 떨어대면서 애써 침착한 척하는 모습을 조조가 놓치지 않고 보고 있다. 잠시 후 장대 같은 빗속을 헤치고 장비와 관운장이 나타나니 조조가 반갑게 말한다.

"아우들도 올라와서 한잔하세! 김 양아, 여기 잔 좀 더 가져오너라."

"말을 가지고 와서요. 음주승마는 좀……."

"여기 대리 승마꾼이 있으니 걱정 말고 마시게."

거나해진 이들은 비가 그치자 집으로 돌아왔다. 현덕이 조조와 있었던 일을 낱낱이 말한다.

"내가 말이야, 꽃과 채소를 가꾸는 건 조조가 날 의심하지 말라는 거야. 아까 술자리에서 날더러 용이라고 하길래 놀라는 척 연기를 했지. 하늘도 박자를 맞춰주느라 천둥번개를 쳐주더군! 놀라 자빠지는 척을 하니 조조가 흐뭇해하던데! 하! 하! 하!"

다음 날도 조조는 유비를 부른다.

"오늘은 날씨도 화창하고 번개도 칠 것 같지 않아 불렀소이다. 껄껄껄!"

술을 마시고 있는데 원소의 동정을 살피러 갔던 만총이 돌아와 아뢴다.

"공손찬이 원소에게 완패했답니다."

유비가 "자세히 좀 들어봅시다."

"공손찬이 원소랑 싸우다가 불리해지니까 성을 높이 쌓고 역경루(易京樓)라는 누각을 지었답니다. 먹을 건 넉넉해서 군량 30만 2석을 쌓아놓고 있었답니다. 전투가 벌어지자 성 밖으로 싸우러 나간 공손찬 부하들이 원소네 군사들에게 포위를 당했는데 공손찬이 구출해줄 생각을 안 하더랍니다. 매번 구출해주면 다음에 나갈 군사들도 '만약에 잡히면 구출해주겠지.' 하는 안이한 생각이 들어서 목숨 걸고 싸우지 않는다나요."

"……."

"이러니 누가 나가서 싸우고 싶어 하겠습니까요. 공손찬이 위기를 깨닫고 허창으로 밀사를 보냈는데 그 밀사가 그만 원소네 군사에게 붙잡혔답니다. 공손찬은 여기저기 구출신호를 보냈지만 번번이 실패로 돌아갔대요.
그러다가 땅굴을 파고 들어온 원소네 군사들에게 성이 함락되니까 공손찬
은 아내와 아이들을 죽인 후 스스로 목숨을 끊었답니다.”

“호오!”

“원소가 공손찬 군대까지 자기편을 만드니 군세가 더 쎄졌지요. 거기에
더해서 원소의 동생 원술이 회남에서 사치와 낭비벽 때문에 인심을 잃자
지가 만든 짝퉁 황제 칭호를 원소한테 바치겠다고 하니까 원소가 ‘야, 그
럼, 그 옥새도 줄 수 있냐?’고 그랬더니 ‘그래, 줄게!’ 했답니다. 그 녀석들
이 합치기 전에 승상께서 무슨 조치를 취해야 할 것 같습니다.”

● 구라 심리학 _ 비록 많은 사람들이 짝퉁을 이용하고 있긴 하지만
사람들이 진정 원하는 것은 진짜와 같은 짝퉁이 아니라 명품일 것이
다. 그럼 사람들이 명품을 좋아하는 이유는 무엇일까. 첫째, 소비문
화와 관련이 있다. 유행에 민감하고 유행을 따르고자 하는 바람 때
문에 명품을 선호하는 것이다. 둘째, 대중매체의 영향 때문이다. 대
중매체는 유명 연예인을 통해 일반 대중에게 자연스레 명품을 소개
한다. 일반 대중은 자신이 좋아하는 연예인이 사용하고 있는 물품
에 관심을 가지게 되고 이를 구매하고자 하는 바람을 갖게 되는 것
이다. 일부 수입차 업계에서 유명 연예인에게 자사의 자동차를 무
료로 제공하는 것도 이러한 이유 때문이다. 셋째, 외모지상주의 때

문이다. 인간에 대한 평가가 내면보다는 겉으로 드러난 외모에 의
해 좌우되면서 외모에 더 많은 관심을 기울이게 되었고, 이러한 상
황에서 명품은 더할 나위 없이 좋은 액세서리가 된 것이다. '옷이 날
개'라는 말이 이러한 사실을 잘 드러내주는 말이다. 하지만 요즘에
는 '날개'를 넘어서 아예 그 사람이 소유한 물건이 그 사람의 인격
을 나타내주는 일까지 생겨나고 있다.

유비의 눈물이 뺨을 타고 흐른다. 지난날 자신을 제일 먼저 천거했던 사
람이 공손찬이었으니까 말이다.
자신의 가족들을 죽이고 자신도 자살한 경우는 현실에서도 일어난다.

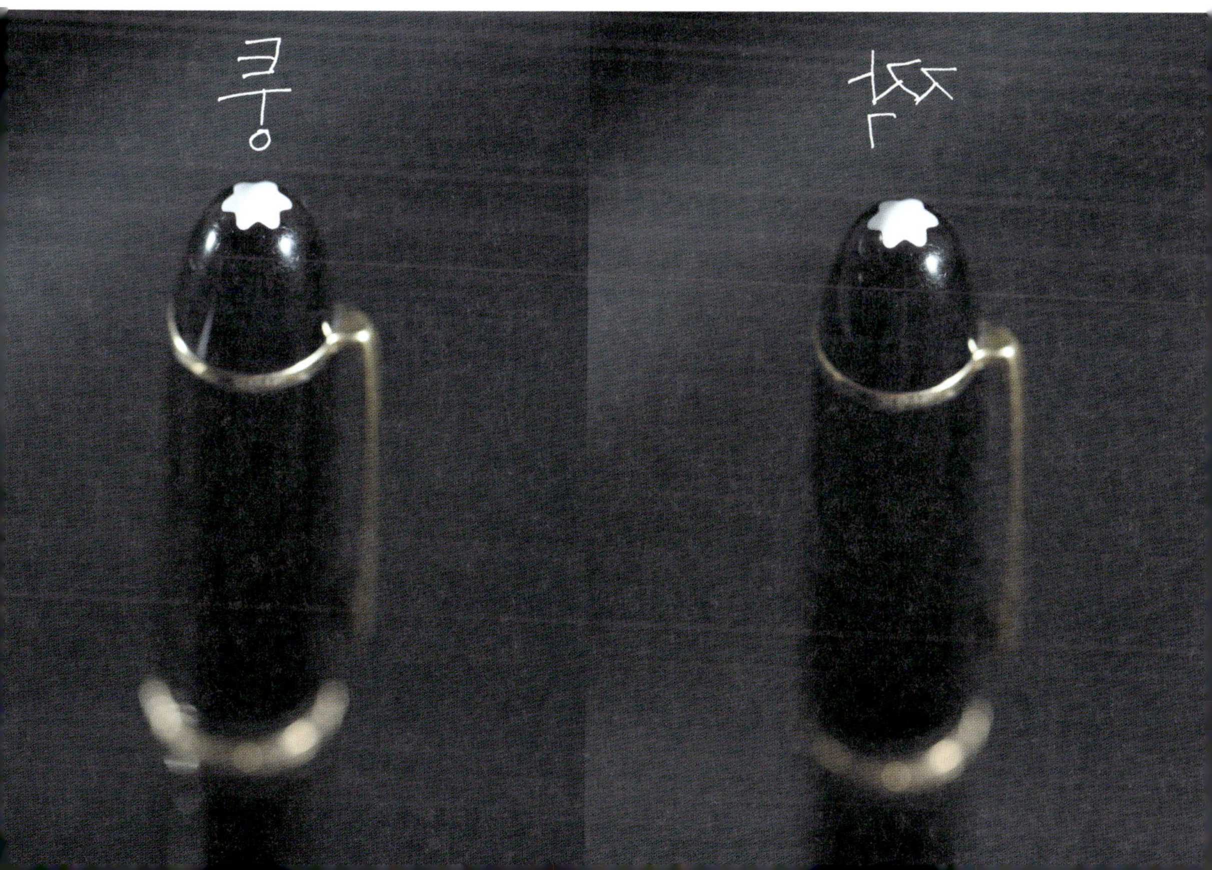

40대 중년, 가족 살해 뒤 자신도 자살

[ITN TV] 2003-11-08 15:45

[앵커 멘트]

숨진 지 무려 닷새 만에 일가족 4명이 발견됐습니다. 범인은 다름 아닌 가장이었으며 그는 가족들을 공기총으로 쏴 살해한 뒤 자신도 목숨을 끊은 것으로 밝혀졌습니다. 경찰은 빚 독촉에 시달린 가장이 우발적인 범행을 저지른 것으로 보고 있습니다. 취재 기자 연결해보겠습니다. 이구라 기자!

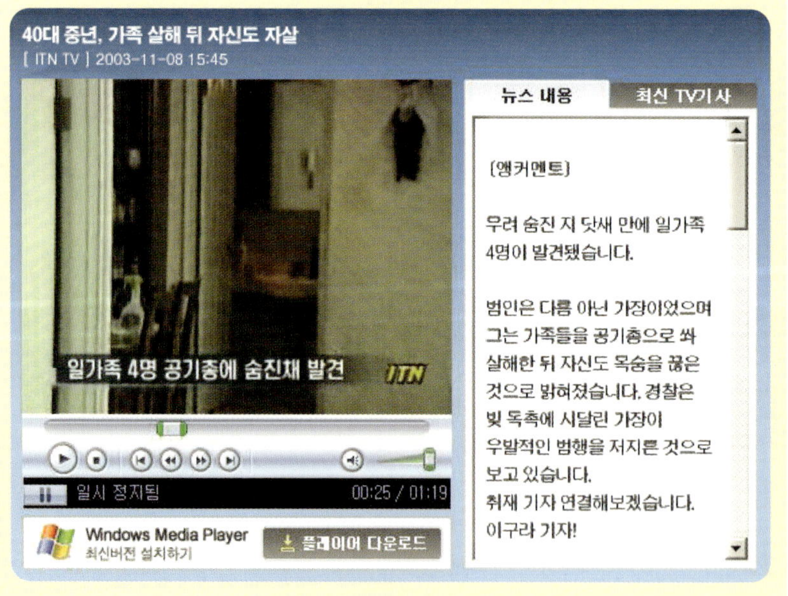

[전화연결]

네, 저는 지금 대전시 ○○동의 한 아파트 현장에 나와 있습니다. 이곳에서는 오늘 아침 일가족 네 명이 변사체로 발견됐습니다. 숨진 사람은 40살의 김모씨와 38살의 부인 이모씨, 중학교 3학년 딸과 중학교 2학년 아들입니다.

이들은 모두 공기총에 맞아 사망한 것으로 알려지고 있는데요, 식탁 위에서 발견된 유서에는 '우리는 스스로 죽습니다. 제 자식들을 데리고 먼저 갑니다. 사랑하는 딸, 아들아, 이런 방법으로 사랑하게 된 점 용서해주렴.'이라고 쓰여 있었습니다.

변사체는 집 근처에서 이상한 냄새를 맡은 이웃 주민들의 신고에 의해서 발견되었습니다. 이 집의 가장 김모씨는 사업을 하다가 실패를 했고 그 뒤 줄곧 빚 독촉에 시달려 왔으며 이를 비관한 나머지 가족 모두와 함께 집단 자살을 한 것으로 경찰은 분석하고 있습니다.

지금까지, 현장에서 ITN 이구라 기자였습니다.

● 구라 심리학 _ 자신이 죽기 전에 먼저 처자식을 죽이고 죽은 공손찬은 과연 비정한 인물인가? 황산벌의 계백 장군도 출정을 앞두고 처자식을 죽였던 인물이다. 그렇다면 왜 이리도 많은 사람들이 스스로 비정한 인물이 되길 자청한 것일까? 제삼자적 관점에서 보자면 처자식을 죽이고 죽음을 맞이하는 가장들은 분명 비정한 인물임

에는 틀림이 없다. 그러나 당사자의 입장이 되면 이야기는 조금 달라진다. 미래가 보이지 않는 암울한 현실 앞에 이 한목숨 거두기로 마음을 먹을 때, 처자식이 눈에 밟힌다. 자신이 떠나고 나면 더 힘든 현실 속에서 주위의 온갖 천대와 멸시를 받을 것을 생각하면 마음이 찢어진다. 그래서 함께 가리라 마음을 먹는다. 이러한 결정은 한 가지 사실을 기본적으로 전제한다. 즉, 부모와 자식은 두 개가 아닌 하나요, 서로 독립적인 관계가 아니라 종속적인 관계로 여기는 것이다. 이러한 '부모—자식' 간의 관계 설정은 동양 문화권에서는 보편적으로 널리 받아들여진다. 반면, 서양 문화권에서는 부모와 자식은 서로 개별적인 존재로 여겨진다. '부모 따로, 자식 따로'의 삶으로 여기니 죽을 거면 죽고 싶은 사람만 죽으면 되는 것이고, 살고 싶은 사람은 살아야 한다고 생각하는 것이 보편적이다. 따라서 동양 문화권에서는 한 가족이 동반 자살하는 경우가 많지만 서양에서는 찾아보기가 어렵다.

그러고 보니 유비는 공손찬을 따라갔던 조자룡이가 뭐 하고 있나 궁금해진다. 나는 임하룡이가 지금 뭐 하나 궁금한데! 유비는 속으로 '이번 기회에 조조에게서 빠져나가야겠다. 이번 기회를 놓치면 조조 손아귀에서 놀아나는 신세를 면치 못하리라!'

유비가 조조에게 "만일 원술이 원소에게 투항한다면 반드시 서주를 통과할 것입니다. 저에게 군사를 주시면 반드시 원술을 사로잡아 바치겠습니다.”

“알았소이다. 황제에게 보고나 합시다.”

유비가 황제에게 작별인사를 고하러 가니 황제의 눈에선 눈물이 한 말이나 쏟아진다. 유비는 그날부터 급하게 전투 준비에 들어간다. 전투화 끈도 여러 개 구하고 전투 장비를 닦고, 조이고, 기름 치느라 바빠진다. 조조는 자기의 심복인 주령(朱靈)과 노소(路昭)에게 군사 5만을 주면서 함께 가라고 한다.

유비가 빨리 가자고 재촉하자 장비가 “밥은 먹고 가야지요. 형님!”

“가다가 휴게실에서 사 먹자.”

동승이 10여 리나 배웅을 나온다. 유비가 “조금만 기다리십시오. 다녀와서 약속을 꼭 지키겠소. 자, 약속!”

동승은 눈물을 한 되 정도 흘린 뒤 “부디 천자의 뜻을 저버리지 말아주시오.”라고 애절하게 말한다.

유비가 너무 급하게 떠나가는 듯해서 관운장이 “이번 출정을 왜 이렇게 서두르세요?”

“나는 그동안 새장에 갇힌 새였고 횟집 수족관의 광어 신세였다. 이번 출정은 새가 창공을 나는 격이고 광어가 드넓은 바다로 나가는 거다. 다시 새장이나 수족관으로 들어가진 않을 것이다.”

유비가 군사를 빌려 서주로 떠났다는 소식을 듣고 모사 곽가와 정욱이 조조에게 헐레벌떡 달려왔다.

"승상께선 어이하여 유현덕을 보내셨나요?"

"원술이 원소한테 가는 걸 막으려고 보냈지."

"지난날 유비가 예주 목사로 있을 때 저희가 죽이자고 건의해도 살려주시더니 지금 군사를 주어 보내셨으니 이제 범이 산으로 간 격인데 무슨 수로 잡으시겠습니까?"

곽가가 말을 보태며 "유비를 죽이지는 않더라도 붙들고는 있어야 합니다요."

가만 듣고 보니 맞는 말이라고 생각한 조조가 이른다.

"허저야, 너 뭐 하니? 빨리 가서 유비에게 할 얘기가 있으니 회군하라고 전해라."

유비가 한참 가고 있는데 누가 뒤에서 쫓아온다. 유비가 당장 눈치를 챈다.

"애들아, 조조가 날 잡으러 왔다. 정신 차려라!"

허저가 "조 승상께서 할 얘기가 있으니 돌아오시라는데요!"라고 하자 유비는 "원래 장수는 일단 출정을 하면 현장에서는 황제의 지휘도 안 받는다는 걸 넌 모르냐? 천자의 결재도 났고 조 승상의 허락도 받았는데 무슨 할 말이 더 있다는 거냐? 우리가 출발하는데 곽가하고 정욱이 우리에게 뇌물을 요구하길래 거절했더니 이런 일이 생겼구먼! 가서 내 말 그대로 전해라."

허저가 돌아와 그 말을 전하니 모사들이 한탄하며 "유비에게 속고도 우리를 못 믿으시나요? 소환 명령을 거부한 유비는 변심한 게 틀림없습니다."

“주령과 노소가 따라갔으니 유비가 감히 변심은 못할 것이다. 그리고 이미 보내놓고 후회한들 뭐 하냐? 다시 오라고 사람을 보낸 내가 바보된 거지.”

잡아오란다고 잡혀올 유비가 아니란 걸 누구보다 조조가 잘 알고 있기 때문이다. 그 시간 유현덕은 서주 자사 차주가 베푼 잔치에 앉아 고량주를 마시고 있었고 서주 안에 있는 과부촌에는 군사들이 밀려닥쳐 즐거운 비명이 가득이다.

유현덕은 오랜만에 식구들도 만나고 아내의 살냄새도 맡았다. 아마 그로부터 10개월 후에는 현덕의 식구가 한 명 더 늘어났을걸!

낙지 추가 구라 _ 개그맨 여자 후배의 아버지가 해군장교였는데 아이들 다섯 명의 고향이 전부 항구였다. 인천, 군산, 목포, 진해, 포항!

한편 사람을 보내 원술네의 형편을 알아보니 개판이란다. 원술이 명품 중독증으로 지나친 사치를 일삼자 그의 부하인 뇌박과 진란 등이 부하들을 이끌고 숭산으로 가버렸다. 세력이 약해지니까 원소한테 ‘황제 이름표 줄 테니까 날 도와줘!’라고 칭얼댔고 원소는 ‘도와줄게, 옥새 나 줘잉!’ 하고 화답하며 짝짜꿍이 되었다고 한다. 또한 곧 원술이 돈이 될 만한 걸 챙긴 후 서주를 지나갈 거라는 거다.

관운장, 장비, 주령, 노소가 군사 4만 9,998명(2명은 감기에 걸려 열외!)과 함께 길목을 지키고 기다렸다. 원술네 장수 기령이 선봉에 나타났다가 장비의 칼에 뎅거덩! 기령네 군사들 놀라서 달아나자 원술이 군사들을 거느리고 나타난다.

유비가 "역적 원술아, 지금이라도 항복하지 않을래?"라고 하자 원술도 이에 맞서 "너 지금이라도 다시 돗자리 짜러 안 갈래? 내가 선금으로 몇 장 사줄게!"

좌우에서 주령과 노소, 관운장과 장비가 세렝게티의 물소떼처럼 쳐들어오니 원술 군사는 개박살이 난다. 죽고, 도망치고, 밟히고, 자빠지고, 엎어진 김에 한숨 자고, 그 와중에 숭산으로 도망갔던 뇌박과 진란이 나타나 금은보화를 약탈해간다.

"어디 목 좋은 곳에 중국요릿집이나 하나 차려야지!"

"앞으론 한정식집이 괜찮다던데! 낄낄낄!"

"시골밥상집은 어떨까?"

원술이 수춘으로 돌아가려 하는데 또다시 하이에나 같은 도적떼들이 나타나 옷 껍데기까지 홀랑 빼앗아 달아난다. 거지꼴이 된 원술이 일주일을 보리밥을 먹더니 지쳤나보다.

원술이 "야, 어디 가서 꿀물 좀 타오너라."고 하자 주방 담당이 "여기서 꿀물을 어떻게 구합니까? 핏물이라면 몰라도!"

울화가 치민 원술이 외마디 소리를 지르더니 땅바닥으로 쓰러져 입으로 피를 한 말이나 쏟더니 그대로 죽어버렸다. 삼국지에선 웬만하면 피도 눈물도 다 한 말이다. 꿀물 먹고 싶어 하다 뒈진 원술, 그때가 건안 4년

6월이라고 한다. 조카 원윤(袁胤)이 원술의 시체를 수습하고 가족을 이끌고 여강으로 가다가 서구(徐璆)란 녀석에게 몰살당한다.

 _ 2005년 4월 12일 현재 여의도 국회의사당 옆에는? 벚꽃이 한창이라 꽃놀이도 한창이다. '개 싸우는 데 가지 마라. 물려봐야 너만 손해다.'라는 시를 쓴 시인 친구는 직장암 수술 후 누워 있다. 이 책 나올 때쯤 나랑 소주 한잔해야 하는데. 『구라 삼국지』 쓴다고 했을 때 제일 많이 말린 놈이다. 빨리 일어나라, 이 자식아!

서구란 놈은 내 친구 병문안도 안 오고 곧바로 옥새를 챙겨 허창의 조조에게 갖다 바치니 군사 합창단의 지휘자는 바로 즉흥곡을 만들어 조조에게 바친다.

"기쁘다, 옥새 오셨네. 만백성 맞으라!"

노래가 끝나자 서구를 고릉(高陵) 태수로 임명한다. 한편 유현덕은 그동안의 전투일지 복사본 두 통을 만들어 한 부는 천자에게, 한 부는 조조에게 갖다 주라고 주령과 노소에게 이른다.

유비에게 서주는 익숙한 곳이니까 백성들에게 잘살게 해주겠다며 몇 가지 공약을 한다. 첫째, 부녀자들이 늦은 밤에도 마음 편히 다닐 수 있는 동네를 만들자. 둘째, 서당 폭력을 근절시키자. 셋째, 공직자 재산등록 및 실명제 실시 등을 통해 건전한 사회 풍토를 만들자.

5

나는 이런 개그맨이 되고 싶었다

– 예형의 두려움 없는 말과 행동들

유비의 일거수일투족을 주령과 노소에게 보고받은 조조는 화가 머리끝까지 올라 유비 문제로 참모회의를 소집한다. 이에 순욱이 "서주에 있는 차주에게 유비를 암살하라고 하시지요."라고 말한다.

명령을 받은 차주가 진등과 상의한다.

진등은 "지금 유비는 성 밖으로 나가 백성들을 순시하고 있는데 오늘은 못 돌아옵니다. 성 주위에 군사들을 매복시켰다가 유비의 목을 베시면 나는 활을 이용해서 뒤따르는 군사들을 막겠소."

진등이 부리나케 달려가 아버지 진규에게 이 사실을 고하니 "아들아,

상황이 급박하게 돌아가니 빨리 유현덕에게 알려라.”

유비와 같이 백성들을 순시하고 있던 장비와 운장이 먼저 돌아왔다. 근데 장비는 이상한 속삭임을 듣는다. 근처에서는 아무도 자기에게 이야기하는 사람이 없는데 누군가가 자꾸 “칭다오 맥주 한 잔만 마셨으면 좋겠네!” 라고 말하는 것이 아닌가?

장비가 “누구냐!”라고 하자 장비가 타고 있던 말이 “당신이 타고 있는 말이오. 하도 달렸더니 목이 말라서 그렇소이다.”

“수고했네. 일 끝나고 한잔하자.”

그때 유비를 만나러 가던 진등이 장비와 운장을 발견하고 어쩌고저쩌고 사정을 알린다.

흥분한 장비가 "이런! 형님, 당장 내가 가서 차주를 죽이겠소." 하자 관운장이 차분하게 "아냐, 지금 가면 성에 군사들이 매복하고 있어서 우리가 위험해. 이렇게 하면 어떨까?(속닥속닥, 수군수군)"

장비가 빙그레 웃으며 머리를 끄덕인다. 그날 밤 그들은 조조네 병사로 변장하고 성으로 갔다.

"문 좀 열어주시오."

"내일 아침 문 열거든 오시오."

"급한 일이라니까."

"누군데요?"

"유비가 알면 안 되니 빨리 적교를 내려라."

위에서 보니까 옷이며 깃발이 꼭 조조네 같거던! 차주가 직접 적교를 내리고 성 밖으로 나오려는 순간, 관운장이 앞장서 쳐들어간다.

"이놈아, 우리 형님을 죽이려고 해서 내가 속임수 좀 썼다. 이 못난 놈아!"

겁이 난 차주가 말머리를 돌려 도망치려 하는데 성 위에서는 진등이 군사들을 시켜 화살을 퍼붓는다. 관운장이 쫓아가 차주의 목을 친다.

"차주의 목이 여기 있다. 항복하면 똘마니들은 살려준다."

군사들이야 살려준다는데 바로 항복하지! 군사들이 줄줄이 항복하니 일단 관운장의 아이디어가 제대로 먹힌 거다. 유현덕은 관운장의 아이디어를 칭찬해주었지만 속으로는 걱정도 됐다.

"조조의 심복을 죽였으니 조조네가 쳐들어오면 어떡하지?"

관운장과 장비가 "저희들이 있잖아요!"라고 말을 해도 영 마음이 안정되지가 않는다. 진등이 퀴즈를 낸다.

"조조가 지금 가장 두려워하는 사람이 누구일까요? 1번 원숭이, 2번 원자탄, 3번 원소, 4번 변소!"

"저요! 저요! 3번 원소!"

"네, 맞습니다. 원숩니다. 지금 원소는 기주, 청주, 유주 등을 확실하게 장악하고 있고 훈련된 병사만 100만입니다. (100만 이거 좀 쎈 거 아닌가? 지금 우리나라 군사가 육해공군 합쳐서 60만 되나?) 원소에게 구원병을 청하시지요."

하지만 유비가 "원소하고 나하고는 잘 알지도 못하고 <u>최근에 동생까지 죽었는데</u> 날 도와주겠나?"

<u>목살 추가 구라</u> _ 대구에 '내동'이란 동네가 있는데, 거기에 유명한 고깃집이 있다. 그런데 그 업소 이름이 '내동 생(生)고깃집'이다. 붙여서 읽으면 끔찍해진다. '내 동생 고깃집' – 고깃집 이름 지을 때는 주의하자.

진등이 "조부 때부터 원소랑 잘 아는 분이 한 분 있습니다. 그분의 편지 한 장이면 원소도 우리를 도와주지 않고는 못 배길 것 같은데요."

"'그분'이 누군데?"

"여기 이 사람 이력서를 한번 읽어보시지요."

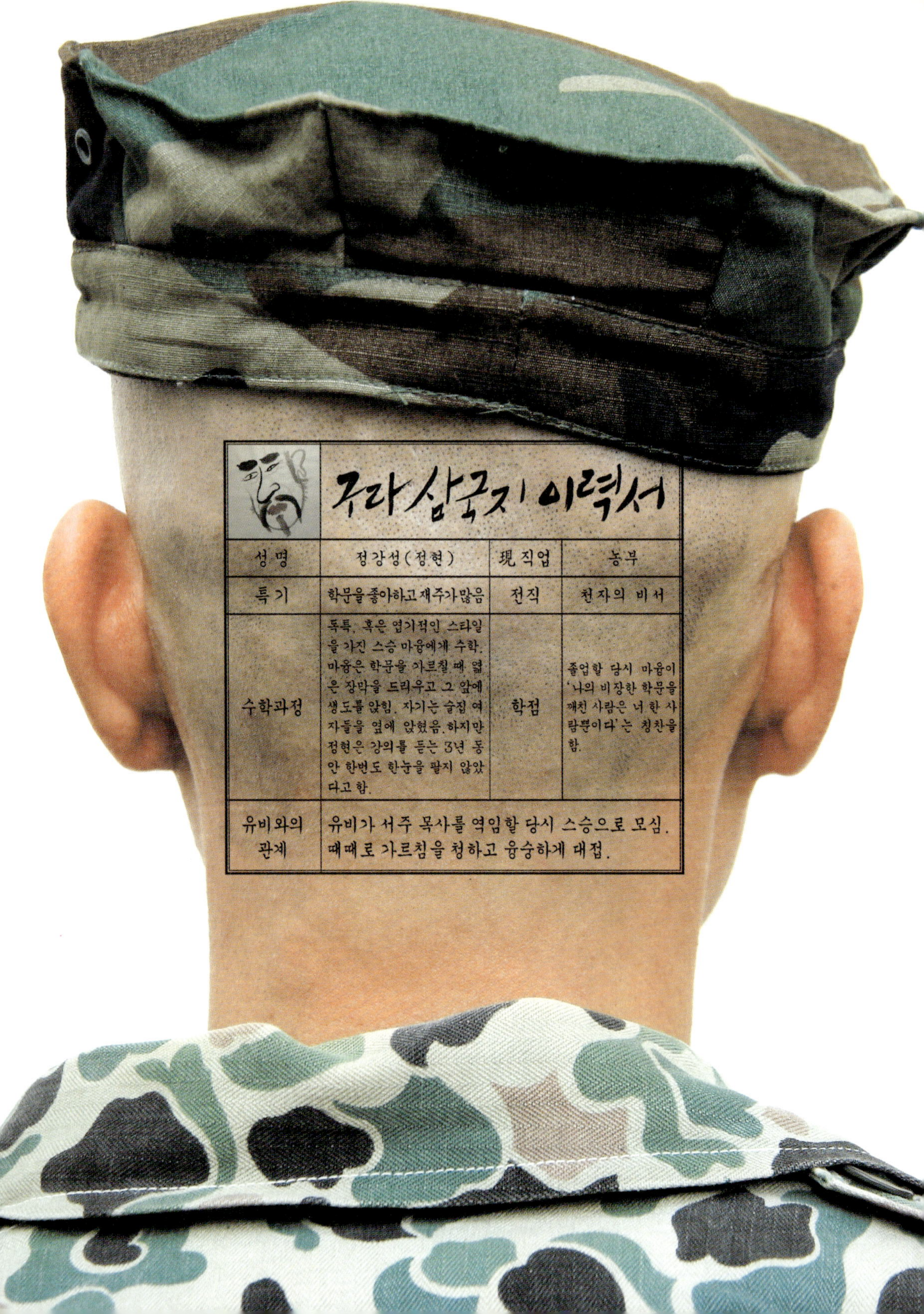

성명	정강성 (정현)	現 직업	농부
특기	학문을 좋아하고 재주가 많음	전직	천자의 비서
수학과정	독특, 혹은 엽기적인 스타일을 가진 스승 마융에게 수학. 마융은 학문을 가르칠 때 엷은 장막을 드리우고 그 앞에 생도를 앉힘. 자기는 술집 여자들을 옆에 앉혔음. 하지만 정현은 강의를 듣는 3년 동안 한번도 한눈을 팔지 않았다고 함.	학점	졸업할 당시 마융이 '나의 비장한 학문을 깨친 사람은 너 한 사람뿐이다'는 칭찬을 함.
유비와의 관계	유비가 서주 목사를 역임할 당시 스승으로 모심. 때때로 가르침을 청하고 응승하게 대접.		

유비가 정현을 찾아가 사정을 설명하니 흔쾌히 편지 한 장 써준다. 이 편지가 손건을 통해 원소에게 전달되는데……. 요즘 같으면 이메일로 1분 정도 걸릴 일인데, 그때는 며칠이 걸렸을 거다.

원소가 편지를 다 읽고 난 뒤에 "야, 이거 갈등 생기네. 유현덕이 내 동생을 작살냈는데 정현 선생이 편지로 이렇게 간곡히 부탁하니 햄릿의 심정이 이해가 가는구나. 셰익스피어, 이놈이 물건이야!!"

원소가 참모와 장수들을 모아 함께 이야기하니 반대 의견도 나오고 찬성 의견도 격렬하게 나오는데 역시 무인들은 다르다. 조조하고 쌈하는 쪽으로 건다. 무인들은 싸우지 않으면 칼에서 가시가 돋고 말들도 사타구니에 가래톳이 선다.

전풍, 저수는 '그냥 있자.' 심배, 곽도, 허유, 순심은 '한판 붙자.' 원소의 생각도 '붙자.'는 쪽이었다.

"자, 결정 났다. 의사봉 어딨냐?"

탕! 탕! 탕! 두드린다.

"유비에게 알려라. 붙겠다고."

곽도가 "이왕 붙을 거면 근사한 대의명분이 있어야 합니다. 조조를 징벌하는 이유가 있어야 한다는 말이죠. 그럴려면 조조의 개인적인 치부를 드러내는 것이 가장 좋습니다. 뿐만 아니라 조조의 죄악상을 낱낱이 들춰서 이번 기회에 X파일을 각 군에 보내어 그를 성토하게 만들어야 합니다. 이렇게 하면 싸울 명분도 생기고 용기도 생기니 일석이조입니다."

편두통으로 누워 있던 조조가 이 편지를 읽어보고 발딱 일어나 앉는다.

"이걸 누가 썼냐?"

"진림(陳琳)이란 자가 썼다고 합니다."

"붓을 들어 나불거리는 자는 칼맛을 보여줘야 한다. 진림의 문장은 뛰어나지만 원소네 칼솜씨는 글만큼 뛰어나지 못하다."

하지만 여기서 조조의 두 모사인 공윤과 순욱의 대처 방법이 다르다. 각기 자신들만의 적군 평가표를 내놓으니 그 내용이 상반된다.

조조가 "잘 들었다. 어쨌든 전쟁을 시작한다. 준비된 군사들부터 출동!"

허창이 분주해진다. 말편자 때려 박을 때 내지르는 '히히힝!' 하는 말 울음소리, 외상값 갚고 가라는 주막집 아낙네의 고함소리, 신병 어머니들의 울음소리, 칼 가는 소리로 어지럽다. 이 와중에 핸드폰 충전하는 군사들도 있으니 정말 바쁘다 바빠!

"먼저 유대가 앞장서고 왕충이 뒤를 따라라. 군사는 5만이다. 자, 승상기도 앞세우고 가라."

정욱이 조조의 결정에 의문을 제기하며 "유대와 왕충을 선봉으로 보내기엔 좀 약하지 않나요?"

"안다. 알기 때문에 승상기를 앞세우게 했다. 내가 직접 싸움에 나서는

		공윤	순욱
기본 입장		"원소의 현재 위세는 대단하다. 싸우지 말고 화해하자."	"원소는 보잘것없는 인물이다. 화해할 이유도, 필요도 엄따." 군사는 많지만 정연하지 못하다.
항목별 평가	군사	현재 매우 강성한 상태다.	욕심만 많고 무식
	허유	지혜가 뛰어난 충신들	고집쟁이
	전풍		외골수로 꾀가 없음
	심배		몰라도 되는 인물
	봉기		삼류건달
	안량과 문추	3군 중에 무용이 뛰어남	

것처럼 보이게 하기 위해서다. 현덕이 내 실력을 잘 아니까 내가 온 줄로만 알고 섣불리 못 나올 것이다. 그럼 나는 여양으로 가서 원소를 깨뜨리고 유비를 공격하러 오겠다."

"그런 속마음이 있는 줄 몰라서 죄송합니다."

"유대하고 왕충, 너희는 내가 올 때까지 버텨봐! 가자."

고구마 맛탕 추가 구라 ― 나이트클럽 사장들에게도 '속마음'이 있다. 나이트클럽에서는 연예인들이 출연한다고 선전하는 포스터를 붙여놓곤 한다. 근데 포스터 보고 들어갔는데 정작 그 연예인이 안 나오는 경우가 있다. 왜 안 나오느냐고 물어보면 '오늘 녹화가 있어서 못 나오신답니다.'라고 말한다. 우리는 포스터를 보고 속은 거다. 왜 이런 일이 일어나는가? 업소 주인들은 유명한 연예인을 출연시키면 손님이 많이 온다는 걸 안다. 문제는 너무 비싸기 때문에 처음부터 계약할 때 두 달치 출연료를 주면서 석 달 혹은 넉 달에 나누어 출연해달라고 부탁한다. 주말에는 연예인이 안 나와도 손님이 많기 때문이다. 연예인들의 출연료는 회사원들의 월급 지급 방식과 다르다. 무조건 30번을 나와야 한 달로 계산한다. 그러니까 두 달치를 받았으면 60번을 나가줘야 한다. 하지만 그게 두 달이 되어도 되고 여섯 달이 되어도 된다. 어쨌든 60번만 나가면 되는 것이다. 바로 여기에 나이트클럽 사장들의 '속마음'이 있는 것이다. 연예인이 오늘 당장은 출연하지 않지만 나오긴 나오는 거니까 포스터를 붙이고 손님은 손님대로 그 사람이 출연하는 줄 알고 그 집에 가는 거다. 전에 갔을 땐 진짜 나왔으니까. 사장은 포스터 홍보 효과를 톡톡히 보는 것이다.

조조 군사와 원소 군사가 약 80여 리를 앞두고 서로 참호를 깊이 파고 두어 달간이나 대치를 하고 있다.

원소네의 내부 사정은 좀 복잡하다. 원소네의 참모 허유는 장수 심배가 군사를 거느리는 것이 못마땅하고, 모사 저수는 원소가 자신의 아이디어를 받아주지 않는 것에 열받는다. 원소는 원소대로 의심이 많아서 '나가면 오늘은 이길 수 있을까? 날도 찬데.' 등등의 이유로 진격을 꺼리고 있다.

조조는 여포네에 있다가 온 장패, 우금과 이전, 조인에게 각각 청서(靑徐), 하상(河上), 관도(官渡) 지역에 머물라고 하고 자기는 서둘러 허창으로 돌아와 유대, 왕충에게 유비를 공격하라고 이른다. 유대와 왕충이 서로 안 나서겠다고 하다가 조조의 명을 거역할 수 없어 가위바위보로 싸우러 나갈 순서를 정한다. 왕충이 졌다.

유비가 "저것들이 인제부터 쳐들어오기 시작하네." 하자 진등이 "원소는 여양에 진을 치고 있는데 모사들끼리 의견이 안 맞아 조조랑 아직 붙을 마음이 없는 거 같은데……. 문제는 조조가 지금 어디 있는지 알 수가 없다는 건데요. 누가 나가서 확인해봐야겠는데……."

관운장과 장비가 서로 나가겠다며 '형님 나중, 동생 나중.'을 외치며 라면 그릇을 서로 양보하니 유비가 "장비야, 운장이 형을 먼저 보내자."

고 한다. 운장은 라면 잘 끓이는 주방장 5명을 포함, 군사 3,005명을 데리고 왕충과 붙으러 나간다. 3일 굶은 시어미처럼 더러운 날씨에 눈발까지 날린다.

관운장이 기세등등하게 "야, 임마! 조조한테 형이 왔다고 전해라." 하며 청룡도를 들고 달려드니 겁이 난 왕충은 말머리를 돌려 싸워볼 생각도 하지 않고 달아난다. 청룡도를 왼손으로 바꿔 들고 말머리를 왕충 말머리에 나란히 붙여 달리다가 왕충의 목덜미를 움켜쥐고 말안장에서 번쩍 들어 책가방을 끼듯이 옆구리에 끼고 그대로 유턴해서 유비 앞에다 내동댕이친다.

유비가 "거기에 조조 없지?"

왕충이 부들부들 떨면서 "네."

관운장이 "왜 출연하지도 않는 조조의 포스터를 붙여놓느냐. 괘씸한 놈!"

왕충 "죄송합니다. 속을 줄 알고."

유비가 왕충을 일으켜 세우며 치료해주라고 이른다. 장비가 이제 자신이 나서겠다고 한다.

"운장 형님이 왕충을 잡아왔으니 저는 유대를 잡아오겠습니다."

"죽이면 절대로 안 된다. 큰일을 그르친다."

"네. 생포해오겠습니다."

장비가 유대네 방어선 앞에서 욕설을 퍼부어도 겁이 나는지 아무런 대꾸가 없다. 사흘 동안 기다려도 아무 반응이 없다. 그렇다고 장비가 소리만 지르고 있을 수만은 없지 않은가. 장비는 늦은 밤에 쳐들어갈 것이라며 군사들에게 야간 전투를 준비하라고 명령을 내린다. 군사들이 전투 준비에 한창인데 장비는 대낮부터 술을 마셔댄다.(사실은 물만 마셔댔지) 장비는 술에 취한 척하고 예전에 죄 지은 병사 한 명을 불러서 곤장을 쳤다.

"오늘밤 전투 나갈 때 이놈의 목을 베는 것을 출발신호로 삼겠다."

장비는 군사3을 불러 이른다.

"너 말이야, 곤장 맞은 놈이 도망갈 수 있게 밧줄을 느슨하게 묶어라."

곤장 맞은 놈이 초저녁에 경비가 허술한 틈을 타서 유대네 진지로 도망친다. 멍든 엉덩짝을 보여주면서 오늘 밤 야간기습이 있을 거라고 일러바친다. 유대가 엉덩이 상처를 보고 사실이라고 믿는다. 진지를 비우고 밖에 복병을 세워두고 만반의 준비를 갖췄다.

아니나 다를까, 늦은 밤이 되니 정말 적군들이 떠드는 소리가 들리고 누군가 불을 질러 불길이 하늘로 날아오른다. 유대가 방어선에서 뛰쳐나오고 군사들이 그 뒤를 따른다. 얼핏 보니 장비가 매캐한 연기 속으로 도망치는 모습이 보인다.

"장비는 내가 책임진다. 너희들은 한 사람도 살려두지 마라."

유대가 앞서 도망가는 A팀을 쫓아가는데 나머지 B팀과 C팀이 양쪽에서 나타나 유대 진지로 쳐들어가니 눈앞의 장비는 사라져버린다. 갈 곳이 없어진 유대가 우왕좌왕하는데 갑자기 장비가 눈앞에 나타난다. 유대는 1

합도 싸워보지 못하고 장비에게 붙잡힌다. 장비가 의기양양하게 진지로 돌아온다.

유비가 "어유, 인제 장비가 머리를 쓸 줄도 아네!"라고 하자 장비는 입이 라면냄비만하게 벌어져 "식당 개 3년에 라면 끓이는 거지유."라고 대답한다.

현덕이 유대를 깍듯이 예우하면서 왕충이 머물고 있는 별실로 안내하여 술대접을 한다.

"이번 싸움은 참으로 불행한 싸움이었소. 차주가 나를 죽이려 하니 방어 차원에서 죽이는 수밖에 없었소. 승상의 큰 은혜를 입은 몸으로 은혜를 갚지는 못할지언정 어찌 반역을 하겠습니까? 두 분은 돌아가시거든 내 입장을 잘 설명해주시오."

"잘 알겠습니다."

"전쟁 중이라 그런지 술 따를 애들이 변변치 않네요."

"이해합니다. 돌아가면 말을 잘 전하겠습니다."

"잘 부탁합니다."

다음 날 유비는 왕충과 유대 그리고 포로들을 한꺼번에 돌려보낸다.

"다음에 만나서 또 한잔합시다."

둘은 돌아가면서 유비를 칭찬한다.

"유비는 조조와 적의가 없는 사람이네."

"만나보니까 괜찮은 사람이더군요."

 _ 〈개똥벌레〉, 〈터〉 등을 부른 신형원이란 가수는 언젠가 어느 인터뷰에서 "어떤 사람이 되고 싶나요?"라는 물음에 이렇게 대답했다.

"내 주위 사람들에게 나에 대해 물어봤을 때 '그 사람 괜찮은 사람'이라는 소리를 듣는 사람이 되고 싶어요."

아주 평범한 대답 같지만 오랫동안 기억에 남았다. '나는 다른 사람에게 괜찮은 사람인지 아닌지' 독자 여러분들도 잠시 생각해보고 다음으로 넘어가는 건 어떨까요?

생각할수록 화가 나는 장비. 내가 저걸 어떻게 잡아왔는데 그냥 보내!!!!!!!!!! 장비가 냉큼 달려나가 갑자기 왕충과 유대 앞에 나타난다.

"야 이놈들아, 내가 너희들이 살아서 돌아가는 게 배가 아파서 못 참고 왔다. 내 칼을 받아라."

왕충과 유대가 깜짝 놀라 두려움에 떠는데 관운장이 쫓아와 말린다.

"장비야, 배가 아프면 약을 먹든지 화장실로 가자."

"이번에 놓아주면 저것들이 다시 쳐들어올 텐데!"

"다시 쳐들어오면 어때? 저런 것들은 아무 때나 와도 돼."

부들부들 떨던 유대와 왕충이 기가 빠져 돌아간다. 유현덕은 조조가 틀림없이 다시 쳐들어올 것이라고 예상하고 손건, 간옹, 미축, 미방더러 서주를 지키게 하고 장비와 함께 소패에 주둔했다.

돌아온 왕충과 유대를 보고 조조가 열이 받아버렸다.

"나와 나라를 욕되게 하는 저것들을 살려둘 수 없다. 목을 치거⋯⋯."

'라'자가 떨어지기 전에 공융이 얼른 나서서 "살려줘야 합니다. 지고 왔다고 죽여버리면 어느 장수가 나가서 싸우겠습니까?"

"그럼 내가 직접 유비를 치러 가겠다."

"지금같이 추울 때 군사들을 움직이면 안 됩니다. 동복 값도 만만치 않고 감기약 값에 동상약 값도 오르고 연탄 값도 장난이 아닌데 아무 데서나 잘 수도 없지 않습니까. 봄에 쳐들어가면 경비가 훨씬 덜 들거든요. 먼저 장수하고 유표를 우리 편으로 만들어 서주 토벌계획을 세우시지요."

"유엽아, 그럼 네가 먼저 장수를 만나보거라."

양성에 도착한 유엽은 전부터 안면이 있는 가후를 먼저 만나 자기가 찾아온 이유를 침을 한 말씩 튀겨가며 설명하고 또 조조가 괜찮은 사람이라고 바람을 잡는다.

가후가 "집에 잠깐 계시오. 내가 금세 다녀올 테니." 하고 장수네 집에 당도해 막 이야기를 시작하려 하는데 마침 원소네 사자가 편지를 가지고 왔다. 내용을 보니 조조네처럼 '우리랑 같은 편이 돼달라.'는 내용이다. 가후가 원소의 사자에게 "지금 조조를 공격하고 있는 걸로 알고 있는데 어떻게 돼가고 있냐?"

"날씨가 워낙 추워서 지금은 휴전 중입니다. 돌아오는 봄에 다시 붙을 생각인데, 그때를 대비해서 유표 장군과 장수 장군, 두 영웅과 같이 동업을 하고 싶어 하십니다."

"돌아가서 전해라. 형제도 용서 못하는 인간이 천하의 영웅들을 모시려 하는 건 턱없는 소리라고!"

편지를 구겨서 얼굴에 던져버린다.

"꺼져, 임마!"

장수가 조심스럽게 "지금은 원소가 무진장 쎄고 조조가 약한데 편지를 구겨 던졌다면 모멸감을 느껴 원소가 우리를 쳐들어오지 않을까?"

"걱정할 게 뭐 있습니까? 조조한테 붙으면 되지요."

"(걱정스러운 듯) 나는 전에 조조랑 원수진 일이 있는데 괜찮을까?"

"조조가 좋은 이유 세 가지만 말씀드리지요. 첫째, 조조는 천자의 명을 받들어 천하를 정벌하지요. 둘째, 원소는 지금 쎄기 때문에 작은 우리를 하찮게 생각할 수 있습니다. 그런데 조조는 약하니까 우리가 설사 작더라도 소중히 여길 수밖에 없지요. 셋째, 조조는 대권을 쥘 뜻이 있기 때문에 사사로운 원한은 크게 생각하지 않을 것입니다. 오늘은 밤도 늦었으니 주무시고 내일 아침까지 생

각해보신 후에 결정을 하시지요."

다음 날 장수가 유엽을 만났다. 유엽이 먼저 말을 꺼낸다.

"승상께서 옛날 일을 생각했으면 저를 보냈겠습니까?"

장수는 조조 편이 되기로 결심하고 항복하러 허창에 당도하니 조조가 양말도 신지 않은 채 뛰어나와 장수의 손에 바로 명함을 들려준다.

흡족한 조조가 "이제 유표도 불러야지?"라고 하자 가후가 "장수가 유표를 좀 안다는데요."

장수가 유표에게 보내는 편지를 작성하고 편지 전할 사람을 여럿에게 추천받으니 가후가 나선다.

"이왕이면 <u>구라빨이 좋은 사람</u>이 가면 좋을 텐데요."

<u>콘스프 추가 구라</u> _ 같은 내용이라도 아줌마를 잘 홀리게 이야기하는 사람이 있고, 공무원을 만나서 설득을 잘하는 사람이 있고, 경찰하고 흥정을 잘하는 사람이 있는가 하면 어린아이들이 잘 알아듣게 설명하는 사람이 있다.

가후가 계속 이어서 "유표는 유명한 사람들과 사귀기를 좋아하니 유명한 사람을 보내는 것이 좋을 듯합니다."

조조가 순유에게 추천을 하라고 하자 순유는 공융을 추천했고 공융은 다시 자기 친구 중에 예형(禰衡)이란 자를 추천한다.

성 명	예 형	나 이	24세
특 기	기억력이 무지하게 좋음.		
성 질	성질이 밝고 곧으며 재주가 뛰어남.		
특이점	착한 걸 심하게 좋아하고 나쁜 건 원수같이 미워하는 뚝 부러지는 성격.		
문제해결능력	구라가 청산유수로 솟구치고 문제를 해결하고 맺힌 것을 푸는데 적군 앞에서도 여유를 부릴 수 있는 정도.		

공융이 "예형이란 자가 박학다식하고 심하게 총명해 하나를 들으면 열 네 가지를 알아들으니 나중에 천자 옆에서 자문 역할을 맡겨도 좋을 듯합니다. 무엇보다 최근까지 유표랑 서신 왕래도 했다고 합니다."

조조는 천자에게 예형 이야기를 하고 예형을 불렀다. 예형의 차림새랑 헤어스타일이 남다르다. 조조가 그를 살펴볼 겸 인사를 하는데도 못 본 채 대꾸 없이 앉아 있었다.

예형은 탄식을 하며 "천지가 넓다고 하긴 하지만 사람은 없구나."

조조가 발끈해서 "네 앞에 영웅호걸들이 앉아 있는데 안 보인단 말이냐?"

"하하! 어떤 인간들이 있는지 말해보시오."

예형

여기서부터 조조가 이름을 대자 예형이 그 인물에 대해 혹평을 하는, 일문일답 인터뷰가 이어진다.

조조가 "순욱!"

예형은 "초상집에 문상이나 보낼 인물!"

"순유!"

"묘지기!"

"정욱!"

"성문 앞 수문장!"

"곽가!"

“유행가 작사가!”

“장요!”

“징잡이!”

“허저!”

“소 치는 목동!”

“악진!”

“제사 담당!”

“이전!”

“편지 배달꾼!”

“우금!”

“미장공!”

“만총!”

“알코올 중독자!”

“서황!”

“백정!”

“하후돈!”

“외눈이니 안과의사 약주머니 담당!”

예형이 마지막 쐐기를 박는다.

“나머지 무리들이야 옷걸이, 밥통, 술통, 고깃주머니, 사이다 병뚜껑, 구둣주걱, 망치 손잡이…….”

옆에서 듣고 있던 장요가 '이런 싸가지 없는 놈…….' 하며 칼을 뽑지만 조조가 말린다.

"그렇담, 네놈은 뭘 잘하는 게 있느냐?"

"나는 천문 지리에 다 통하고 정치, 경제, 사회, 문화, 주식, 재테크, 암산, 컴퓨터 수리는 물론이요, 인간이 만들어낸 모든 것들은 이미 다 알고 두 살 때 잇몸으로 소주 뚜껑을 따서 나발을 불었던 사람이오. 나를 세상 사람들과 비교하지 마시오."

장요가 칼을 칼집에 넣지 않은 채 조조를 바라본다.

조조가 "참아라. 저놈도 나름대로 팬들이 많다. 내가 저놈을 죽인다면 내 팬들이 떨어져나간다. 며칠 후에 연회가 있으니 저놈에게 북이나 치라고 하자."

"날더러 북을 치라고? 허! 허! 원한다면 한번 들려드리지."

예형을 추천한 공융은 '사람 추천이란 게 쉬운 게 아니구나.' 하고 후회하며 슬그머니 퇴근해버렸다.

조조는 속으로 '저놈은 궤변론자로구나! 뭐든지 잘한다 했으니 북을 못 치면 망신만 당할 것이다. 어떻게 되는가 두고보자!'

며칠 후 대궐 안에서 연회가 열리는데 문무백관들 앞에서 예형이 북을 칠 차례다. 그 전에 한 나이든 관리가 예형에게 "북을 칠 때는 말이야, 꼭 새 옷을 입고 치게나." 라고 충고를 해줬다. 하지만 그 말을 들을 턱이 없다. 드디어 북이 울리기 시작한다. 그런데 북소리가 신묘해서 듣는 사람들의 가슴을 후벼파고 뇌를 꼬집고 온몸을 저릿저릿하게 만들더니 마치 북소리에 최면처럼 빨려 들어가는 듯하다. 북소리가 빨라지니 때로는 웃고 자신도 모르게 어깨를 들썩이고 때로는 구슬퍼 눈물이 절로 나온다. 그런데 항상 보면 분위기 깨는 인간이 있다. 평소에 아부를 밥 먹듯이 하던 신하가 나선다.

"근데 넌 북 치는 의상이 그게 뭐냐! 더러워서 못 봐주겠네."

그러나 예형이 "내 옷이 더러워서 북소리 듣는 데 방해가 되는가?"라고 하더니 옷을 한 가지씩 천천히 벗어 알몸뚱이가 된다. 그 자리에 있던 사람들 중 놀라 입이 벌어져 턱이 빠진 사람이 두 명이라카더라! 알몸뚱이인 채로 북채를 들더니 한 곡 더 쳐댄다. 조조가 "무례하다."고 말하지만 예형은 멈추지 않는다.

"무례란 말은 임금과 윗사람을 속였을 때나 쓰는 말이오. 나는 옷이 더럽다길래 부모님 뱃속에서 나온 모습을 그대로 보였을 뿐이다. 이제 옷이나 입을까? 추운데!"

주섬주섬 옷을 다시 입는다.

고추장 추가 구라 _ 『컴퓨터 일주일만 하면 전유성만큼 한다』라는 책을 펴낸 적이 있다. 책이 많이 팔리자 정보통신부에서 '정보통신을 대중화시킨 데 공이 크다.'며 국무총리표창장을 준다고 연락이 왔다.

"이런 걸 가지고 웬 상이야, 상이!? 언제 주는데요?"

"모월 모시에 준다."

"알았다, 고맙다."

며칠 후 다시 연락이 왔다. 자기가 한 업적(?)을 적어 보내란다. 책을 쓰게 된 이야기, 컴퓨터 강의 다닌 이력을 적어 내란 것이다. 사실 그런 걸 안 적어놔서 잘 모르는데 여하튼 많이 다니긴 다녔다. 자기가 한 착한 일(!)을 써내라니 정말 우습기도 하고 머쓱하기도 하고 또 귀찮기도 해서 그럼 상을 안 받겠다고 했다. 그랬더니 그럼 더 안 된다는 거다. '수상 거부 사유서'를 올려야 된다나!!!!!!!!!! 수상 거부 이유도 쓰기 싫어서 그럼 출판사에 물어보라고 했더니 편집장이 대신 뭘 써낸 모양이다.

말은 안 했지만 정말 '양복, 양복' 하는데 돌아버리는 줄 알았다.

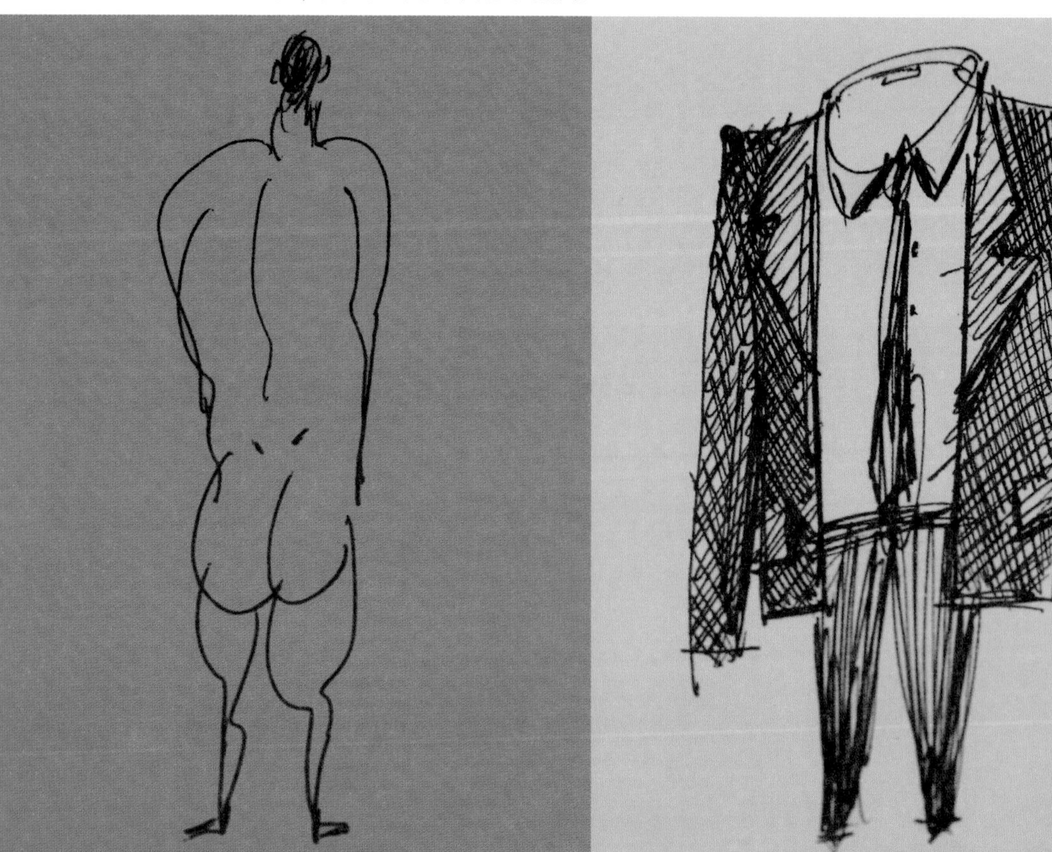

드디어 상을 받으러 가게 됐다. 하고 싶은 이야기는 여기부터다. 나한테 양복을 입고 나오라는 거다. 난 양복이 딱 한 벌이다. 그것도 겨울 양복이다. 한여름 땡볕 더위에 양복을 입고 오라니! 상 받는 것 때문에 평소에 안 입던 여름 양복을 한 벌 사 입는 일도 머쓱한 일이어서 그냥 셔츠를 입고 다녔다. 어느 날 일산에서 녹화 마치고 집으로 돌아오는 길에 연락이 왔다. 오늘이 상 받는 날이라는 거다. 부랴부랴 상을 주는 장소로 갔지만 약 20분 늦게 도착했다.

문 앞에서 기다리고 있던 공무원1 : "양복은 차에 있습니까?"

나 : "차 없는데요.(실제로 차가 없었다.)"

공무원1 : "매니저가 가지고 오십니까?"

나 : "매니저 없는데요."

공무원1은 미소를 잃지 않았다.

엘리베이터 앞에 대기하고 있던 공무원2 : "양복은요?"

엘리베이터에서 내리니까 대기하고 있던 공무원3 : (웃으며) "양복은요?"

공무원4, 5, 6, 7, 8 : "양복은요?"

시상식장에 들어서니 상 받을 사람들이 줄지어 서 있다. 예행연습은 편집장이 했단다. 내 자리가 저기란다. 상 주기 20분 전부터 예행연습을 하고 그냥 그대로 서 있게 했다.

나 : "상 받을 사람들 다 오셨습니까?"

공무원9 : "네, 다 오셨습니다. 근데 전유성 씨, 양복은?"

나 : "상 주실 장관님은 오셨습니까?"

공무원10 : "네, 대기하고 계십니다. 근데 양복은?"

나 : "상 받을 사람 다 오고 상 주실 장관님 오셨으면 지금 주면 안 돼요?"

공무원11 : "하하! 시간이 돼야지요. 양복은?"

나 : "상 받을 사람을 이렇게 세워놓으면 상 받는 게 아니라 벌 받는 거 같은데요."

공무원12 : "얼마 안 남았습니다. 조금만 기다리시면 됩니다. 양복은?"

결국 남방셔츠 차림으로 국무총리표창장을 받았다. 장관님이 나가시길래 "장관님!" 하고 불렀더니 공무원11이 장관에게 내 이름을 말해준다.

장관 : "전유성 씨, 왜요?"

나 : "돈은 안 줍니까?"

장관 : "하! 하 ! 하! (공무원을 보며) 전유성 씨만 돈 좀 드려요."

난 표창 이런 거 받으면 돈도 좀 주는 줄 알았다.

상 받고 나올 때 또 다른 공무원이 "전유성 씨 안녕히 가세요." '근데 양복은?'이라고 말은 안 했지만 정말 '양복, 양복' 하는데 돌아버리는 줄 알았다. 다음 생에 태어나면 양복이 되고 싶을 정도였다.

＊ 옷은 몸에 익은 옷을 입고 책은 새 책을 사라. ―오스틴

＊ 인간은 하나님이 지으신 것이지 양복장이가 만든 것은 아니다. ─잭슨

＊ 동일한 의상이라도 그것이 유행하기 10년 전에는 흉하게 보이고, 유행 중에
는 멋지게 보이고, 유행의 철이 지난 1년 뒤에는 초라하게 보이고, 20년 뒤
에는 진귀하게 보이고, 100년 뒤에는 로맨틱하게 보이고 150년 뒤에는 아름
답게 보인다. ─레이버

＊ 옷은 너희의 아름다움을 감추는 일은 많아도 아름답지 못한 것을 가리지는
못한다. ─칼릴 지브란

잔뜩 열받은 조조가 외친다.

"이런 쥐새끼 같은 놈! 너는 너만 깨끗한 척하는데 도대체 누가 혼탁하
단 말이냐?"

"너는 너의 혼탁을 모르고 있구나."

"뭐? 나?"

"그래, 너! 어진 사람과 어리석은 사람을 구분하지 못하니 눈이 탁하고,
충신의 말을 듣지 못하니 귀가 탁하고, 고금에 통달하지도 못하면서 제 생
각만 고집하니 몸이 탁하고 또 제후들을 받아들이지 않으니 배가 탁하고,
나 같은 천하의 천재를 예로서 대우하지 않고 북을 치게 해서 욕을 보이는
것이야말로 참으로 소인배의 짓이다. 대권에 나선다는 자가 사람 대접을
이 따위로 하냐!!"

조조의 얼굴이 창백해졌다. 예형은 지가 목숨이 몇 개나 있다고 생각하

는 모자라는 놈인가? 아니면 그야말로 위대한 광인인가? 보통상식으론 측량할 수 없는 괴물이다. 침묵이 흐른다. 추천해준 공윤만 등에 땀이 한 말이나 흐른다. 죽이지 않을까? 침묵을 깨고 약속이나 한 듯 칼 가진 자들이 일어나 칼을 빼든다.

그런데 조조가 의외의 말을 꺼낸다.

"누가 이 쥐새끼 같은 놈을 죽이라고 했는가? 칼 집어넣어라. 너 형주의 유표랑 교분이 있냐?"

"있지."

"그럼 내 사자로 지금 당장 형주로 가라."

"싫어!"

"어째서 싫은데!"

"그건 나의 임무가 아냐!"

"내가 아직 어떤 임무인지 설명 안 해줬잖아!"

"뻔하잖아! 형주의 유표를 꼬셔서 항복을 받아내라는 거잖아!"

"그래 맞다. 이번 일이 잘되면 조종에 높은 벼슬을 주마."

"나 같은 쥐새끼가 조정에서 근무하면 조정이 세상 사람들의 웃음거리가 될 텐데!"

"왜 이렇게 잔말이 많냐. 갔다 와!"

"가기 싫은데!"

"가라면 가고 까라면 까!"

조조가 사람을 시켜 예형을 강제로 동문 밖까지 데리고 나가 정렬하여 전송하라 한다. 조조네의 순욱은 화가 풀리지 않았는지 "예형이 여기를 지날 때 기립하지 말고 못 본 척하고 보냅시다."라고 주위사람들에게 제안한다. 예형은 할 수 없이 조조가 내준 좋은 혈통 좋은 말을 타고 빠르지도 느리지도 않은, 유유히 꽃구경 나온 속도로 지나간다. 예형이 지나가도 전송객들이 못 본 채 자리에 앉아 있으니 갑자기 예형이 꺼이꺼이 울어댄다. 순욱이 이상하게 생각해서 물어본다.

"너, 왜 우냐?"

"일어서지도 못하는 송장 앞을 지나가는데 곡을 해야지 노래를 부

밤송이를 맨손 또는 맨살로 깐다면 얼마나 고통스럽겠는가? 명령과 복종관계인 군대에서 자주 애용하는 말이다. "까라면 까."

르냐?”

“우리가 송장이라고? 그렇다면 너는 쥐새끼야.”

“아니야. 나는 한나라 신하야.”

“뭐, 한나라 신하? 그러면 우리도 한나라 신하다.”

“나는 쥐새끼지만 사람의 성품은 지녔다. 난 너희랑 달라. 나는 반역자의 신하는 아니야!”

“누가 반역잔데?”

“몰라서 물어! 한 번만 말할 테니까 잘 외워둬! 조조야, 조조! 그리고 반역자에게 머리를 바치는 너희들은 벌레들이야.”

이 말을 들은 사람들은 이러지도 저러지도 못하고 그냥 이를 갈고는 흩어져버리고 말았다.

형주 땅에 도착한 예형은 유표를 만나 한창 이야기를 했지만 그것 참 이야기가 좀 거시기하다. 칭찬인 줄 알고 들어보면 욕이고, 욕인 줄 알고 들어보면 칭찬 같기도 한 말이기 때문이다. 유표는 예형이 자신을 놀리고 있다는 것을 알아챘지만 이거 예형을 죽일 수도 없고 살릴 수도 없으니 돌아버리기 일보 직전이다. 한 이틀 지난 후 예형을 강하에 있는 황조에게 패스해버린다.

예형이 가버린 후 누군가 유표에게 “아니, 저 깐죽거리는 놈을 왜 놔두십니까? 주둥이를 한 대 쥐어박고 싶던데.”

“우선 조조에게 그렇게 욕을 해대도 조조가 안 죽인 이유를 생각해봐라.

일부러 내게 패스를 한 다음, 나로 하여금 죽이게 하려는 계략이다. 그렇게 하면 나는 '어진 사람을 죽인 나쁜 놈'이 되는 거다. 또 명색이 조조가 보낸 사신인데 내가 죽이면 어떻게 되겠냐?"

'아, 그렇게 깊은 뜻이……' 하며 부하들이 감탄하고 있을 때 원소네의 사자가 왔다. 바로 작전회의에 들어간다.

"조조와 원소, 어느 쪽이 우리에게 유리하냐?"

모사 한숭(韓嵩)이 나선다.

"둘이 서로 버티고 있을 때 조금 욕심을 내면 이 틈을 타 적을 격파할 수 있고 그게 뜻대로 안 되면 그

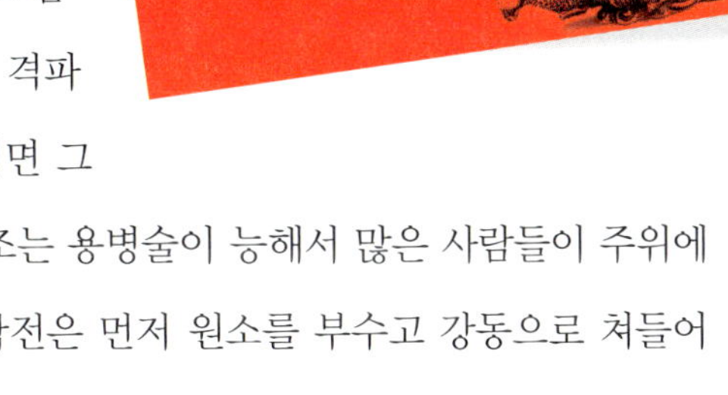

때 가서 결정해도 됩니다. 조조는 용병술이 능해서 많은 사람들이 주위에 모여들고 있습니다. 조조네 작전은 먼저 원소를 부수고 강동으로 쳐들어오는 걸 텐데 그렇게 되면 우리가 막기 힘들걸요! 장군께서 형주를 조조에게 바치고 조조네 편이 되면 조조가 크게 대접할 텐데요."

유표가 "그러면 한숭, 네가 허창에 가서 조조네 동정을 살펴보고 오면 안 될까?"

"제가 허창에 가면 틀림없이 조조는 저의 환심을 사려고 천자께 말씀드려 벼슬을 내릴 테지요. 천자의 신하가 되면 다시는 장군님을 못 뵙게 될 게 뻔한 순서 아니겠습니까?"

“어쨌든 일단 가봐라. 나도 생각이 있으니까.”

한숭의 예언대로 조조는 만난 지 7분 만에 바로 벼슬과 명함을 지급한다.

조조가 “한숭아, 가서 유표를 설득시켜라.”

유표에게 돌아온 한숭은 조조를 칭찬하면서 “제 아들을 조정으로 보내어 벼슬을 살게 하면 어떨까요?”라고 묻는다.

유표가 한숭의 말에 어처구니 없어하며 “이놈 참 생뚱맞은 놈이구나. 가서 조조의 동정을 살피고 오라고 했더니 그쪽 명함까지 파서 와? 거기다가 아들놈의 장래나 생각하고 있다니. 저놈의 목을 당장 베어라.”

“내가 이렇게 될 줄 알고 망설이지 않았소?”

괴량이 옆에서 말린다. 만약 괴량이 말리지 않았으면 어떻게 됐을까. 당연히 죽었지!!! 그것도 질문이라고 하냐? 유성아!

갑자기 황조가 예형을 죽였다는 보고가 올라온다. 보고를 들은 유표는 어쨌거나 조조가 보낸 사신이 죽었다니 약간 불안해진다.

"왜 죽였는데?"

군사7이 대답한다.

"그러니까 두 분이 같이 술을 기분 좋게 마시다가 황조가 허창에는 어떤 인물이 있냐고 예형에게 물었답니다. 예형이 답하기를 큰 인물로는 공융이 있고 작은 인물로는 양수가 있다고 했답니다. 황조가 그럼 나는 어떤 인물인가 물었더니 그 질문에 미리 준비했다는 듯이 '사당에 있는 귀신이다. 제사떡만 받아먹는 영험도 없는 귀신.'이라고 대답했지 뭡니까. 황조가 자기의 귀를 의심하며 다시 한번 물어봤는데도 여전히 '너는 떡값만 아까운 귀신이야. 으하하하하!' 했답니다. 열받은 황조가 그 자리에서 바로 칼을 뽑아 허리를 잘라 죽였답니다."

한편 조조도 같은 소식을 듣고 깔깔대고 웃으며 "고놈 혓바닥을 칼날같이 놀리더니 그 혓바닥이 제 목을 찔렀구나!!"

웃음을 그치며 "근데 문제는 유표가 아직 항복을 안 했잖아. 이러고 있을 때가 아닌데, 점심 먹고 이놈을 쳐부수러 가야지. 중국집에 음식 시킨 거 아직 배달 안 왔냐?"

순욱이 "아직 원소하고 유비도 평정을 못했는데 유표 때문에 군사를 일으키는 것은 순서가 아닌 거 같습니다. 먼저 원소, 그 다음 유비를 때려잡고 유표를 잡는 게 순서일 거 같습니다.”

그때 ‘짜장면 시키셨어요?’하는 소리가 들려 짜장면을 먹기 시작하는데, 그 짜장면 한 그릇 먹는 데 한 해가 넘어간다.

욕과 오이디푸스 콤플렉스

– 동승의 죽음과 관운장의 투항

건안 5년(서기 200년) 신년 하례식. 천자의 밀명을 받고 조조를 죽이고자 노심초사했던 동승은 신년 하례식에서 조조가 오만방자하게 행동하는 모습을 보고 울화가 치밀어 병을 얻었다. 조조의 행동은 요즘으로 치면 보통 회의 도중에는 핸드폰을 끄거나 진동으로 해놓는 것이 기본 예의인데 오히려 회의 도중에 지가 전화를 걸어 회의하는 인간들보다 더 큰 소리로 전화를 하는 행동에 비유할 수 있다. 이런 말을 하면서 말이다.

"나야, 어? 회의는 무슨 회의야. 시시껄렁한 이야기들이나 지껄이고 있어. 김 마담, 어제 내 파트너 있지? 일요일에 여의도 국회의사당 옆길

에 벚꽃 구경이나 가게 데리고
나와!"

동승이 병을 얻었다는 소식을
들은 천자는 길평(吉平)을 보내
서 병 간호를 하라고 이른다.

며칠째 병을 돌봐주던 길평이
고마웠던지, 동승이 정월대보름날 함께 한잔하자고 권한다. 후원 정자에
서 같이 술을 마시는데 동승이 피곤했던지 살포시 잠이 든다. 이때 왕자복
이라는 자를 비롯해 예전에 함께 조조를 죽이자고 결의했던 네 명이 찾아
왔다.

"일이 잘 풀리는 것 같습니다. 유표가 원소하고 같은 편이 되어 50만 대
군을 이끌고 쳐들어온답니다. 마등도 한수와 한패가 되어 72만이나 되는
서량 군사를 거느리고 북쪽으로 쳐들어온다고 합니다. 이 소식을 들은 조
조 군사는 양쪽 군사를 막아대느라 성안의 군사들을 모두 내보내니 성이
텅 비었다고 합니다. 이번 기회를 놓치지 말고 조조를 잡아야겠습니다. 오
늘 저녁이 대보름날이어서 조조가 승상부에서 잔치를 벌인다 하니 조조를
죽일 기회가 온 거 같습니다."

"그래, 이번 기회를 놓치지 말자."

약속된 시간에 북소리가 울리고 군사들이 일제히 조조가 있는 승상부로
쳐들어갔다.

“조조야, 게 섯거라. 내 칼을 받아랏!!……”

한창 소리를 지르다보니 꿈이었다. 이마에서 식은땀이 한 사발이나 흘렀다.

“아이고 꿈이었구나. 생시면 좋았을 것을!”

길평이 동승의 잠꼬대 소리를 듣고 다 안다는 듯이 고개를 끄덕이며 “이제야 병의 원인을 제대로 알았습니다. 조조를 죽이고 싶은 게지요. 늦었지만 앞으로는 저와도 상의해주십시오. 그것이 바로 동승 님의 병은 물론이거니와 나라의 병을 낫게 하는 진정한 의사의 길이지요.”

동승이 선뜻 길평의 진심을 믿기 힘들다는 듯이 “아, 뭐 그저 개꿈이었나봅니다.”

“그럴 리가 있나요? 저를 못 믿어서 그러시는 모양인데……”

길평이 <u>왼손 새끼손가락을 물어뜯어</u> 자신이 믿을 수 있는 사람이란 걸 보여준다.

<u>소고기 영양탕 추가 구라</u> _ 나도 중학교 때 혈서 한번 쓰려고 새끼손가락을 물어뜯었는데 아프기만 하지 송곳니가 들어가지도 않더라. 손톱깎이로 몇 번 집다가 포기한 적이 있다. 독자 여러분들도 피가 날 때까지 손가락을 한번 물어뜯어보면 길평의 맹세가 믿을 만한 맹세란 걸 알게 될 텐데!

비로소 길평의 진심을 안 동승은 천자가 비밀리에 자신에게 주었던 '천자문'을 보여준다. 길평이 천자문에 절을 하고 읽어보더니 비장한 눈빛으로 말한다.

"제가 조 승상의 주치의이기도 합니다. 조 승상의 약에 독약만 타면 저세상으로 바로 보낼 수 있습니다."

"자, 우선 새끼손가락부터 감싸시오." 하며 동승은 헝겊을 가져오라 일러 손가락을 싸매준다. 이때부터 동승은 혈색이 좋아지고 몸도 가벼워져서 저녁이면 일어나 후원을 산책하기도 한다. 그날도 식후에 동승이 후원을 거닐며 달구경을 하는데 남녀가 속삭이는 소리가 들린다.

'이것 봐라? 이 시간에 누구지?'

호기심이 생긴 동승은 살금살금 그들에게로 다가간다. 커다란 매화나무 옆에서 키스하는 소리가 들린다. 그대로 숨을 죽이고 보고 있자니 '쪽쪽' 하는 소리가 더 자주 나고 뭐가 안 된다는 건지 '안 돼요, 싫어요.' 하는 소리가 들린다. 몸은 늙었지만 몸속 혈관 속으로 젊은 피가 훑고 지나간다.

"네 이놈들, 뭐 하는 짓이냐?"

가만히 보니 자기의 젊은 애첩과 하인 진경동(秦慶童)이다.

"누구 없느냐? 이놈들을 당장 죽여라."

동승이 길길이 날뛴다.

계란탕 추가 구라 ＿ 안톤 슈나크의 산문집『우리를 행복하게 하는 것들』중에서 '젊은 연인들이 입맞춤한 후 입술을 떼는 소리'가 우리를 즐겁게 하는 소리라고 했다. 남의 소리를 들어본 적은 없지만 그 글을 읽고 나서 내가 내 소리를 들어보니까 떨어질 때의 소리가 꽤 괜찮은 소리긴 하더라구. 근데 문제는 내 거랑 딴 놈이 하는 소리를 들으면 피가 거꾸로 솟겠지. 동승의 마음을 나는 이해한다.

초저녁에 자다 말고 뛰어나온 부인이 말리며 "젊고 건강한 것들이 얼마나 하고 싶었겠어요. 용서해주자구요. 이런 일로 두 사람을 죽였다는 소문이 나면 우리한테 이로울 게 없잖아요."

그 자리서 곤장만 몇 대 치고 진경동이란 놈을 곳간에 가두고 내일 다시 생각해보자며 잠자리에 들었는데 놈이 허술한 곳간에서 탈출해버렸다. 그 날 밤 조조한테 달려간 진경동이란 놈이 조조 앞에서 '천자문, 밀서, 손가락 깨문 길평, 약탕기에 독약, 매화나무 아래 키스……' 하며 횡설수설 설레발을 치며 고해바친다.

조조는 진경동의 이야기를 듣고 뒷방에 숨겨준다.

조조가 주치의를 불러 두통약을 찾으니 길평이 약탕기의 약에 조심스레 독약을 넣어 바친다.

조조가 은근슬쩍 떠보는 듯 "내가 먹던 약과 냄새가 다른걸!"

"네, 조선에서 새로 수입한 신약을 첨가했습니다."

"네가 먼저 마셔봐!"

탄로가 났다고 생각한 길평이 서둘러 약을 조조의 귀에 들이부으려고 하자 조조는 왼발로 약탕기를 걷어차고 오른발로 길평을 때려눕힌다.

조조가 "난 아프지 않았어. 임마, 누구냐? 누가 시켰냐?"

조조는 길평을 묶어서 꿇어앉힌다. 길평은 일이 실패한 걸 알게 되자 모진 고문에도 혼자 한 일이라며 견결하게 주장한다. 정자 위에 앉은 조조의 목소리 톤이 높아진다.

"같이 모의한 놈들 이름을 불어라. 이름만 불면 목숨은 살려주겠다."

"내가 꼬마냐? 남이 시킨다고 하게! 실패했으니 어서 날 죽여라."

군졸들이 달려들어 몽둥이로 길평을 개 패듯이 내리친다.

“잠깐! 죽으면 안 된다. 일단 감옥에 처넣어라.”

다음 날 조조는 아무 일도 없었다는 듯 문무백관들에게 초대장을 보내어 잔치에 초대한다. 동승은 몸이 아프다고 핑계대고 그 자리에 참석을 안 했지만 왕자복 등 일당 네 명은 조조가 의심할까봐 참석을 했다. 뒤숭숭한 분위기에서 술이 몇 잔 돌아가자 조조가 “내 오늘 특별한 이벤트를 마련했으니 좋은 구경거리가 될 것이오.”

밧줄에 묶인 길평이 그 자리에 불려나온다. 그 자리에 모인 문무백관들은 그나마 몇 잔 마신 술도 확, 깨버린다. 피투성이가 된 길평을 향해 조조가 다시 말을 한다.

“자, 다시 한번 묻겠다. 내 약탕기에 독을 넣으라고 한 자가 이 자리에 있느냐?”

“없다.”

“없긴 왜 없어? 여기 몇 마리 있는데?”

“없다는데 왜 자꾸 피곤하게 만드냐.”

“그럼 손가락은 왜 잘랐느냐. 날 죽일 공모를 하면서 동지들과 혈서를 쓴 거 아니냐.”

“아니다. 혼자 너를 죽이려고 결심하면서 결심이 흔들릴까봐 맹세하는 의미로 잘랐다. 왜?”

조조는 반항하는 길평을 다시 심하게 때린 후 감옥에 넣었다. 그날 밤 잔치는 깽판이 되어 머쓱머쓱 민망민망 얼레불레 끝나버렸다. 다음 날 조

조는 동승네 집을 찾았다. 칼을 꺼내 X자로 휙휙 그으며 눈앞의 나뭇가지
들을 자르며 불량스럽게 동승에게 다가가 말한다.

"초대장 못 받았소?"

"받았습니다."

"근데 왜 안 왔소?"

"몸이 아파서."

"내가 바로 낫게 해줄 수 있는데."

"어떻게?"

"길평이 만든 약에 조선에서 새로 들어온 독약을 타서 마시면 바로 낫
는데."

"농담이겠지요."

"껄껄! 농담이라!!!"

"근데 대체 내게 무슨 말을 하려고 온 거요?"

조조가 길평을 다시 끌고 오라고 명하고 동승 앞에서 심하게 때리며 자
백을 강요한다. 하지만 길평은 여전히 단독 범행임을 주장하며 조조에게
심하게 대들었다. 그러자 조조가 "애들아, 저놈의 혀를 뽑아버려라."

"혀를 뽑으면 내가 공모자 이름을 못 댈 것 아니냐? 밧줄을 풀어라. 공
모자를 내 손으로 데려오겠다."

줄이 풀리자 길평은 스스로 돌에 머리를 박아 자결하고 말았다.

조조는 길평과 동승의 모의를 자신에게 고해바친 동승의 하인 진경동을

다시 불러낸다. 동승이 당황하며 "저놈은 우리 집에서 도망친 하인인데 저놈이 웬일로?"

"저 녀석이 와서 다 말했어. 젊은 애들 성생활도 신경 써줘야지, 너만 혼자 둘, 셋씩 하면 되겠니? 다 늙은 놈이! 저놈을 묶어라."

동승이 포박되고 소매 속에서 천자문 원본과 연판장이 나온다. 조조가 표독스럽게 깔깔대고 웃으며 "쥐새끼 같은 놈들!"

동승은 물론이요, 연판장에 서명한 사람들과 그의 가족과 종들까지 총 703명을 성 밖으로 끌어내어 참형시켜버린다. 승상부로 돌아온 조조는 참모들을 불러 "지금까지 천자가 무사한 건 다 나 때문이잖아! 지난날 이각과 곽사의 난을 진압하고 새 도읍을 건설해서 얼마나 뼈 빠지게 일을 해왔는데!! 나를 죽이려는 무리가 있고 거기다가 천자가 나를 제거하라고 밀서를 내렸다는 게 말이 되냐! 이번 일은 도저히 용서할 수 없단 말이야. 두 번 다시 이런 일이 생기지 않게 이번 기회에 천자를 아예 갈아 치워버리자구."

정욱이 나서서 "맞는 말씀이긴 한데, 조 승상께서 이 자리에 계신 것은 한실을 받들었기 때문이지요. 근데 천자를 폐위하면 그날부터는 대의명분도 사라지고 천하의 사람들이 조 승상을 바라보는 눈이 돌변할 것입니다."

조조는 일리가 있다고 생각해 일단 보류를 했지만, 아무리 생각해도 분이 풀리지 않는다.

"얘들아, 오늘 천자한테 놀러간다. 같이 가자."

조조가 얼굴 더럽게 생긴 깍두기 수십 명을 거느리고 내궁문을 박차고 들어간다. 마침 천자는 내궁에서 최근 일어난 소식을 어렴풋이 듣고 복 황후와 함께 동승 걱정을 하며 불안해하고 있었다. 그때 조조가 노크도 없이 들이닥친 것이다.

조조가 다짜고짜 묻는다.

"모반에 대한 이야기를 들었소이까?"

겁먹은 얼굴의 천자.

"동탁은 이미 죽었는데……."

"동탁이 아니고 동승이야, 동승!"

"무슨 이야기인지…… 우물우물!"

"옥대 속의 천자문도 모른단 말이오?"

"모반을 한 자는 9족을 멸하게 되어 있는 걸 아시지요?"

무사들이 동승의 누이 동 귀비(董貴妃)를 데려오니 천자와 황후가 애걸복걸하며 "동 귀비는 지금 임신 5개월인 몸이니 살려주시오."

"안 된다. 암만 애걸해도 소용없다. 역적의 종자를 남겨두면 나중에 나를 숙부의 원수니, 어미의 원수니 하며 귀찮은 일이 생겨난다. 운명인 줄 알아라."

조조가 미리 소품으로 준비해온 비단 한 필을 던져주며 "목을 베이는 것이 싫으면 이걸로 목을 매라. 시신은 잘 처리해주겠다."

동 귀비는 울면서 비단을 받았고 천자는 "나중에 죽어서 만나자, 흑흑!"

하고 운다. 동 귀비가 목을 맸다는 것을 확인한 조조는 뚜벅뚜벅 걸어가면서 "여자같이 울긴 왜 울어!" 하며 비웃는다.

그후 조조는 동승과 관련된 인물들은 온갖 구실을 붙여서 다 잡아 죽인다. 동승과 차를 마실 때 웃으면서 차를 마셨다고, 같은 할인점을 이용했다고, 웃음소리가 비슷하다고, 지나가다가 동승네 담장을 넘어다봤다고, 등등등.

한바탕 피의 숙청이 지나간 것이다. 조조는 마음이 놓이지 않았는지, 직속군사 3,000여 명을 어림군(御林軍)이라 이름 짓고 각 궁문에 보초를 서게 하고 대장으로는 조홍을 임명했다. 자신의 명 없이는 아무도 궁에 들어오지 못하게 하기 위해서였다.

하루는 조조가 정욱을 불러 "동승 일당은 다 처치했는데 이제 마등과 유비를 없애야 하지 않겠나?"

"마등은 서량에 주둔하고 군사들도 용맹해서 토벌하기가 쉽지 않고, 서주에 있는 유비도 적군의 요지를 점령하고 있어서 가볍게 볼 수 없습니다. 지금 우리의 가장 큰 적은 원소입니다. 원소는 관도에 있으면서 항시 우리가 있는 허창을 노리고 있습니다. 우리가 동으로 유비를 치러 가면 유비는 반드시 원소를 지네 편으로 끌어들여 구원병을 요청할 텐데, 이때 그들이 비어 있는 허창을 기습하면 대책이 없습니다."

하지만 조조의 생각은 달랐다.

"지금 유비의 날개를 꺾지 않으면 나중에는 훨훨 날아다닐 거야. 잡기 힘들어져. 원소가 옆에 있어서 더 신경이 쓰이거던!"

그때 곽가가 들어와 "원소는 성격이 느긋하고 의심이 많고 유비는 군사를 정비하려면 아직 멀었습니다. 지금이 바로 유비를 잡을 수 있는 좋은 기회입니다."

"그래, 맞다. 내 생각과 똑같다. 가자, 서주로!!!"

말이 떨어지면 바로 간다. 조조네 20만 대군이 다섯 갈래로 서주를 향한다. 조조가 대군을 일으켰다는 소식은 손건네 군사1이 손건에게 패스하고 손건, 볼트래핑을 한 후 길게 차 관운장에게 패스, 관운장 두 사람 젖히고 단독 드리블, 소패에 있는 유비에게 짧게 패스한다. 볼을 받은 유비, "위기

……패스 받은 손건이 하북으로 가볍게 몰고 들어가 전풍 발 앞에 패스, 패스 받은 공 요리조리 몰며 골문 앞에 있는 원소에게 롱슛!!! 골인! 골인입니다.

를 넘기는 길은 원소에게 구원병을 요청하는 일이다."라고 소리지르며 다시 이를 되받아 손건에게 차주니, 패스 받은 손건이 하북으로 가볍게 몰고 들어가 전풍 발 앞에 패스, 패스 받은 공 요리조리 몰며 골문 앞에 있는 원소에게 롱슛!!! 골인! 골인입니다.

유비네 손건과 전풍이 원소에게 당도했다. 편지를 받으러 나온 원소의 모습은 세수도 안 하고 머리도 빗지 않고, 고추장 자국이 벌겋게 묻은 윗도리를 입고 나왔는데 영 꼴이 말이 아니다.

"나는 아무래도 곧 죽을지도 몰라."

"왜 이러십니까? 무슨 일이 있습니까?"

"내 귀염둥이 막내아들이 옻이 올라 다 죽게 되었네. 막둥이 녀석이 아프니 내가 살맛을 잃었어. 아이고! 죽겠네."

전풍이 "조조가 유비를 치러 나갔으니까 허창은 비어 있습니다. 지금 의병을 일으키면 위로는 천자를 받들고 아래로는 만백성을 구할 수 있는 좋은 기회입니다."

"나도 그렇게 생각하지만 우리 막둥이가 아파서 싸우러 나갈 기분이 아니야. 그리고 손건, 돌아가거든 내가 출병을 못하는 이유를 잘 설명해주소. 만일 일이 잘 안 되면 그때 내가 가겠소. 아이고 불쌍한 우리 막둥이, 얼마나 가려울까?"

전풍은 막둥이의 병을 핑계로 이렇게 좋은 기회를 놓치니 안타까워하며 발을 구르고 탄식을 하니 얼마나 발을 굴러댔으면 그 자리에 움푹 파인 발

구라일보

www. **GURA** DAILY .com

전풍의 '발구르기 풍속'이 남아 있는 곳을 찾아서…

각계 각층 사람들 모여 '좋은 기회 다시 한번' 속으로 외치며 발 굴러

》 '전풍의 발 구르기' 풍속을 아십니까?

올해도 어김없이 정월대보름을 전후해 많은 사람들이 동네 언덕에 모여 발을 구르는 풍속을 재현하고 있다. 사람들은 지난 1년간을 돌이켜 보며 '뭔가 좋은 기회가 왔을 때 잡지 못한 경우'를 생각하며 이렇게 발을 구르는 것으로 알려지고 있다. 이 풍속은 지금으로부터 약 1800년 전 원소와 조조가 대치하던 중 원소의 참모 전풍이 조조를 이길 수 있는 좋은 계책을 주었음에도 불구하고 일방적으로 무시를 당한 후 속이 타서 발을 구른 것에서 연유한 것으로 알려지고 있다. 현장에서 만난 왕칭명(41세·룸살롱 경영)에게 이곳에서 발을 구르는 이유를 묻자 "발을 구르고 나면 똑같은 기회가 다시 한번 생긴다고 한다. 나도 지난 한 해를 다시 생각하며 마이낑 떼먹고 도망간 그년을 잡을 수 있는 결정적인 기회가 있었는데 그만 놓치고 말았다. 다시 한번 그 기회가 왔으면 좋겠다."고 말했다.

뿐만 아니라 현장에서는 공무원 시험시기를 놓친 37세의 백수건달, 승진 시기 때 아부할 기회를 결정적으로 놓친 회사원, 여관까지 여자 데리고 갔다가 술 많이 먹고 깜빡 잠든 새 여자가 도망간 직장인, 주식을 살까 말까 망설이며 내일 사야지, 내일 사야지 하다가 못 사서 돈을 못 번 인간, 이번 시험에 안 나올 거야, 하고 방심했던 문제만 나온 시험지를 받아본 수험생 등등이 줄을 서서 기다리고 있다가 차례로 발을 구르고 있다고 한다.

〈늘 신뢰도 0%인 기사만
전하는 이구라 기자〉

자국이 남아 있다고 전한다.

밤새 되돌아온 손건이 유비에게 원소가 싸울 의사가 없다고 전하니 "오떡해! 오떡해!? 오떡해!"를 연발한다.

장비가 "걱정할 게 뭐 있수! 조조네 군사가 먼 길을 왔기 때문에 지쳐 있을 게 뻔하니까 잠을 자고 있을 때 급습해버리면 물리칠 수 있습니다."

"장비가 이제 병법을 아네."

"다 형님들한테서 주워 들은 풍월이죠, 뭐!"

이렇게 야간에 잠을 자고 있을 때 기습을 하면 아무래도 방심을 할 거 같은데, 완전히 곯아떨어지지 않았다면 대응을 할 수도 있지 않을까? 사람들은 잠잘 때 언제 방심하게 될까? 잠자리에 들었을 때? 잠이 깊이 들었을 때? 아니면 새벽에 설핏 잠이 깼을 때?

● 구라 심리학 _ 잠의 깊이는 네 단계로 구분된다. 이는 뇌파기록 장치를 통해서 뇌파를 측정해 알 수 있는데, 진폭과 주파수를 분석해서 각 단계를 구분한다. 이렇게 측정한 뇌파를 EEG 혹은 뇌전도라고 부르는데, 이것은 일반적으로 단계가 높아질수록 파장이 느려지며 수면 상태를 나타내는 지표가 된다. 제 1단계는 깨어 있는 상태에서 졸음 상태를 거쳐서 진짜 잠으로 넘어가는 단계로, 명백하게 의식의 경계를 넘나든다. 이 단계에서는 약한 소리를 식별할 수 있고 지시에 따라서 손을 약하게 구부리는 움직임도 가능하다.

대개 사람들은 주어진 소리에 대해 절반에 약간 못 미치는 확률로 반응한다. 2단계는 일반적으로 잠이 들었다고 얘기하는 상태로 최초의 진짜 잠이라고 할 수 있다. 이 상태에서는 잠든 사람을 쉽게 깨울 수는 있지만, 1단계에서와 같이 약한 소리에 반응을 보이지는 않는다. 이는 1단계에 비해서 훨씬 깊은 수면 상태임을 보여준다. 그러나 EEG가 보여주는 2단계의 잠은 아직도 얕은 잠으로, 이 단계에 있는 사람들을 깨우면 열에 일곱 명은 자신이 잠들지 않았고 그저 졸았다고 대답한다. 그러니 자는 놈 깨우면서 자고 있다고 핀잔을 줄 때, 자신은 자고 있지 않았고 잠시 생각을 하고 있었을 뿐이었다고 하는 놈의 말도 어느 정도는 믿어줘야 한다. 3단계와 4단

계는 느린 파장의 잠으로 3단계는 적당히 깊은 잠이고 4단계는 매우 깊은 잠이다. 이 단계에 있는 사람은 깨우기가 힘들며 깨워도 몇 분 동안은 제대로 정신을 차리지 못한다. 어떤 사람을 깨우다보면 어떤 때는 쉽게 깨고 어떤 때는 아무리 흔들고 소리를 질러도 일어나기 힘든 경우가 있는데, 이는 당시에 그 사람이 어떤 수면단계에 있느냐에 달려 있다. 1~2단계에 있으면 쉽게 깨울 수 있지만 3~4단계에 있으면 깨우기 힘들어진다. 그러니까 야간에 기습을 하게 되고 적들이 만약 이 3~4단계에 빠져 있다면 공격의 승산이 매우 높다고 할 수 있겠다.

조조네 군사가 소패를 향해 가는데 광풍이 불더니 깃대가 부러졌다. 딴 사람도 아니고 조조가 부러지는 광경을 제일 먼저 목격하고 기분이 나빠져 모사들에게 물어본다.

순욱이 "뭐 별일은 아니고, 오늘 밤 유비가 쳐들어올 거 같습니다."

그렇다. 싸우러 갈 때는 별의별 게 다 신경 쓰일 거다. 그냥 몇 대 치고 받고 집에 와서 파스 붙이고 달걀로 눈탱이 밤탱이 된 데 문지르는 게 아니다. 죽느냐 사느냐, 먹느냐 먹히느냐의 싸움에선 별의별 게 다 신경 쓰인다. 작전회의를 마친 조조는 군사 앞쪽을 허술하게 배치하고 나머지는 기습에 대비하여 군사들을 매복시켰다.

어둠이 내리자 유비네는 밤눈 밝은 군사들을 뽑아 먼저 수색대로 보내

염탐하니 조조네 군사들이 잠들어 있다. 장비의 신호로 함성을 지르며 적진 깊숙이 들어갔지만 아무도 없다. 장비가 낌새가 이상하다고 생각하는 순간 둘러보니 사방이 적이다. 장비가 당황해 소패로 돌아가려 했지만 소패로 가는 길은 조조의 군사들로 막혀버렸다. 장비는 전에 한번 가본 적이 있는 망탕산으로 죽어라 도망쳤다. 유비도 조조네 진지에 가까이 왔다고 판단하고, 돌격 명령을 내리기 일보 직전! 뒤에서 함성이 일어나고 앞에선 하후돈이 나타나 유비네 군사들을 마구 살육한다. 소패 쪽을 바라보니 소패성은 이미 불길이 치솟고 하비는 조조네 군사들이 막고 있네! 이리저리 말머리를 돌리니 말도 어지러워 죽을 지경이다.

'그래, 청주의 원소가 있었지!'

어찌어찌해서 포위망을 뚫고 도망을 갔지만 거지꼴이 다 되어 청주에 다다른다. 청주 자사는 원소의 아들 원담(袁譚)이었는데, 유비가 찾아온 걸 알고 찬물에 밥 한 그릇 말아주고 호위병을 딸려 아버지 원소에게 보내니 미리 연락받은 원소가 마중나와 있다.

"막둥이가 아파서 도와드리지 못해서 미안하오. 이제라도 만났으니 원기를 회복하면서 친하게 지냅시다."

"오래전부터 보고 싶었지만 인연이 없어서 늦었습니다. 장군께서 도량이 넓으시다기에 부끄러움을 무릅쓰고 왔으니 거두어주십시오. 은혜를 잊지 않겠습니다."

"자, 여기 기주는 살기 좋은 곳이오. 갑시다. 마침 국물이 진국인 설렁

탕집이 있으니 설렁탕이나 한 그릇 합시다.”

여기까지가 진 사람 이야기고, 이긴 사람은 어떻게 되었나? 소패성을 차지한 조조네 대군은 연이어 서주를 공격하니 미축과 간옹은 조조네 대군에게 이길 수 없어 도망가버렸다. 혼자 남은 진등은 서주성을 잘 닦고 조이고 기름쳐서 조조한테 바쳤다. 조조는 백성들을 시찰하고 모사들을 부른다.

“내친 김에 하비까지 먹어야겠지?”

“그렇습니다. 하비는 지금 관운장이 유비네 처자식을 보호하고 있어서 죽음으로 지키려 할 것입니다. 지금 빨리 처리하지 않으면 원소네로 넘어 갑니다.”

“근데 문제는 말이야, 관운장이 탐나는 인물이거든! 사로잡아서 허창으로 데려가 내 밑에 두고 싶어.”

“사람을 보내어 ‘싸워봤자 질 게 뻔하니까 항복하라.’고 하시면……!!”

“제가 관운장을 만나보겠습니다.”

장요다. 하지만 곽가가 나서서 “만약 만나서 효과가 없으면 반드시 싸워서 이기겠다는 결의를 더욱 굳게 해주는 역효과가 날 텐데! 속전속결로 ‘안 나오면 쳐들어간다.’ 작전이 낫지 않을까요? 나오면 사로잡고 안 나오면 쳐들어가서 잡구요.”

정욱이 더욱 상세한 계책을 설명한다.

“이번에 붙잡은 서주 포로를 풀어주면 자기네 편이라고 받아줄 겁니다.

관운장에게 불씨를 미리 보내는 작전이지요."

그날 밤 서주 포로 200여 명을 풀어주니 이들이 밤새도록 달려 하비에 당도한다. 한때 자기네 편이었던 영철이, 칠성이 얼굴을 알아본 성문지기가 성문을 열어준다. 포로들은 조조네 군사가 철수하고 얼마 남지 않았다고 헛소문을 낸다. 다음 날 식전 댓바람부터 하후돈이 나타나 관우네 군사들을 약올린다.

"너네 두목 유비하고 똘마니 장비는 조 승상한테 소패하고 서주를 함락 당해서 행방불명됐어. 너도 빨리 고향으로 돌아가 더덕 농사나 지어, 이 자식아! 엄마가 밥 해놓고 기다려!"

갖은 욕설도 퍼붓는다.

"너네 엄마랑 유비랑 지금 한방을 쓰고 있어, 임마. 빨리 가서 동생 하나 낳아달라고 해."

관운장이 열받아 3,000여 명을 이끌고 성 밖으로 나간다. 하후돈이 잡힐 듯 잡힐 듯 도망가며 "일루 와, 맘마 줄게!!" 하며 계속 도망을 간다.

그런데 욕 중에는 왜 엄마에 관한 욕이 많을까? '니미씨팔'이라느니 '니네 엄마뽕' 등등이 있다. 또 '제미랄 것'이란 욕은 '지 에미랑 붙어먹을 것'의 줄임말이라는 설명도 있다.

● 구라 심리학 _ 욕이 발생하게 된 사회적 배경이나 욕의 유래에 대해서는 각기 다른 수많은 주장들이 있어 어떤 것이 정설인지 알 길

욕 중에는 왜 엄마에 관한 욕이 많을까?

이 없다. 욕이란, 남을 저주하거나 미워할 때 또는 자신의 어리석음을 스스로 나무랄 때 사용한다. 따라서 욕은 그 시대에 가장 천시되고, 무시되고, 하찮은 것들이 대상이 되거나, 그 시대에 모두가 경멸하는 행동들 또는 그 시대에 참혹한 형벌들을 사용한다. 욕에는 신체에 관한 욕(채신머리 없는 놈, 염병할 놈, 간도 쓸개도 없는 놈, 쓸개 빠진 놈 등), 여성의 치부에 관한 욕(지미 붙을 놈, 제미 붙을 놈, 씹새끼 등), 남성의 생식기에 관한 욕(좆 같네, 좆만 한 새끼 등), 조상에 관한 욕(후레아들 놈, 종간나 새끼 등), 신분에 관한 욕(촌놈, 쌍놈, 되놈 등), 죽음에 관한 욕(쳐 죽일 놈, 급살 맞을 놈, 조살할 놈 등), 직업에 관한 욕(도둑놈, 빌어먹을 놈, 먹통 등), 형벌에 관한 욕(경을 칠 놈, 육시랄 놈, 오살할 놈 등) 등이 있다.

　형벌에 관한 욕을 보면, 경을 칠 놈, 육시랄 놈, 오살할 놈 등이 있는데, ‘경을 치다’는 말은 옛날의 형벌제도에서 유래한 것으로 묵형(墨刑)을 가리키던 낱말이다. 즉 옛날에는 큰 죄를 지으면 평생토록 그 죄를 세상에 알리며 부끄럽게 살라는 의미에서 죄명을 이마에 먹물로 새겨 넣었다. 쉽게 말하면 이마에 먹물 문신을 새겨 넣는 형벌을 ‘경’이라고 했다. 세월이 흘러 먹물로 죄명을 이마에 새겨 넣지는 않더라도 포도청에 끌려가 호된 벌을 받으면 그것을 ‘경을 쳤다’는 비유로 표현했고, 그 말이 굳어져서 호된 꾸지람이나 심한 고통을 받는 것도 ‘경치다’로 말하게 됐다. ‘육시(戮屍)랄 놈’에서 ‘육시’의

원래 뜻은 죽은 사람의 관을 파내어 다시 머리를 베는 끔찍한 형벌
인데, 이것이 바뀌어 '못된 인간'이란 뜻이 담긴 욕으로 변화된 것이
다. '오살(五殺)할 놈'에서 '오살'의 원래 뜻은 반역죄나 대죄인의 몸
을 다섯 토막을 내서 죽이는 끔찍한 형벌인데, 이것이 변하여 심하
게 나무라거나 욕을 할 때 쓰는 상말이 되었다. 여성의 치부에 관한
욕 '지미 붙을 놈', '제미 붙을 놈'에서 '지미'는 '니미'와도 같은 뜻
으로 '지 에미', 즉 '너의 어머니'를 줄인 말이다. 이 욕은 또 '제미
붙을 놈'이라고 하기도 하는데 그 뜻은 '지미'와 마찬가지로 상대방
의 어머니를 가리키게 된다. 욕에 유난히 엄마에 대한 욕이 많은 건
오이디푸스 콤플렉스의 동양적인 표현이라고 할 수 있을 것이다.

관운장이 정신없이 하후돈을 쫓아가는데, 갑자기 서황과 허저가 나타나
공격해댄다. 포위망을 뚫고 달아나려는데 화살이 하늘을 까맣게 덮으며
날아온다. 허저랑 서황을 물리치고 한숨을 돌리고 말머리도 돌리는데 이
번에는 하후돈이 앞을 막는다. 날이 저물 때까지 싸우다가 야트막한 동산
으로 올라가 숨을 고른 다음 하비성을 바라보니 성안에 불길이 춤을 춘다.
"야! 불놀이야~, 불놀이야. 야! 불이 춤춘다~."
날이 밝기를 기다렸다가 다시 군사와 장비를 점검하고 있는데 조조네
군사가 동산을 빙 둘러 포위하고 있고 장요가 혼자서 말을 타고 올라온다.
"자네가 여기 웬일인가?"

“지난번에 형이 나를 구해줬는데 지금은 형이 곤경에 처해 있으니까 내가 형을 도와줘야지!”

“그럼 내 편이 되어 같이 싸우겠다는 건가?”

“아니.”

“그럼?”

“지금 형은 큰형 유비하고 동생 장비가 어디 있는지 생사도 모르잖아!”

“그래서 날 설득해서 항복 받아오라고 했니?!”

“아니 내 말을 끝까지 들어봐. 화부터 내지 말고.”

“조조가 시켰지?”

“허허, 참!”

“조조한테 가서 내가 바로 내려가서 싸울 테니까 준비하라고 해.”

“형! 싸우러 내려가자마자 형은 죽게 될 텐데! 세상 사람들이 형 이야기를 들으면 다 웃을 거야.”

“형제간의 의리를 지키기 위해 싸우러 나가 죽는데 왜 웃어? 왜 웃냐고?”

“내 말 들어볼래? 형이 지금 나가 싸우면 세 가지 죄를 짓는 거야. 형은 장비, 유비와 함께 한날한시에 죽자고 했대매? 지금 죽으면 그게 안 지켜지잖아! 큰형이 어디 가서 살아 있다가 나타나면 어떡할래? 또 형이 가족들을 부탁하고 갔는데 가족은 누가 돌봐? 복지시설로 보낼 거야? 형이 가지고 있는 쌈기술을 한나라를 세우는 데 보태야지. 지금 나가서 쓰잘데기 없는 싸움에 목숨을 걸면 합이 세 가지 죄를 짓는 거라니까!!!!!!!!!!!"

"그래서 나보고 어떡하라구?"

"이 밑에 조조네 군사가 쫙 깔렸는데 싸워봤자 형은 죽을 게 뻔해. 일단 조조네에 항복했다가 큰형이 나타나면 그때 형한테 가도 늦지 않아! 형네 가족도 살릴 수 있고 말이야."

"조건만 맞으면 생각해볼게."

"무슨 조건? 말해봐."

"몇 가지 안 되고 세 가지뿐이야. 첫 번째, 나는 황숙하고 한나라를 살리려고 맹세한 사람인 거 알지? 그러니까 나는 한나라한테 항복하는 거지 조조한테 항복하는 게 아니라는 점을 좀 확실히 해줬으면 좋겠어. 두 번째로 형수네 가족들을 잘 보살펴야 해. 마지막으로 유황숙이 있는 곳을 알게 되면 언제든지 떠난다, 이거 세 가지야. 내려가서 알아보고 될 수 있는 대로 빨리 확답을 줘."

"아침도 안 먹고 왔는데 밥도 안 주고 보내려고?"

"나중에 내가 사줄게, 빨리 갔다 와."

이 이야기를 들은 조조는 첫 번째, 두 번째 조건은 들어주겠다고 했는데 세 번째 조건은 아무래도 껄쩍지근해하며 "그럼 관운장이랑 영원히 같이 있지는 못하는 거네!"

"하지만 유현덕이 해준 것 이상으로 잘해주면 관우가 복종하지 않을까요?"

"좋다. 가서 조건을 들어준다고 해라."

장요가 다시 와서 "조조의 승낙이 떨어졌으니 함께 가세요."

"먼저 포위를 풀라고 전해줘."

"점심도 안 먹었는데 지금 바로 가서 말하라구?"

"알았다니까! 나중에 세상 좋아지면 아예 식당을 하나 차려줄게."

장요가 내려가고 한참 후부터 조조네 군사들이 포위를 풀고 물러가기 시작한다. 관운장은 투항을 하게 된 경위를 두 형수들에게 설명하면서 "형수님의 안전을 보장받았으니 내려가시지요."

조조가 산 아래까지 마중나와 "만나고 싶었소이다. 평생의 소원을 푼 것 같소이다."

"형이 어딘가에 살아 있다면 가겠소이다."

"현덕이 살아 있다면 보내드리지요. 그렇지만 죽었을 것이오. 그 문제는 천천히 알아봅시다."

조조는 관운장의 첫마디가 마음에 안 든다. '보자마자 형을 찾으면 형한테로 간다구? 참네! 그래도 남자답긴 하군!'

다음 날 조조네 일행은 관운장과 함께 허창으로 떠난다. 허창으로 돌아온 조조는 관운장에게 마침 비어 있는 대저택을 제공한다. 안채에선 두 형수가, 문간방에선 관운장이 묵는다. 다음 날 조조가 관운장과 함께 천자께 인사를 드리러 갔는데, 천자는 관우가 유황숙의 동생이라 하니 내심 기뻐한다.

7

덫에 걸린 생쥐가 출구를 찾는 법

- 관운장의 쇼생크 탈출

물론 잔치도 벌였지. 조조는 관운장을 위해 거의 매일 잔치 스케줄을 들이민다. 하지만 관운장은 손톱만치도 자신의 부귀영화를 추구하지 않았다. 비단에 금은보화를 슬쩍 선물하면 바로 형수에게 갖다 바치고, 어느 날에는 아깝지만 젊고 싱싱한 미녀들 열 명을 줬더니 형수들 시중들라고 해서 파출부로 만들어버린다. 또 어느 날은 관운장이 입고 있는 옷이 하도 낡고 더러워 조조가 새 옷을 한 벌 보내니 새 옷을 안에 입고 헌 옷을 그대로 겉에 입는다. 조조가 이유를 물으니 "헌 옷은 형님이 내린 옷이라 항상 가까이 두고 형님의 정을 느끼고 싶어서입니다. 하지만 새 옷을 주셨으니 안

에라도 입어야지요.”

“껄! 껄! 껄! 본받을 만한 일이야.”

조조는 말은 그렇게 했지만 서운하기 그지없다. 깍두기들도 아니고 말 끝마다 ‘형님, 형님.’ 하니 말이다.

행님, 식사하셨습니까, 행님! 행님, 어디 가십니까, 행님! 행님! 소변 보십니까? 행님! 행님, 지가 말입니다요, 행님, 어저께 종로에 나갔습니다. 행님, 오랜만에 나가봉께 행님, 삼삼한 깔치들이 말입니다. 행님! 많습디다 행님! 그래서 말입니다. 행님, 칠성이 야가 눈이 휘까닥, 행님, 뒤집혀갖고 행님, 말을 안 걸었소, 행님 여기, 행님, 종각을, 행님, 어디로, 행님, 가야, 행님, 됩, 행님, 니, 행님, 까, 행님! 지겹다 지겨워!!!!!!!!!!

어느 날 술자리에서 수염을 만지작거리고 있는데 조조가 “운장은 수염이 몇 개나 나 있소?”

“잘 모르겠는데요. 가을이 되면 수염이 자꾸 빠져서 겨울엔 망사로 싸둡니다.”

다음 날 조조는 비싼 비단으로 수염 주머니를 만들어 관운장에게 선물한다. 관운장이 천자를 뵙는 자리에서 그 비단 주머니를 하고 나가니 천자께서 “수염 구경 한번 합시다.” 해서 비단 주머니를 풀어보니 수염이 배 아래까지 내려와 닿았다.

“참으로 아름다운 수염이네. 앞으로 공을 미염공(美髯公)이라고 불러야겠군! 하하!”

그러자 모든 사람들이 관운장의 별명을 그렇게 따라 불렀다.

또 한번은 조조가 관운장의 말을 보고 "말이 왜 이렇게 말랐소이까?"

"천한 몸이 하는 일 없이 먹기만 하니 살이 뒤룩뒤룩 찌는 바람에 말이 저를 지탱하지 못해서 저렇게 된 거 같습니다."

조조가 "준비해둔 게 있습니다. 애들아, 가져오너라."

군사18이 말을 한 마리 끌고 나오는데 여포가 타고 다니던 적토마다. 적토마를 선물하자 관운장은 조조에게 두 번 절하며 감사의 뜻을 전한다. 조조가 "내가 미녀와 현찰을 앵겨줘도 별 반응이 없더니 말을 주니까 절을 두 번씩 하는군요. 미녀나 현찰보다 말이 더 좋소이까?"

"이 말이 하루에 1,000리를 달릴 수 있다니, 형님 소식만 들으면 바로 달려가 하루 만에 만날 수 있으니 얼마나 좋습니까."

조조는 '저런! 또 유현덕 이야기구먼.' 하면서 속으로 적토마 준 걸 후회했다. 다시 달랠 수도 없고 말이야!!! 재주는 뛰어나지만 말 안 듣는 아까운 놈들이 우리 주위에는 더러 있다.

하루는 장요가 관운장을 찾아와 "지금 조 승상이 잘해주고 있는데 자꾸 간다 간다 소리만 하니 무진장 섭섭하게 생각하고 있어요."

"바보 천치가 아닌 이상 조 승상이 잘해주고 있다는 걸 내가 왜 모르겠나! 그래서 뭔가 공을 하나 세워서 갚은 후에 떠날 생각이지."

"만일 큰형이 죽었다면?"

"그럼 같이 죽어야지."

장요가 조조에게 관운장을 만나고 온 이야기를 전하니 조조는 근본을 잃지 않고 주인을 섬긴다고 생각하여 무척이나 부러워했다.

옆에서 이야기를 듣고 있던 순욱이 "공을 세울 기회를 주지 않으면 관우는 못 갈 겁니다."

조조는 정말 관우를 탐내며 깊은 생각에 빠져든다.

한편 유비는 지금 무엇을 하고 있을까. 물론 얼굴이 밝을 리가 없었다.

〈조선일보 1994년 1월 15일 31면 기사〉

大田서 3백km… 진돗개 7개월만에 "귀향"

색연필

○…대전지역으로 팔려 백여km 떨어진 李씨 집으로 돌아온 진돗개 〈사진〉가 7개월여만에 전남 진도의 옛 주인집으로 되돌아와 마을 사람들의 눈시울을 적시게 했다.

진도군 의신면 돈지리 李병수씨(39·농업)는 지난해 3월 5년생 백색 암컷 진돗개 「백구」를 대전지역 애견가에게 비싼 값에 팔았는데 10월 중순 한밤중에 뼈와 가죽만 앙상한채 대전에서 3백여km 떨어진 李씨 집으로 돌아왔다는 것이다. 李씨는 그동안 이같은 사실이 알려질까봐 쉬쉬해오나 마을 사람들의 입과 입을 통해 전해져 뒤늦게 화제가 되고 있다.

진돗개 「백구」는 88년 강아지때부터 주인 李씨의 사랑을 받아오다 지난해 3월 같은마을 曹모씨(40)를 통해 대전 애견가에게 팔렸다. 주인 李씨는 「백구가 팔려갔으나 그동안 꿈에 자주 나타나 마음이 싱숭생숭했었는데 결국 돌아오게 됐다」고 말했다.

［珍島＝聯］

어느 날 수심에 잠겨 골똘히 생각하고 있는데, 살금살금 옆으로 다가온 원소가 유비의 어깨를 탁! 치면서 "무슨 생각을 그리 하시오."

"내 가족, 그리고 두 동생을 생각하고 있지요. 봄날 긴긴 해에 하릴없이 복숭아밭을 거닐고 있으려니 도원결의하던 때가 생각이 나는군요. 한 송이 복숭아꽃을 피우기 위하여 가을부터 귀뚜라미는 그렇게 울었나봅니다."

"마침 상의할 일이 있어서 왔소이다. 전에 아이가 아파 도와드리지 못한 거 미안하게 생각하고 있습니다."

"남자가 '미안하다'라고 한번 했으면 그만이지 삼국지에 등장할 때마다 미안하다, 미안하다, 하시면 독자들 식상합니다."

"알았소이다. 막둥이 병도 나았고 산야의 눈도 녹아 싸움하기 좋은 계절이 돌아온 거 같소이다. 회의 도중에 조조를 토벌하자는 안건을 냈더니 전풍이란 자가 지금은 국방에 힘을 쏟아 군사들을 훈련시키고 농사를 장려해서 군량미를 비축할 때라고 우기는군요. 다시 말해 공격보담은 수비에 더 신경 쓰자는 거지요."

유비가 "전풍은 학자가 아닙니까? 탁상공론이지요. 나 같으면 싸우러 나갈 텐데요. 지금의 시대는 '때를 기다리는 시대'가 아니라고 생각합니다. 때는 만드는 겁니다. 때를 기다리다가 때가 안 와서 망한 회사들 많이 알고 있지요."

유현덕의 뽐뿌질을 듣고 온 원소가 이번 기회에 조조를 없애버리자고 말하니 전풍이 다시 "아니되옵니다. 지금은 때가 아니옵니다."

원소가 화를 내며 "때는 만드는 거래, 임마! 너는 말만 했지 싸워본 적이 없잖아!"

그래도 전풍이 "아니됩니다."

"저놈을 옥에 가둬버려라."

원소는 전쟁 준비를 착착 진행시켜 나간다. 안량을 선봉장으로 삼아 여양 땅에 도착하니 동쪽 지역을 지키고 있던 유연이 허창에 보고를 올린다. 조조가 보고를 받고 있을 때 관운장이 소문을 어디서 들었는지 나타나 "제가 선봉에 서겠습니다."

"아직까지는 장군이 안 나서도 될 것 같소이다. 힘이 필요하면 부르겠소."

"그럼 24시간 대기하고 있겠습니다."

조조는 갑옷 수리공 13명을 포함해 15만 13명을 세 갈래로 나누어 행군을 시켰다. 토산에 올라가 앞을 바라보니 멀리 보이는 평천(平川) 들판에 안량이 선봉장으로 있는 원소네 군사들이 질서정연하게 이쪽을 노려보고 있다.

제일 먼저 송헌(宋憲)이 나갔는데 나가자마자 안량의 칼에 목이 잘린다. 2번 타자 위속(魏續)이 나가서 방망이도 못 들어보고 그대로 말 아래로 목이 떨어진다. 서황이 나가 20여 합을 싸우다가 힘이 빠져 되돌아오니 조조네 군사들이 동요하기 시작한다. 상황을 예의 주시하고 있던 정욱이 "이때쯤 관우를 출연시키면 어떨까요?"

"공을 세운 후에 떠나지 않을까?"

"유비가 살아 있다면 아마도 원소네에 가 있을 겁니다. 이번에 관운장이 원소네 군사를 쳐부수면 원소가 유비를 의심해서 죽일 겁니다. 유비가 죽었다는 걸 알게 되면 관운장은 자연적으로 여기에 있게 될 것입니다."

조조가 관운장에게 나가 싸워달라고 청하자 관운장은 두 형수에게 먼저 찾아가 인사를 하고 적토마를 타고 조조한테 인사를 하러 온다.

"부르셨습니까?"

"자, 자, 우선 술 한잔 마시고 목이나 축이게!"

"저기 대장기 옆에 금빛 투구를 쓴 자가 안량이오."

관운장이 "내 눈에는 개나 닭으로밖에 안 보입니다."라고 하며 벌떡 일어나 "재주는 없지만 제가 적진에 뛰어들어 안량의 목을 베어오겠습니다."

적토마에 오른 관운장은 청룡도를 비껴들고 산 아래로 내려갔다. 하북군의 진지에 뛰어든 관운장이 맹렬하게 적토마를 몰아 적군 사이로 뛰어드니 군사들이 모세의 홍해 갈라지듯 갈라진다. 관운장은 적군 사이를 헤엄치듯 미끄러져 들어가 안량과 마주 선다. 안량이 칼을 빼기도 전에 청룡도가 허공을 가르니 안량의 머리가 선반 위에서 보따리 떨어지듯 툭 떨어진다. 말꼬리에 안량의 머리통을 매달고 적토마를 타고 조조네로 달려가니 하북 군사들이 두려움에 떨며 우왕좌왕한다. 이 틈을 놓치지 않은 조조네 군사들이 쳐들어가 이리 치고 저리 베어내니 널브러진 시체들이 들판을 메운다.

조조에게 안량의 머리를 바치니 조조 입이 째진다. "장하오, 장해! 자, 박수!"

자리에 모인 사람들이 박수를 쳐대니 관운장은 쑥스럽다.

이 소식을 들은 원소는 화를 벌컥 내며 "안량이 죽었다구? 말도 안 되는 소리 마라!"

"얼굴이 붉고 수염이 배꼽까지 내려온 장수가 갑자기 나타나 안량의 목을 베어가는 바람에 크게 졌습니다."

옆에 있던 저수가 "인상착의로 봐서 그놈은 유현덕의 아우 관운장 같은데요."

발끈한 원소가 유비에게 "네 동생놈이 내가 아끼는 장수를 죽였다는데, 너 내통했지? 이놈을 당장 끌어내어 목을 베어라."

유비가 계단 밑으로 끌려나와 무릎을 꿇었다. 그리고 침착한 말투로 "왜 한쪽 말만 듣고 우리의 인정과 도리를 끊으려 하십니까? 서주에서 아우들과 뿔뿔이 흩어진 이후 관운장의 생사조차 모릅니다. 인상착의가 비슷하다고 어찌 관운장이라고 꼭 집어서 말할 수 있습니까?"

그 당시에 비디오 카메라가 있는 것도 아니고 유현덕의 말이 일리가 있다고 생각한 원소는 저수에게 "야, 하마터면 네 말 듣고 죄 없는 사람을 죽일 뻔했다. 빨리 안 풀어주고 뭐 하냐?"

계단 아래로 내려온 원소는 직접 유비의 결박을 풀어주면서 상석에 다시 앉힌 다음 안량의 원수를 어떻게 갚을지 협의를 했다. 장막 아래에 있던

상 패
수상자 관운장
상기인 관운장은 수만 명의
적군이 지켜보는 가운데 단
독으로 그 사이를 비집고 들
어가 여보란듯이 안량의 목
을 따왔으므로 이에 치하함.
상서사 조조

키가 8척이고 얼굴이 괴상한 해태를 닮은 문추(文醜)가 "제가 자원해서 안량의 원수를 갚겠습니다."

"그래, 10만의 군사를 줄 테니 황하를 건너가 역적 조조 놈을 잡아 안량의 원수를 갚도록 하라."

저수가 "함부로 많은 대군이 황하를 건너가다가 변고가 생기면 돌아오기 힘듭니다."

"닥쳐라! 그 따위 소리를 자꾸만 하니까 군사들의 사기가 떨어지는 거 아니냐."

저수는 물러나와 탄식을 하며 "위에선 욕심만 부리고 아래는 공만 세우려 드는구나. 저 넓은 황하를 어떻게 10만 대군이 건너?"

유현덕이 "은혜를 갚을 길이 생길 거 같습니다. 이번에 문 장군과 동행을 해서 베푸신 은덕도 갚고 관운장의 소식도 좀 알아볼까 해서요."

이에 문추가 원소에게 살짝 귀띔하기를 "유현덕은 싸움에 여러 번 진 패장이니까 후군에 세우도록 하겠습니다."

문추는 수십 척의 배를 타고 황하를 건너와 연진에 진을 쳤다. 문추의 움직임을 보고받은 조조는 백성들을 서하 쪽으로 이주시켰다. 후군을 앞에 서라 하고 선봉을 뒤따르게 했다. 원래가 후군은 군량미, 말먹이, 간장, 된장, 짜장, 초콜릿, 껌, 담배 ,복숭아 통조림, 휴지, 타올, C 레이션을 담당하는 부대다.

여건이 조조에게 "후군을 앞세우는 이유가 뭔가요?"

“적군이 뒤에서 쳐들어오면 후군이 가지고 있던 걸 다 뺏기게 되지만 앞에 있으면 우리가 보고 있기 때문에 최소한 대처를 할 수 있지 않냐?”

조조는 군사들에게 강변을 따라 연진으로 올라가라 하고 자신은 뒤를 따른다. 군사22가 헐레벌떡 뛰어올라 “하북 장수 문추가 나타나니까 아군들이 겁을 먹고 다들 도망가버렸습니다.”

조조가 껄껄대며 “걱정 말고 우선 저쪽 언덕으로 피해 올라가라. 그리고 갑옷과 투구를 벗고 좀 쉬도록 해라.”

이때 문추가 들이닥쳤고 이곳저곳에 투구며 갑옷이며 각종 전리품들이 널려 있으니 군사들은 그 전리품을 챙기느라 신이 나서 있는 대로 주워 담는다. 쌀을 짊어지고 휘청대는 놈, 쌀 한 움큼을 입 안에 털어 넣는 놈, 뭔지는 몰라도 묵직한 게 돈 좀 될까 싶어 어깨에 메고 방향도 모르고 뛰어가면서 뒤뚱거리는 놈, 통조림 까먹는 놈, 스파게티 면발을 손으로 집어먹다가 서로 더 먹겠다고 싸워대니 싸움판은커녕 아수라장이 따로 없다. 이 틈을 타 조조가 전군을 호령하여 언덕 아래로 몰아쳐 내려오니 문추네 군사는 얼이 빠져 우왕좌왕 갈팡질팡 오리무중 동문서답 낙장불입!

“엄니, 나 죽어유!”

제정신들이 아니다. 문추만 대장답게 홀로 싸운다. 장요와 서황이 “문추야, 일루 와, 나랑 붙자!”

문추가 말을 돌려 장요에게 활을 쏘아 투구를 맞힌다.

“아이구, 투구야.”

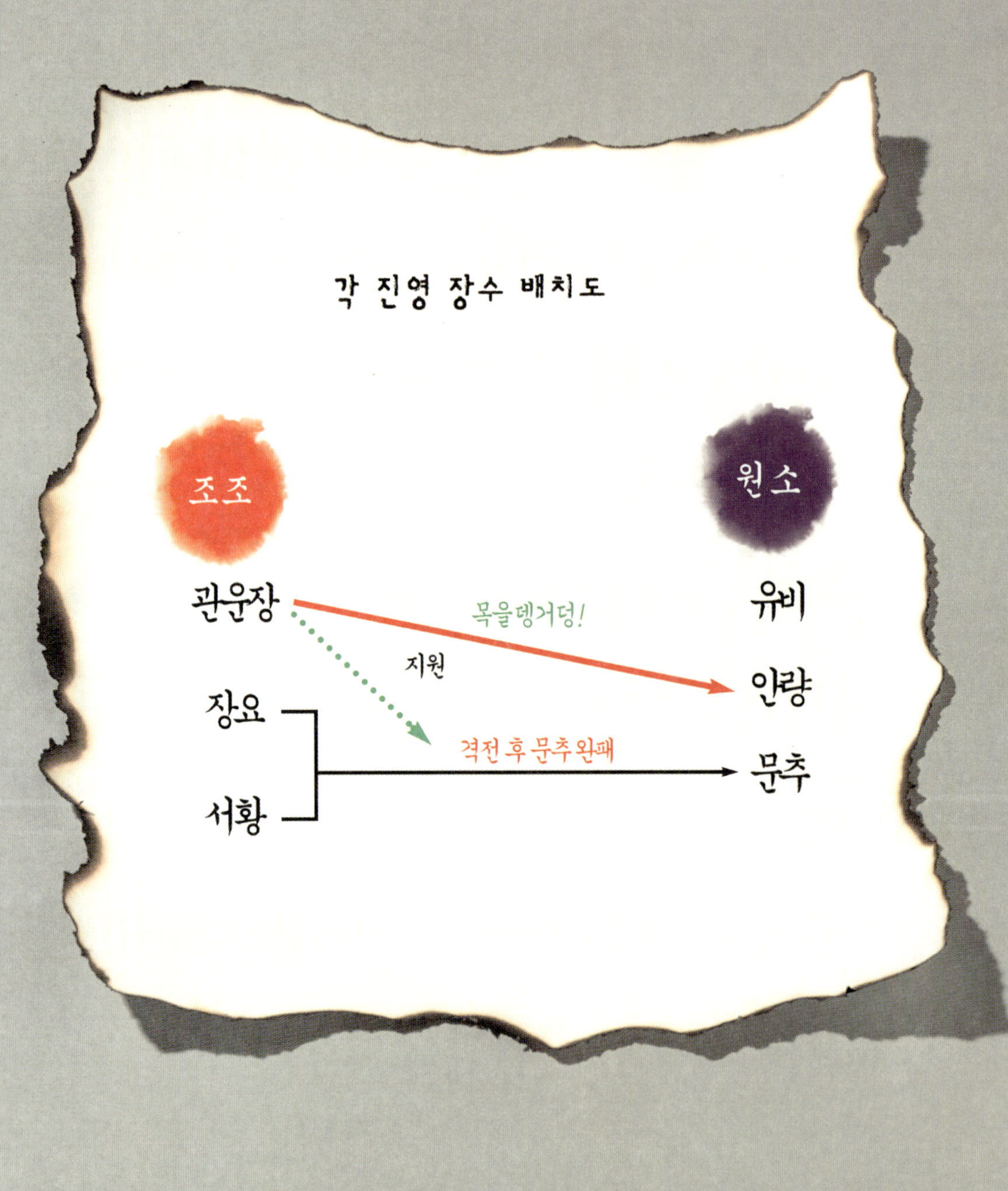

각 진영 장수 배치도
조조
원소
관운장
유비
목을뎅거덩!
지원
안량
장요
서황
격전 후 문추 완패
문추

두 번째 화살이 날아가 장요의 말 콧등에 명중하니 장요가 낙엽처럼 말 아래로 떨어진다. 문추가 다시 달려오니 서황이 도끼를 휘두르며 그 앞을 막아선다. 문추의 뒤를 따르던 군사들이 서황에게 달려드니 서황이 말을 돌려 도망을 간다. 문추가 서황을 추격하는데 깃발을 앞세우고 10여 명의 기병들이 나타난다. 청룡도를 든 관우가 짜잔하고 나타난 것이다. 문추도 관운장과 몇 번 겨루다가 머리통이 말 아래로 180도 회전하며 굴러떨어진다. 조조가 언덕 위에서 보고 있다가 신이 나서 진격 명령을 내린다. 꽹과리, 징, 북을 쳐대며 쳐들어가 닥치는 대로 적군들을 베어버리니 하북 군사 반 이상이 그날 밤 황하에 빠져 죽었다. 조조는 빼앗겼던 물품들을 거의 다시 찾았다. 문추네 선봉이 대패한 후에 후군을 거느린 유현덕이 나타나니 원소 군사7이 "이번에는 제가 직접 봤는데 깃발에 관운장이라고 이름이 써 있었습니다."

유비는 못 들은 체 속으로만 '조조 밑에서 살아 있었구나. 고맙다, 관우야.' 눈물이 핑 돈다.

곽도와 심배가 이 사실을 원소에게 고하니 "감히 나한테 배신의 칼국수질을 했단 말이냐? 유현덕의 목을 당장에 베어라."

원소에게 불려나와 다시 무릎을 꿇게 된 유현덕! 하지만 태연하게 "조조의 계략에 빠진 것 같소이다."

"무슨 말이냐? 네 아우를 시켜 나의 두 장수를 죽이고도 할 말이 있다는 거냐?"

"조조는 평소부터 나를 싫어했었는데 공과 함께 있다는 걸 알고 내가 공을 도울까 두려워 내 아우에게 두 장수를 죽이라 시켰을 겁니다. 그렇게 되면 공이 화가 나서 나를 죽이게 하자는 계책입니다."

"그런가? 오핸가? 헷갈리네! 일리는 있는 말이다. 미안하오. 이리 올라오시오. 한 번도 아니고 두 번씩이나 실수를 하다니……. 전쟁 끝나고 괜찮은 데 가서 한잔 쏘겠소이다."

"감사합니다. 관운장에게 몇 자 적어 보내 제가 살아있는 걸 알게 되면 틀림없이 저한테 올 것입니다. 그게 안량과 문추의 원수를 갚는 일이지요."

"관운장만 얻는다면 안량과 문추가 살아 돌아온 것만큼 큰 기쁨이오. 근데 정말 서로 소식을 몰랐소?"

"그럼요. 제가 여기 있으면서 늘 의심만 받았는데 만약 편지라도 비밀스럽게 주고받았다면 벌써 화를 입었을 테지요."

근데 원소가 유비의 말을 듣고 바로 살려주지는 않았을 테고 앞의 대사 분량만큼이나 묻고 대답하고 회의하고 의심하고 다시 확인하는 작업을 거쳤겠지! 문제는 원소는 감정적으로 '죽여라.' 한마디면 끝이지만 유현덕은 원소의 한마디에 목숨이 왔다 갔다 하는 절박한 상황이니 살아나기 위해서 구라를 얼마나 쳤을 것인가? 음주운전 걸려서 한번 봐달라고 할 때도 얼마나 많은 구라와 빽을 동원해야 하는데!!! 그래도 음주운전 봐줄까 말까인데 하나뿐인 목숨을 걸어야 하는 유비는 정말 뇌와 혓바닥의 박자와 리듬이 한 치의 오차도 없이 잘 맞아야 했을 것이다.

황하 연안 여자들의 연분홍치마가 봄바람에 휘날리고 봄은 점점 무르익어간다. 잠시 소강상태에 빠진 원소 군은 군사를 무양(武陽)으로 옮겨 10리에 걸쳐 진을 쳐놓았고 조조는 하후돈에게 관도 입구를 지키라 하고 자신은 허창으로 돌아가면서 여건에게 "내가 원소와의 전투에서 C레이션 박스를 앞세운 이유를 알겠느냐? 순유만이 내 뜻을 알아듣고 미소를 짓더라!"

허창으로 돌아오던 날 초저녁부터 관운장을 위한 파티가 벌어진다. 문무백관들이 '관운장! 관운장!'을 외치고 "한나라를 위하여! 위하여! 건배!"

"2차 가야지. 얼마 전에 진 마담이 요 앞에 새로 오픈했대!!"

"맞아, 맞아. 진 마담이 러시아 애들을 몇 명 데리고 왔대!"

잔치가 무르익어가고 노래판이 시작되었는데 누군가 조조에게 핸드폰을 건넨다.

"넌 누구냐?"

"군사11인데요."

"무슨 일로 전화했냐?"

"황건적 잔당 중에 유벽(劉辟)과 공도(龔都)란 놈이 있는데 이게 새끼를 치더니 급속도로 숫자가 늘어나 조홍(曹洪)이 토벌하러 갔다가 도리어 이 놈들에게 당하고 구원병을 청하고 있습니다."

"알았으니 전화 끊어라."

무슨 일인가 싶어 옆에 있던 정욱이 조심스레 "안 좋은 일입니까?"

“아니, 황건적 애들이 세력이 커졌다고 까부는 모양이야.”

관운장이 옆에서 듣고 있다가 “제가 혼내주겠습니다.”

“전승 기념 잔치가 끝나기도 전에 다시 전투에 내보낼 수 없지! 자, 오늘은 그냥 술이나 드시게.”

(그 당시에 무슨 핸드폰이 있었겠어. 중간에 전령이 나타났다는 이야기지. 그냥 구라라니까!)

순욱이 조조에게 “관운장은 항상 유비에게 달려갈 생각만 하고 있으니 전투에 너무 자주 내보내지 마십시오.”

“알았다. 이번만 공을 세우면 앞으로는 전투에 내보내지 않으마. 그리고 이번에 나갈 때는 우금과 악진이 옆에서 도와줘라.”

다음 날 관운장이 여남 땅에 도착해 옛 절 불당을 본부로 정하고 내일 전투 준비를 하고 있는데 순찰 돌던 순찰군들이 복면을 쓴 수상한 놈들 두 명을 붙잡아 왔다. 복면을 벗겨보니 손건이 아닌가!

“아니 자네가 웬일인가?”

“저는 그동안 서주를 떠난 뒤 우연히 유벽과 공도 두 두목과 친해져서 이곳에 몸을 의탁하고 있습니다.”

“그럼 적군인가?”

“사실은 원소네가 유벽과 공도네를 스폰서하고 있지요. 곡물과 현찰을 좀 도와주는 대신 조조네 측면을 공격하라는 조건이죠.”

“오! 그래? 여기 차 한 잔 가져와라.”

스폰서, 이거 정말 중요한 거다. 인간이 살다보면 남에게 도움을 주기도 하지만 도움을 받아야 할 때도 있다. 돈이 필요할 때도 있고 빽이 뒤에서 봐준다고 하면 안 걸리던 자동차 시동도 걸리고 비행기 예약뿐이냐? 골프장 예약도 전화 한 통으로 해결되는 일도 있다.

● 구라 심리학 _ 세상살이가 실력만으로는 이루어질 수 없다고 한다. 아니 오히려 실력보다는 든든한 빽이 있어야 성공할 수 있다고 하는 사람도 있다. 빽이라는 인간관계, 고상하게 표현해서 '인적 네트워크의 구성'도 능력으로 치부되니 빽이라는 것이 이 사회에서는 그만큼 중요하다고 볼 수 있다. 그렇다면 빽이 중요한 이유는 무엇일까? 그건 빽이 없으면 되던 일도 안 되고, 빽이 있으면 안 되던 일도 되는 힘을 가지고 있기 때문이다. 우리 사회에서 경력직 사원을 모집하는 가장 큰 이유는 그 사람의 경험에서 우러나는 업무의 노하우 때문만은 아니다. 그 사람의 인적 네트워크도 한 몫을 하고 있다. 이 사회는 다양한 빽이 먹이사슬 관계를 형성하고 있다. 우리는 한 사람의 든든한 빽이 되기도 하고, 동시에 다른 사람의 빽이 아쉬운 상황에 놓이기도 한다. 우리는 부모로서 한 아이의 든든한 빽이 되기도 한다. 반면, 든든한 빽 하나 없어 삶이 각박하다고 푸념을 늘어놓기도 한다. 든든한 빽이 되기 위해서는 상대가 가지고 있지 못한 능력을 가지고 있어야 한다. 든든한 빽이 가지고 있는 능력도 천차

만별이라 각각의 빽들이 만났을 때, 때로 나의 빽이 상대의 빽보다 월등한 상대적 우위에 있어 도움이 되는 경우도 있지만, 반대로 상대의 빽이 더 강한 경우에는 초전박살이 날 수도 있다. 직장 내에서 승진을 위해 압력을 행사하느라 평소 친하게 지내던 차장의 도움을 빌었는데, 상대가 상무나 이사 등에게 부탁을 한 경우에는 승산이 없는 게임이 되고 만다.

보이차를 한 잔 마시던 손건이 "내가 풍문에 듣자하니 유현덕 공이 원소한테 가 있답니다."

"정말이냐?"

관우는 유현덕이 원소네서 살아 있다는 소식을 듣고 지금 당장 달려가 큰형님을 만나고 싶다.

"내가 형님이 계신 곳에 가고 싶은데 원소네 두 장군을 죽여 원소와는 부적절한 관계가 되었으니 내게 원한을 품고 있지 않을까?"

"제가 먼저 가서 알아보겠습니다."

"그럼 나도 허창에 가서 조조와 결별하고 형님께 돌아갈 궁리를 해보겠다. 그리고 내일 공도랑 싸울 때 어쩌고저쩌고!!"

그날 밤 손건은 떠나고 새날이 밝았다. 싸우러 나간 관우는 공도에게 "너는 어찌하여 조정을 배반하고 도둑의 무리가 되었느냐?"

"너도 마찬가지."

THE WORLD'S MOST HONORED MOTION PICTURE!
WINNER OF 11 ACADEMY AWARDS including "BEST PICTURE"!
from METRO-GOLDWYN-MAYER
WILLIAM WYLER'S
PRESENTATION OF
"BEN HUR"
BACK
Starring
CHARLTON HESTON · JACK HAWKINS
HAYA HARAREET · STEPHEN BOYD
HUGH GRIFFITH · MARTHA SCOTT with CATHY O'DONNELL · SAM JAFFE
Screen Play by KARL TUNBERG
Produced by SAM ZIMBALIST
TECHNICOLOR®
Allmov.com
MGM

"마찬가지라니?"

"유현덕은 원소네 있는데 조조네 붙어서 원소랑 싸우냐?"

관운장이 청룡도를 휘날리며 달려가 공도 옆에 붙으니 공도가 "나는 유현덕 공에게 신세를 많이 진 사람잉께 공께 여남 땅을 주겠소." 하고 도망가 버렸다. 관우는 '손건이 어젯밤에 어쩌고저쩌고 한 게 바로 이것이었구나.' 하고 속으로 생각하고 허창으로 돌아온다. 여남 땅을 손에 넣었다는 소식을 들은 조조는 성곽까지 마중을 나와 있다.

구라 삼국지 설문조사

1. 어떨 때 빽이 필요하다고 생각하는가?

2. 내가 생각하는 나의 가장 큰 빽은?

3. 빽으로 인해 덕 좀 본 일 있다면 어떤 일이었는가?

4. 내가 빽을 들이댔는데, 상대방이 더 큰 빽을 들이대서 박살난 적이 있다면?

5. '박살난 빽' 사건이 발생한 때가 언제였는가?

6. 당신은 누구에게 빽이 될 수 있을까?

"수고했소이다. 피로도 풀 겸 한잔하세." 하고 잔치를 베풀고 전투를 다녀온 군사들에겐 펜팔 주소록과 전투 기념 송월타올, 면도기세트, X레이 검진권, 포경수술 할인권 들을 골고루 나눠주니 군사들은 신이 났다. 성내의 유지들이 조조의 스폰서였기 때문에 준비된 선물이었다.

그날 밤 관우는 억병으로 취했다. 이 술 저 술 닥치는 대로 받아 마신 까닭이다. 중간에 연회장을 빠져나온 관우는 두 형수를 찾아가 "흐—, 영슈님 죄소웅하압니이두우아 수을이 으시치해쓰음니이두우아." 혀가 꼬인다.

눈물을 흘리면 두 형수가 "그래, 유황숙 소식을 들었나?"

"퓨유무운에 스아라 계쉬다느운 쇼시글 들 들 들어 드러스니으두아."

두 형수는 "관운장이 술이 많이 취했네. 무슨 말인지 해석이 잘 안 되는군."

이때 관운장이 눈을 찡긋하며 재빠르게 속삭이며 "하인들이 말을 옮길지 모르니 못 들은 체하세요. 형님을 찾았습니다. 저만 믿으세요."

관우는 다시 취한 척하며 "어! 취한다. 꼬치 피는 어디에……. 동백수어메, 뭐가 왔냐, 으보미 와우거언므으안~~~."

그날 밤부터 관운장의 쇼생크 탈출이 시작된다.

＊ 원을 긋고 달리면서 너는 빠져나갈 구멍을 찾느냐?

  알겠느냐? 네가 달리는 것은 헛일이라는 것을.

  정신 차려라. 열린 출구는 단 하나밖에 없다.

네 속으로 파고들어라.

　　−N. 케스탸 『덫에 걸린 생쥐에게』 중에서

　　조조도 우금을 통해 유현덕이 원소와 있다는 것을 알게 된다. 관운장을
회유해보려고 여러 가지 시도를 했지만 관우는 인왕산 치마바위처럼 끄떡
도 없다. 관운장에게 며칠 뒤 유현덕의 편지까지 몰래 전달되니 고민에 빠
진다. 혼자라면 바람처럼 사라질 수도 있으나 유황숙의 두 형수가 있기 때
문에 그렇게 할 수도 없다. 관우는 "그냥 떠나는 건 사내답지 못한 일이야.
말이나 하고 떠나야지!"

조조를 만나러 갔으나 문앞에 '외출 중', '회의 중', '낮잠 중'이라는 문패가 걸려 있어 도무지 만날 수가 없다.

조조를 만나러 갔으나 문앞에 '외출 중', '회의 중', '낮잠 중'이라는 문패가 걸려 있어 도무지 만날 수가 없다. 핸드폰을 걸어도 '지금은 연결이 되지 않으니 메시지를 남겨주세요.'라는 말만 흘러나올 뿐이다.

호텔 상식 하나. 호텔에 들어갔을 때 밖에 걸어놓은 게 있는데 '청소하지 마라.', '부를 때까지 올라오지 마라.' 등등이다. 근데 모텔은 그런 거 없다.

관우는 할 수 없이 이번에는 장요를 찾아갔지만 허탕만 친다. 몸이 아프다, 도배지를 바꾸는 중이라 바쁘다, 꽃알레르기로 피부에 문제가 생겼다 등등의 핑계를 대고 안 만나준다. 관우가 눈치를 못 챌 리가 없지.

"아하! 나를 안 만나려고 하는구나. 그렇다면 편지라는 게 있지!"

부득이 이렇게 붓을 듭니다.
-중략- 전에 부터 내가 간다고
한 거 아시지요? 은혜는 잊지
않고 갚겠습니다. 그럼 전 갑니다.

편지를 본 조조가 심하게 놀라며 "관운장이 간다고? 내가 보내준다고 결정도 안 했는데 관운장이 먼저 간다구!!!"

  _   무진장 오래전에 MBC에서 코미디 프로그램이 하나 새로 생겼다. 담당PD는 의욕적으로 그 프로그램을 준비했다. 그 프로그램을 준비하는 사람 중에 나도 끼어 있었다. 두어 달 전부터 프로그램의 방향을 정했고 회의로 해가 뜨고 해가 졌다. 녹화 일정이 잡혔다. 나는 그때 어떤 영화의 두 신짜리 단역을 맡아 출연 중이었는데 영화는 철저히 주인공 스케줄 위주로 찍기 때문에 나는 일찌감치 첫 신을 찍어두었다. 몇 달째 두 번째 신 찍을 날을 기다리는 중에 새 코미디 프로그램이 본격적인 작업에 들어갔다. 나는 PD에게 그 전에 몇 번이고 '첫 녹화 때는 참석 못하고 출연은 2회부터 하겠다.'고 이야기를 해놓은 터였다. 게다가 공교롭게 그즈음해서 영화사로부터 연락이 왔는데 다음다음 주 무슨 요일에 경기도 양평에서 촬영이 있다는 거다. 새로 생기는 프로그램 첫 녹화 날이랑 겹친 거다. 설마설마 했는데 그렇게 딱 떨어지게 날짜가 겹치다니!

다시 한번 PD에게 며칠 뒤에 있을 영화출연에 대한 사정을 이야기했더니 안 된다는 거다. 무조건 새로 생기는 코미디 프로그램 첫 회부터 나와야 한다는 거다. 난감했다. 출연도 상도의가 있는 법이지, 먼저 약속되어 있는 걸 해야 하지 않겠는가 말이야.

그래도 코미디 프로그램 아이디어 회의에는 매일매일 참여했다. 미안한 마음에 더욱 열심히 가서 있는 구라 없는 구라를 쳐대며 분위기를 띄워주었다. 그 와중에 혹여 영화사 쪽에 촬영 날짜가 혹시 변경됐을지를 조심스레 알아보려 했지만 당시 나는 워낙 무명이었던 터라 말을 붙여볼 사람도 없었다. 드디어 녹화 3일 전. PD에게 "전에도 말씀드렸지만 영화촬영이 있어요. 저는 이번 녹화에서 빼주세요. 도저히 안 될 것 같아요."

"뭐, 왜 안 돼?"

"몇 번 말씀 드렸잖아요."

"뭐라고 했는데?"

"영화촬영 있다구요."

PD가 벌컥 화를 내며 "영화촬영 같은 소리하고 있네. 무조건 나와!"

코미디 프로그램 녹화 날 나는 영화촬영을 하러 가버렸다. 내가 할 수 있는 선택은 선약을 지키는 것이었다. 관우와 조조처럼 보내주지 않아도 가야 할 경우도 있는 법이다. 그 영화가 무슨 영화였나구? 김수용 감독이라는 이름만 기억하고 제목은 기억이 안 난다. 주인공이 누군지도 모르겠고!!!

하여튼 촬영장에서 하루 종일 기다리다가 찜찜한 기분으로 대사 한 마디가 두 마디짜리를 찍고 집으로 돌아왔다. 개그맨 고영수에게 첫날 녹화 잘 끝났냐고 전화로 물었다. 그런대로 녹화가 잘 끝났단다. 얼굴이 벌개져서 화를 내던 PD 생각이 나서 다음 날 아이디어 회의에 나가지를 않았다. 그 프로그램 안 하면 되지 뭐! 하는 생각이었다. 근데 PD가 나를 다시 찾는단다. 갔더니 대뜸 "너 왜 이번 녹화에 안 나왔어?" 하는 거다. 처음부터 다시 설명하기도 뭣하고, 그 PD가 화를 막걸리 마시듯 벌컥벌컥 내는 사람이라 대하기도 영 껄끄러웠다. "저는 이 프로그램에서 빠지겠습니다."

" 야 임마, PD가
짤르는 거지 네가
먼저 관두겠다고
하는 게 말이 돼?"

하고 말했더니 얼굴색이 원숭이 똥구멍처럼 새빨개지면서 "야! 이 새끼야, 니가 뭔데 관두겠다는 거야?" (어쭈 욕까지 하네, 후배들 앞에서.)

"죄송합니다. 가겠습니다."

"연기자가 관두겠다니 말이 되는 거야, 건방진 자식 같으니!!!" (미친놈! 자유직 좋은 게 뭔데. 하기 싫으면 안 하는 거지.)

"그럼 어떻게 해야 하는데요?"

"어떡허긴 뭘 어떡해! 다음 주부터 나와!"

"네." 하고 대답을 하려고 생각했는데 얼떨결에 "관둬!!"라는 말이 튀어나왔다. 이미 쏟아진 막걸리라 주워 담지도 못한다. 돌아서서 가는데 PD가 "야 임마, PD가 짜르는 거지 니가 먼저 관두겠다고 하는 게 말이 돼?"

몇 주 후 고영수에게서 전화가 왔다.

"형, 기쁜 소식이야."

"뭔데?"

"그 PD, 뇌물 먹은 것 때문에 짤렸어!"

스스로 짤르거나 짤림을 당하거나 그 결과는 마찬가지인데, 사람들은 지가 짜르는 게 더 '가오'가 서는 모양이다.

삼국지 사전 가오란, 일본말로 '얼굴'이란 뜻인데 체면이나 자존심 따위로 사용되는 건달들의 은어 비스므레한 단어. 한때 다방이 흔하던 시절엔 '가오 마담'이란 이름의 직업도 있었다. '가오'는 일본

말, '마담'은 프랑스말, 그러니까 일본어와 프랑스어의 합성어쯤 되는 셈이다. 건달들 사이에서는 돈을 뜯으러 다닐 때 "야, 가오 좀 세워줘."라고 말하기도 한다.

월급도 아랫사람이 올려달라고 할 때 올려주는 것보다는 지가 올려주고 싶을 때 올려주는 게 가오가 선다고 생각하는 사장님은 왜 그럴까? 지가 높으니까 아랫것들이 해달라고 먼저 요구하면 가오가 죽는 모양이지?

● 구라 심리학 _ 사람들은 누구나 주어진 상황에서 자신의 의견이 반영되어 영향력을 행사하기를 원한다. 무엇을 할지, 무엇을 먹을지, 어디를 갈지 등등을 결정함에 있어 자신의 의견이 절대적인 영향력을 발휘하기를 바라는 것이다. 심리학에서 이것을 '통제감'이라고 하는데, 사람들이 통제감을 갖고자 하는 것은 기본적인 욕구에 속한다. 모든 사람들이 통제감을 갖고자 하는 것이다. 그러나 힘이 없는 자는 통제감을 갖고자 하지만, 결코 통제감을 가질 수 없다. 대부분의 의사결정은 윗사람 즉, 힘을 가지고 있는 자가 결정한다. 반대로 힘이 없는 사람들은 통제감이라는 욕구를 충족시키기 위해 적극적으로 자신의 영향력을 발휘하려고 한다.

관우가 두 형수님을 모시고 북문으로 향하자 북문을 지키고 있던 수문장이 조조에게 "지금 두 형수를 태우고 북쪽으로 갑니다." 하는 보고를 올린다. 곧이어 관운장이 묵던 처소를 지키고 있던 병사23도 조조에게 "현찰도 다 놓고 가구요, 전에 보내주신 여자들도 그대로 놓고 가구요, 또 '한수' 뭐라고 써 있는 도장도 놓고 갔습니다."

채양이 듣다 못해 발끈해서 "제가 사로잡아오겠습니다."

하지만 조조는 "옛 주인을 잊지 않고 떠나는 것은 남자다운 일이다. 너희들도 본받아라."

닭찜 추가 구라 _ 사실 말이야 바른말이지, 남자답게 산다는 게 쉬운 일은 아니다. 뭐가 남자다운 일일까? 지금 생각하면 참으로 어리석은 일이었지만 그땐 그런 게 남자다운 걸로 생각했지. 여자들 앞에서 술 많이 마시면 남자답게 보이는 줄 알고 병나발 불고 방바닥을 엉금엉금 기면서 우웩 우웩! 토하던 일! 여자들 앞에서 쌈해서 이긴 이야기만 하면 남자답게 보이는 줄 알았다. 그래서 대천 가서 두 명한테 여섯 명이 맞고 온 이야기는 쏙 빼고 초등학교 때 수십 번 매 맞고 다니다가 딱 한 번 이긴 걸 가지고 뼈다귀처럼 우려먹고 푹 고아서 풀어대던 구라!

음주운전하고 가다가 경찰한테 안 걸리고 그냥 넘어간 일을 말하면 남자답게 보인 걸로 착각하는 일, 잘난 체하면 남자답게 보이는 줄 알고 있는 구라 없는 구라 다 치다가 결국 함께 있던 친구들이 나만 빼고 쌍쌍이 흩어질 때 쓸쓸히 뒷통수에 달빛 받으며 집으로 돌아오던 일. 이 무슨 기괴한

구라 인생인가! 지금은 남자답게 보이고 싶지 않아! 그냥 살고 싶어! 가오 잡고 싶지 않아, 내 가오 돌리도!

● 구라 심리학 _ 남자들도 알고 보면 참 불쌍한 족속들이다. 자신의 생각이야 어찌되었건 남자다워야 한다는 반강요를 당하고 있으니 말이다. 그렇다면 남자답다는 것이 무엇을 말하는 것일까? 사회의 구성원인 개인 각각은 출생과 더불어 사회화 과정을 겪게 된다. 사회화 과정을 통해 개인은 자신이 속한 사회의 가치관을 습득하게 되는 것이다. 그중 하나가 남자답다는 말이다. '남자는 어찌어찌해야 한다.'는, 혹은 '남자는 절대 무엇무엇을 해서는 안 된다.'는 것을 사회화 과정을 통해 습득하게 된다. 여성들 역시 동일한 과정을 통해 여성스럽다는 것을 학습하게 된다. 우리가 여기서 한 가지 알아둬야 할 점은 한 사회의 가치관은 계속 변한다는 것이다. 즉, 남자답다는 것도 시대가 변해감에 따라 조금씩 변하게 되는 것이다. 예를 들자면, 과거에는 '남자는 절대 부엌에 들어가서는 안 된다'고 했지만 요즘은 어떤가? 주부습진으로 고생하는 남자들이 참 많은 세상이 됐다.

정욱도 조조에게 "그렇게 잘해줬는데 떠나는 건 별로 기분이 좋은 일이 아닌데요. 원소에게 가면 원소에게 날개를 달아주는 일이 뻔한데 지금 결

지금은 남자답게 보이고 싶지 않아!
男

재하지 않으면 나중에 후환거리가 될 것입니다."

조조가 "내가 보내주기로 약속했는데 말을 바꿀 순 없다."

그러구선 장요를 불러서 "내가 가는 그에게 의복 한 벌과 노자를 좀 줘서 정을 표시하고 싶다."

장요가 먼저 출발하고 조조는 급한 일을 처리한 뒤 따라간다.

관운장은 두 형수를 태운 수레를 호위하고 달려가는데 장요가 말을 타고 달려오니 "날 데려가려고 온 거요?" 하고 청룡도를 빼든다.

"아, 내 말 좀 들어봐요. 화부터 내지 말고! 조 승상이 정식으로 전송하겠다니 잠깐 만나서 얼굴이라도 보고 가요."

관운장이 장요 말을 듣고 기다리는데 조조가 나타난다.

"그냥 보내기 섭섭해서 의상 한 벌과 노자를 가지고 왔으니 이것만큼은 사양하지 말게나."

"네, 잘 알겠습니다. 고맙습니다."

관운장은 조조에게 절한 후 떠나간다.

＊ 이 몸이 죽고 죽어 일백 번 고쳐 죽어 백골이 진토되어 넋이라도 있고 없고,

　임 향한 일편단심이야 가실 줄이 있으랴! —정몽주 작사, 관운장 작곡

관운장 일행이 일편단심 노래를 부르며 여남으로 떠난 지 며칠 만에 고성이란 곳에 당도해 "여기 성주는 누구냐?"

"장비라고 하는데요."

"뭐라구? 장비라구? 형수 모시고 먼저 들어가라." 하고 손건에게 말한다. 관운장이 밖에 왔다는 소식을 전해들은 장비는 씩씩거리며 창을 들고 말에 올라 성문 밖으로 달려나간다. 관운장이 멀리서 보니 꿈에도 그리던 아우 장비다.

"장비야, 형이다."

"의리도 없는 놈이 무슨 낯짝으로 나를 찾는 거냐? 큰형을 배반하고 조조에게 빌붙어 벼슬 받은 놈아!"

"오해야, 오해. 형수님한테 말 못 들었냐? 이거 답답해 미치겠네."

두 형수가 달려오며 "셋째 시아주버님 정말 오해예요, 오해를 푸세요."

손건도 옆에서 "지금 장군 소식을 듣고 조조네를 탈출해서 오는 길입니다."

"아니야, 속고 있는 거야! 그렇다면 저 뒤에 오고 있는 조조네 군사들은 뭐란 말이야!"

관우가 "아니라니까, 그럼 내가 저놈들 머리를 베어가지고 올게."

"북을 울릴 테니 북소리가 세 번 울리기 전에 잡아와야 믿습니다." 하며 장비가 직접 북 앞으로 다가간다. 조조네 장수 채양이 달려와 "내 조카를 죽인 놈아! 너 잡으러 예까지 왔다."

첫 번째 북이 쿵! 하고 울리고 북소리 여운이 사라지기 전에 채양의 목이 쿵 하고 땅바닥으로 떨어진다. 나중에 채양 군사에게 들으니 지 조카를

관운장, '오관육참

관문 통과를 허락하는 조조의 증빙서류가 없다는 이유로 죽이려 들어

최근 관운장이 조조를 떠나는 과정에서 무려 다섯 개의 관문을 통과하면서 여섯 장수의 목을 날린 사건이 발생, 그 구체적인 상황 전개 과정에 대한 궁금증이 새록새록 피어오르고 있다.

일부 목격자에 따르면 운장의 놀라운 쌈질 실력과 곳곳에서 나타난 은인들이 그를 도와 '탈출극'이 기적적으로 성공했다는 것.

취재진은 관운장이 마지막으로 통과했다는 활주관을 지키던 PC방 알바 출신 문지기23과의 우연한 술자리에서 이 사건에 대한 단서를 포착한 후 쎄빠지게 사건의 전모를 추적했다. 세칭 '오관육참'이라고 불리는 이 복잡한 사건의 전모를 간단한 표로 밝힌다.

관운장 Interview 일문일답

"보정과 호반에게

취재진은 안 그래도 벌건 얼굴이 더욱 벌개진 관운장을 직접 만나 당시 현장에 대한 이야기를 들을 수 있었다. 다음은 관운장과의 일문일답.

- 다섯 개의 문을 통과하는 과정에서 가장 짜증났던 건 어떤 일이었나.

▲ 이 짜슥들이 자꾸만 증빙서류, 증빙서류 하는데, 아 뭐 내가 조조의 부하도 아닌데, 왜 자꾸 나한테 그걸 보여달라는지 모르겠어. 그게 없으면 관문을 통과할 수 없대나 어쩬대나.

- 현장에서 만난 여섯 장수에 대한 느낌은 어땠나.

사건의 전모

	관문 이름	검문 이유	적장 이름	사망 사유	은인 여부
제1관문	동령관(東嶺關)	조조의 증빙서류 지참 여부.	공수(孔秀)	단 1합 만에 꼴까닥.	-
제2관문	낙양관	〃	맹탄(孟坦) 한복	맹탄의 몸 두 동강. 한복은 말 아래로 떨어져 사망.	
제3관문	기수관(沂水關)	일단 환대한 후 도부수 시켜 죽일 작정.	변희(卞喜)	한번에 두 동강.	고향사람 승려 보정(普淨)
제4관문	형양관	일단 환대한 후 밤에 군사를 시켜 죽일 작정.	왕식	순식간에 두 동강.	호반(胡班)
제5관문	활주관(滑州關)	조조의 증빙서류 지참 여부.	진기(秦琪)	1합 만에 목이 뎅거덩.	-

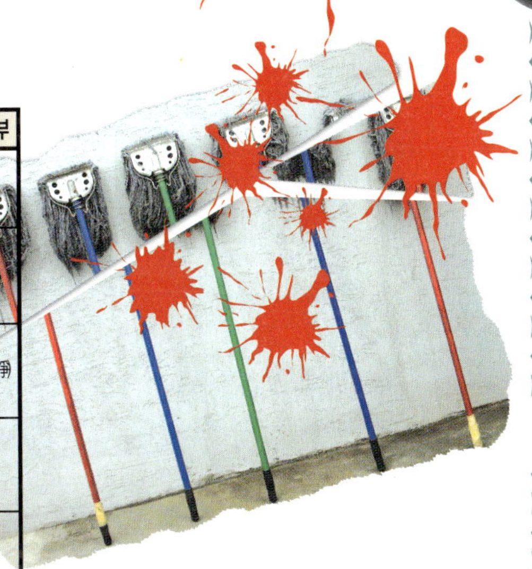

감사의 뜻을 전하고 싶다…

▲ 각자들 나를 죽일 듯이 달려들기도 했고, 기수관과 형양관에서는 잔대가리를 써서 몰래 날 죽이려고 했다. 하지만 내 쌈실력이 어디 한두 해 쌓은 거냐. 거의 대부분 1합, 혹은 최대 3합에 몸을 두 동강으로 만들어 버리고 말았다.

- 도중에 도와준 은인도 있다고 하던데.

▲ 3관문에서 보정을 만난 게 큰 도움이 됐다. 변희란 놈이 도부수 200명을 숨겨놓고 술잔을 땅에 던지는 걸 신호로 날 죽이려는 계책을 짰었다. 고향사람 보정이가 허리에 차고 있던 칼을 손으로 가르키며 눈을 찡긋해줘 눈치를 깔 수 있었다. 4관문에서는 호반을 만났다. 그는 내가 첫 번째 관문을 통과하기 직전에 만난 호화(胡華)라는 노인의 아들이었는데, 마침 그 노인이 아들에게 '관운장을 잘 보살펴달라'는 편지를 써줬다. 그걸 보여주니 호반이 나에게 빠져나갈 방법을 알려줬다. 그들에게 이 기회를 틈타 감사의 뜻을 전하고 싶다.

- 조조의 진영을 빠져나와 다시 유현덕을 만날 예정인데, 지금의 심경은 어떤가.

▲ 언능 형님을 만나 오향장육에 고량주 한잔 때리고 싶다.

선데이 삼국

비화
추적

「사랑은 불장난」 이제 그만할래요

경극배우 C양의 유혹에 L、K장군도 무릎꿇어

관운장의 「조조 탈출기」 영화화 결정!!

내 아내가 레즈비언이 됐다!?

전투 나간
남편 기다리다
지친 동병상련
아내들
'야릇한 눈빛'
교환

『구라 삼국지』 집필 중
전유성 잠적 "어디에 숨었나?"

불꺼진 집필실엔 키보드, 마우스 망가진 채 널브러져

말 관절
긴급점검!

"적토마도 결국 관절이 문제였다"

삼국지카바레 드디어 오픈!

아늑한 실내분위기, 입구에서 '황건적'을 찾아주세요!!

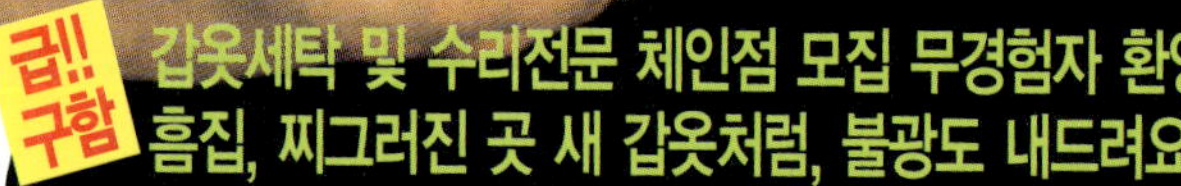

죽어서 열 받은 채양이 관운장을 처리하겠다고 했으나 조조가 허락하지 않고 황건적 유벽을 치라고 해서 가는 도중에 관운장을 만나게 됐다는 것이다. 채양이 시간 맞춰 나타나 오해를 푸는 희생양이 된 거다.(삼국지에서 채양의 역할은 참 딱하다.)

장비가 머쓱한 표정으로 관운장에게 다가오는데 또 한 떼의 군사들이 먼지를 일으키며 달려온다.

"응! 저건 또 뭐야?"

"오늘 일 많이 생기네."

미축과 미방이 〈선데이 삼국〉을 손에 들고 달려온다. "우연히 지나가다가 버스 정거장 앞에서 새로 나온 〈선데이 삼국〉을 보고 바로 달려왔습니다. 탈출하셨다면서요!"

우리에게 환각은 어떻게 생기는가

– 손책과 우길의 관계 속에서

동창이 밝기도 전에, 노고지리 울려고 목도 안 푼 새벽에 일찍 일어난 장비는 관우에게 "형님, 갑시다."

"어딜 가? 이 새벽에."

"큰형님 있는 여남으로요!"

"지금 몇 신데? 아흐~ 오랜만에 잠 좀 푹 자려 했더니."

"해장부터 하슈. 얼굴이 다 부었네."

해장국집에 들러 해장국 한 그릇을 해치운 뒤 관우가 "내가 먼저 가서 형님을 만나볼 테니 아우는 여기서 두 형수님을 좀 쉬시게 하고 기다려."

손건과 함께 떠난 관운장은 여남 땅으로 들어가 고향 다방에서 유벽과 공도를 만나 차를 마시며 유현덕의 최근 소식을 듣는다. 여남에 온 유현덕은 여남이 좁다고 원소네로 갔다는 거다.

관운장이 낙담하니 손건이 "낙담하지 마세요. 제가 하북으로 가서 큰형님을 뵙지요. 여기 차 좀 빨리 가져와라, 김 양아!"

관우가 고성으로 돌아와 장비에게 말하니 장비가 빨리 하북으로 가서 큰형님을 만나자고 아우성이다.

"아우야, 우선 여기 고성을 임시본부로 쓰고 있어라. 손건하고 둘이 가서 형님을 모셔 올게."

"안 돼요. 형님이 안량하고 문추를 죽였기 때문에 원소가 벼르고 있을 걸요."

"걱정 마, 내가 알아서 할 테니까."

관우가 주창을 불러 "네 애들이 몇 명이나 되냐?"

"와우산에 4,567명쯤 있는데요."

"내가 지름길로 가서 큰형님을 만나 모시고 올 테니 중간에서 너희들이 마중 좀 나와라."

"네."

관운장과 함께 길을 떠난 손건은 여러 날 걸러 기주 경계에 도착한다. 여기서부터는 원소네 나와바리(영토)다.

손건은 "여기서 기다려요. 나 혼자 들어가 황숙을 만나 같이 탈출하겠습니다.”

“그럼 수고 좀 해줘. 난 여기서 기다릴게.”

관운장이 보통의 행인으로 가장하고 동네에서 제일 좋은 집을 찾아가 “지나가는 나그넨데 날이 저물어 하룻밤 자고 가려고 하는데요.” 하니 주인이 나와 일행을 맞이한다. 인사를 나눌 때 관운장임을 밝히니 주인 관정(關定)은 깜짝 놀라 “나도 관씨입니다.” 하고 무릎 꿇어 큰절을 올린 후 두 아들을 불러 소개를 시킨다. 형은 관녕, 동생은 관평이다. 관운장이 관정네 집에서 얹혀 지내며 손건의 소식을 기다리니 관정네 집에 있던 양과 돼지들의 숫자가 하루하루 줄어든다.

손건이 유비를 찾아가 그간의 얘기를 전하니 유비의 눈에선 눈물이 흐른다. 두 아우가 살아 있다니 기쁘고, 또한 두 마누라가 무사히 있다니 더욱 기쁘다.

“간옹이 요사이 원소에게 신임을 많이 얻고 있으니 간옹하고 한번 상의해보자.”

간옹을 불러 상의하니 “유표를 우리 편으로 만들러 가야겠다고 말씀드리고 기회를 잡아 탈출하는 건 어떨까요?”

유현덕이 그 말대로 원소를 만나 “조조하고 우리는 지금 실력이 비슷비슷해서 전투가 장기전으로 돌입했습니다. 긴장 상태에 있으면 서로 손해니까 형주에 있는 유표를 우리 편으로 끌어들이면 이번 전투에서 틀림없이 이길 겁니다.”

“물론 그건 나도 아는데, 사실은 유표에게 사자를 여러 번 보냈다가 거절당했답니다.”

“제가 외교특사로 가보면 어떨까 하는데요, 한실의 먼 친척이기도 하고 같은 유씨 아닙니까?”

“호오! 그래요?”

“같은 유씨라도 유벽보다 유표가 우리 편이 되면 훨씬 유리하지 않겠습니까? 관우도 근자에 조조네에서 탈출하여 여기저기 방황하고 있다던데 이참에 관우도 데리고 오구요.”

원소가 약간 발끈하며 “관우 그놈은 안량과 문추를 죽인 원순데!!!!!!!”

“말씀드리기 송구스럽지만 두 마리 사슴을 잃고 호랑이 한 마리를 데려온다면 이익 아니겠습니까.”

“사실 관우 같은 장수가 나한테 있었으면 하지이!”

“오늘 이 일은 다른 사람에게 비밀로 해주세요.”

둘은 새끼손가락을 걸면서 “자, 약속. 도장 찍고.”

“흐흐.”

“헤헤.”

유현덕은 원소의 편지를 받아들고 성 밖으로 유유히 사라졌다. 유현덕이 무사히 탈출하자 간옹이 원소에게 “유현덕을 형주로 보낸 건 실수 아닐까요? 다시 불러들이시지요.”

“나도 체면이 있지, 어떻게 도로 오라고 하나?”

“제가 같이 가서 수행하면서 감시 역할도 하고 유표를 같이 설득했으면 하는데요.”

“그래, 그렇게 좀 해봐.”

간옹이 퇴근하자 곽도가 원소를 찾아와 “전에 유현덕이 유벽을 설득하러 갔다가 실패하고 왔는데 이번에 간옹하고 같이 형주로 가면 다시는 안 올 거 같은데요.”

“야, 너 의심 좀 하지마. 그런 말로 사람 헷갈리게 하지 말고 그냥 받아들여, 받아들여.”

곽도가 자리를 물러나와 길가의 개똥을 걸어차며 ‘에이구, 한심한 놈…….’ 하고 중얼거릴 때 간옹은 기주의 경계를 무사히 탈출해 먼저 와 있던 유현덕을 만난다. 손건이 이들을 안내해 관운장이 묵고 있는 관정네 집으로 데려가니 관운장이 버선발로 뛰어나와 동지섣달 꽃 본 듯이 울고불고 부비고 널브러지고 미끄러지고 온갖 반갑다는 짓거리를 다 한다. 두 사람은 콧물까지 흘리면서 부둥켜안고 운다. 손건이 두 사람을 뜯어말리며 “저기 관정이 보고 있어요, 콧물 좀 닦아요.”

코다리 강정 추가 구라 _ 추한 모습을 남들에게 보이기 싫은 게 인간들의 공통된 마음이다. 광고쟁이 중에 남편은 광고 감독이고 아내는 광고 카피라이터가 있었는데 남편은 술을 한 잔도 못하는데 아내는 술을 곧잘 했다. 광고쟁이들은 술 마실 일이 많은 직업인데, 술 마실 일이 있으면 남편은 저녁식사 끝나면 바로 집으로 들어가고 나머지 술은 아내 몫이다. 술에 취해 집에 들어가면 시어머니가 택시 내리는 데서 기다리고 있다가 며느리를 부축해준단다. 한참 부축하고 가다가 경비실 앞이 나올 때쯤이면 시어머니가 "애, 경비가 보고 있다." 하고 부축한 손을 잠시 놓는단다. 경비실을 통과할 때까지는 술 안 취한 척하고 걸어가다가 엘리베이터를 탄단다. 시어머니 왈 "경비가 못 봤어!"

"정말이에요?"

"그럼."

"어머니 죄송해요."

"괜찮아. 애비가 못 마시는 걸 어떻게 허냐?"

코를 팽 하고 푼 유현덕과 관운장은 안으로 들어가 주인 관정과 인사를 나눈다. 두 아들도 같이 나와 큰절을 올린다. 그날 밤 돼지 멱 따는 소리가 들리고 삼겹살 파티가 벌어진다.

"이놈이 조선에서 들여온 지리산 흑돼진데 몇 마리 안 들어온 겁니다."

술잔이 돌아가고 하인들이 바빠진다. 그날 밤 유현덕이 "운장에겐 아들이 없으니 관평을 양자로 삼으면 어떨까요!" 하니 아버지도 아들도 관운장도 좋아한다. 새벽에 일찍 일어난 유현덕이 "원소네가 추격해올지 모르니 빨리 떠나자."

아침밥을 찬물에 말아 먹고 관평을 데리고 와우산으로 가니 주창이 마중 나와 있다. 근데 온몸이 붕대로 감겨져 있다.

"아니, 왜 다쳤냐? 차사고 났냐?"

주창이 "제가 장군님들을 영접하려고 산을 내려오는데 어떤 놈이 말을 길 한가운데 묶어놓고 대로 한가운데서 코를 골고 자고 있었습니다. 같이 있던 배원수가 일어나라고 했더니……엉엉!……벌떡 일어난 그놈이 배원 수를 단칼에 베어버렸습니다. 엉엉! 형! 형!"

"그래서, 계속해봐!"

"제가 같이 덤비다 이렇게 됐습니다. 으허엉!" 하고 여기저기 벤 상처를 보여준다.

"어떤 놈인데?"

"몰라요, 처음 보는 놈이에요."

관운장이 "자, 앞장서라. 내가 혼내줄게."

주창이 앞장서서 산 아래로 달려가니 어떤 놈이 빠른 속도로 말을 타고 오더니 말에서 내려 큰절을 올린다.

"아니 너는 조자룡 아니냐?"

유현덕도 관운장도 같이 말에서 내려 반갑게 인사를 나눈다.

"얼굴 많이 좋아졌네. 그동안 어디 있었소?"

"나야 뭐 여기저기 오라는 데는 많았지만 마땅히 마음에 드는 곳이 없어 서 놀고 있다가 여남 고성에 장비 비슷한 사람이 있다고 해서 거기 가면 혹 시나 유현덕 님을 만날 수 있을까 하고 가려던 중이었지요."

오랜만에 만난 조자룡과 유비 일행은 지난 이야기를 하며 길을 오다가 드디어 고성에 도착한다. 눈 밝은 병사7이 망루에 있다가 "관 장군이 유황숙을 모시고 오십니다." 하고 고함을 치자 그 고함을 신호로 풍악이 울리고 축포가 터지는 가운데 장비가 뛰어나간다. 세 형제가 만나 어린애들처럼 엉엉 울어대며 눈물을 한 말씩 쏟아낸 후 제정신이 돌아온다. 제정신이 돌아온 인간들 때문에 암퇘지와 염소들은 저 세상으로 간다. 고사상에 돼지머리를 모셔놓고 천지신명께 다시 만난 걸 감사드리고 앞으로도 잘 되게 해달라는 고사를 올렸다.

 _ 우리는 여기서 인간이 얼마나 교활한지 알 수 있다. 언젠가 소담출판사 사장님이랑 개고기를 먹으러 남한산성 있는 '계곡집'(지금도 있다)에 간 적이 있다. 그런데 사장 아들이 밖에 나갔다 들어오더니 "아빠, 저기 개 얼굴이 있어요." 하는 거다. 개 얼굴? 처음엔 무슨 말인지 못 알아들었다. 아! 개대가리! 개대가리를 개 얼굴이라고 말하는 초등학생의 표현에 우리는 한참 웃었다. 우리는 인간이 아닌 것에겐 '머리'나 '얼굴'이라는 말 대신에 '대가리'라는 말을 붙이는구나! 사람들은 그렇게 해야 먹기가 편한 거다. '개머리, 꽁치머리 혹은 갈치 얼굴, 꽁치광대뼈살' 하면 좀 찝찝하다. 그냥 '닭대가리, 소대가리, 말대가리, 대구대가리' 해야 먹기가 편하다. 인간들이 가끔 '소머리', '돼지머리'라며 존중해서 불러줄 때가 있다. 이때는 제사상이나 고사상에 올릴 때다. 또 돈이 된다 싶으면 여지없이 존중해준다. 소머리국밥이 그 예다. '소대가리국밥'이라고 하면 어쩐지 영 찝찝하다. 보통 '대가리'라고 해야 뜯어먹기도 편하고 뺨에 붙어 있는 살을 파먹기도 편하다. '돼지시췟살 토막 내 구워 먹기' 하면 더 끔찍해진다. 그냥 '삼겹살'이 편한 거다. 각설하고 그날 돼지고기, 염소고기는 술안주가 되어 뱃속으로 널름널름 사라져갔다.

● 구라 심리학 _ 술과 담배를 즐기는 사람이 많다. 뭐든 적당히만 즐긴다면 건강에 그리 큰 문제가 되지는 않겠지만, 과하여 패가망신을 하는 사람들도 적지 않다. 여기서 퀴즈! 술과 담배는 흥분제일

술과 담배는 흥분제일까?
아님 진정제일까?

까? 아님 진정제일까? 적지 않은 사람들이 술은 흥분제고 담배는 진정제라고 생각한다. 술을 먹고 과격해지는 사람들이 있고, 화가 났을 때 담배를 한 대 피우면 화가 가라앉기 때문에 담배를 진정제로 생각하는 것이다. 그러나 사실은 정반대다. 술은 진정제이고 담배는 흥분제인 것이다. 술을 먹으면 진정효과로 인해 대뇌에서 뉴런과 뉴런 사이의 정보 흐름이 느려진다. 그래서 술을 과음하면 행동이 느려지고, 말이 느려지고, 비틀거리고, 말귀를 제대로 알아듣지 못하게 되는 것이다. 담배의 경우는 흥분제로 작용하기 때문에 정보의 흐름도 빨라지며 체내의 모든 반응이 빨라진다. 따라서 화가 나서 담배를 피우는 것은 불난 집에 부채질을 하는 것과 같다. 그럼에도 불구하고 화가 났을 때 담배를 피우는 것이 효과가 있다고 믿는 것은 담배를 피우는 동안 시간이 경과하면서 화난 감정이 사그라들기 때문이다. 정신적인 활동을 하는 사람들 즉, 예술가나 공부를 하는 사람들이 담배를 피우는 것은 분명 어떤 면에서는 도움이 된다. 하지만 문제는 중독으로 인해 장기간 체내에 독소가 쌓여 건강을 해친다는 사실이다.

조자룡, 손건, 주창, 미축, 간옹, 관평, 미방, 여남의 유벽과 공도도 '달려!'와 '위하여!'를 밤새 외치며 마셔댔다.

며칠 동안 밤에는 밤술, 낮에는 낮술, 낮술—밤술이 이어지다가 어느 날 유현덕이 "이제 정신을 차리자. 우리가 할 일은 이제부터다." 하고 말하니 공도와 유벽이 "이곳은 좁아서 지키기에는 좋을지 몰라도 큰 뜻을 펴기는 별로입니다. 약속대로 여남을 바칠 테니 그쪽으로 가시지요."

장비가 "그래, 당장 떠납시다. 얘들아, 짐 싸라."

유현덕은 두 마누라를 오랜만에 만나 어떻게 했을까? 남의 사생활이다. 더 이상 알려하지 말자. 알면 하고(?) 싶어진다. 유현덕이 열심히, 성심성의껏 하고 있는 사이 원소는 불안과 초조 속에서 유현덕을 기다리지만 안 돌아올 뿐만 아니라 편지 한 장 없으니 열이 안 받을 수 없다.

"유현덕을 당장 치러 가자."고 소리를 질러대는 차에 물러났던 곽도가 다시 나타나 "유비는 지금 아무것도 아닙니다. 유표도 형주에 있지만 별거 아니거던요. 역시 우리 상대는 조조란 말입니다. 강동의 손책 휘하에 장수들도 제법 있고 군사들도 많으니 동맹을 맺어 조조를 치면 반드시 이길 텐데요."

원소가 부하 진진을 강동의 손책에게 보낸다.

한편 손책은 그동안 군사들도 잘 훈련시키고 있었고 군량미도 넉넉하게 마련했으니 그 넘치는 힘을 조금 사용해 여강(盧江) 태수를 몰아내어 여강을 먹고, 예장(豫章) 태수를 협박해 예장도 먹어버린다. 배가 부르고 힘이 세졌으니 벼슬에도 욕심이 난다. 장굉을 허창으로 보내서 천자랑 직거래를 통해 대사마 벼슬을 얻어내려고 시도한다.

이 소식을 들은 조조는 "이거 보통 문제가 아니네!"

조조는 화근을 미리 없애야겠다는 생각에 자신의 조카 조인(曹仁)의 딸과 손책 동생 손광(孫匡)을 정략결혼시켰다. 사자로 왔던 장굉은 광에 가두어버리고 말았다.

원소는 대사마 벼슬을 줄 때를 이제나 저제나 기다리고 있는데 조조가 거절해서 안 됐다는 이야기를 듣고 "어쭈! 이놈 봐라. 손 한번 봐줘야겠는데." 하고 앙심을 품게 된다.

삼국지 사전 '앙'이란 단어는 언제 쓰는가? 앙다문다, 앙심을 품는다, 앙큼하다, 앙팡지다, 앙앙댄다, 앙숙이다, 이를 앙다문다. '앙'이란 건 글로 보면 별거 아니지만 읽을 때 '앙'자에 악센트를 넣으면 말맛이 바로 살아난다. '앙'은 왼쪽 젖꼭지와 오른쪽 젖꼭지의 중간부분을 지칭하며 '가슴속 깊은 곳'을 의미할 때에도 '앙'이란 말을 쓴다. '앙갚음을 하겠다.'고 하면 가슴 깊은 곳 곱창 끝에서부터 새겨져 있던 울분을 되갚아주겠다는 숨은 뜻이 있다. '앙앙대지 마.' 할 때도 마찬가지다. 앙은 뇌주름살에 새겨 넣은 것이 아니고 가슴속 깊은 지점에 숨겨져 있는 것이다. 앙심을 품으면 오래간다. 머리는 건망증 때문에 잊을 수 있어도 가슴속은 건망증이 없기 때문이다. 남들이 앙심을 품지 않게 하도록 하라.

손책의 앙심을 눈치 챈 오군 태수 허공(許貢)이란 자가 '손책이 허창을 치려 한다.'는 내용의 편지를 조조에게 보낸다. 하지만 편지 배달꾼이 강을 건너다가 그만 손책네 군사에게 붙잡혀버린다. 노발대발한 손책이 허공을 죽여버린다. 허공네 가족들은 산산이 흩어지고, 허공네서 신세지고 있던 세 사람이 있었는데 이들이 허공의 원수를 갚아야겠다고 다짐하지만 복수할 길이 있나? 거참! 안타깝네! 기다리는 자에게 복이 오기도 하지만 기다리는 자에게 복수할 날도 온다.

손책이 어느 날 사냥을 나갔다가 사슴을 쫓느라 일행과 많이 떨어졌다. 사슴을 쫓아 한참 말을 달리는데 불쑥 누가 나타난다. 깜짝 놀라는 것도 잠시. 손책의 허벅지를 찌른다. 칼을 뽑아 허벅지 찌른 자를 치려는데 화살이 날아와 얼굴 콧잔등에 박힌다.

"아이고!"

저놈들이 도대체 누굴까?

"궁금하지, 이놈아! 허공의 원수를 갚으려고 벼르고 있었다."

잠시 후 정보가 군사들을 이끌고 나타나니 손책 얼굴은 이미 피투성이가 되어 있었다. 화살을 뽑으니 상처가 깊다. 집으로 돌아온 손책은 화타를 부르려 했으나 멀리 출장 중이라 화타의 제자가 왕진을 왔다.

"화살촉에 독이 발라져 있고 독이 뼈 속 깊이 들어갔습니다. 제가 지어준 약을 드시고 100일 정도는 요양을 하셔야 합니다. 화를 내거나 혈압 높일 일이 생기면 상처가 재발돼서 치료하기 힘듭니다."

요거 정말 지키기 힘든 말씀이다. '편히 쉬시면서 영양 고루 섭취하시고 운동 규칙적으로 꾸준히 하시면서 스트레스 받지 마시기 바랍니다.' 어떤 도사도 지키기 힘든 걸 도시인들에게 강요하는 의사를 내가 알고 있다.

병상에 누워 있는 손책은 하루하루가 지루하기만 하다. 20여 일 후 장굉과 함께 허창에 사자로 갔던 부하가 돌아와 "조조는 사장님을, 아니 주공님을 두려워하는데 유독 곽가만 예외였습니다. 말도 함부로 하고……."

"뭐라던가?"

"말씀드리기 송구스럽습니다."

"괜찮아, 해봐!"

"제 이야기가 아니니 부디 오해하지 마시고 들으십시오. 곽가의 말이 손책은 경솔하고 준비성도 없고 성질이 급하고 지랄 같아서 신경쓸 게 없다. 머지않아 동네 양아치 손에 죽을 거라고……."

"곽가란 새끼가 그랬단 말이지? 내 기필코 허창을 쳐부수고 말 것이다."

아픈 와중에 부드득 이 갈리는 소리가 멀리 10리 밖까지 들렸다. 장소가 "흥분하지 마시고 쉬셔야 합니다. 순간의 선택이 10년을 좌우합니다."

"내가 지금 흥분 안 하게 됐냐?"

군사34가 들어와 "손님 오셨습니다. 안으로 들라 할까요?"

"누군데?"

"원소네 사자 진진입니다."

"웬일이십니까?"

"저희가 동오와 같은 편이 되어 조조를 치려고 하는데 동맹군이 되어주십사 하구요."

타이밍이 절묘했다. '무찌르자 조조'라고 혈서 써서 이마에 부치고 다니고 싶은 때 원소네 사자 진진이 나타난 거다. 진진을 상좌에 앉히고 밥판이 끝나고 술판이 시작될 즈음에 갑자기 동석했던 장수들이 지들끼리 수군대더니 하나하나 술판을 빠져나간다.

"뭔 일이냐?"

옆에 있던 비서1이 "우씨라는 신선인데요, 동방에 살고 있는데 가끔 우리 동네에 나타나 부적과 주문으로 아픈 사람들을 고쳐줍니다. 돈도 안 받구요!"

난간 밑을 바라보니 장수들뿐 아니라 군중들도 잔뜩 모여 '우길(于吉) 선생이다', '도사다' 하고 웅성웅성대며 앞다투어 절을 하는가 하면, 아픈 다리를 질질 끌고 오는 자, 병든 어머니를 등에 업고 오는 자도 있다. 인기가 대단하다.

무말랭이 추가 구라 _ 한때 룸싸롱 아가씨한테는 연예인이 최고의 인기손님이었으나 지금은 조금 달라졌다. 성형외과 의사가 인기짱이다. 물론 당대의 최고 인기 있는 연예인은 예외지만 성형외과 의사가 새로운 라이벌로 가볍게(?) 등장했다. 우리는 아무나 성형외과 의사라고 구라치고 술 마신 적도 있다. 콧대가 어쩌고저쩌고 유방확대술은 이렇구저렇구 이 따위 화제가 끝이 없다. 아가씨들은 눈 동그랗게 뜨고 의사에게 관심을 집중시킨다. 그러나 보면 옆에 있던 사람들은 마음이 상한다.

마찬가지로 손책의 눈살이 찌푸려진다.

"저 늙은이를 당장 잡아와라."

우길 도사가 잡혀온다.

"너, 뭐 하는 놈이냐?"

"내 조그만 재주로 다른 사람을 행복하게 해주는 것이 어째서 나쁜가?"

"어디서 말대답이냐. 저거 당장 목을 쳐라."

장소가 나서서 말리고 진진도 말리니 손책은 "술 맛 떨어졌으니 저놈을 우선 옥에 가둬라."

그날 밤 손책 어머니와 부인이 그를 살려주자고 간곡히 말하나 아녀자들은 참견할 일이 아니라고 말도 못 붙이게 한다. 며칠 뒤 눈치를 보다가 장소 등 열 명이 탄원서를 제출했는데도 소용없다.

"너희들은 속고 있다. 대중들을 속이고 사회에 해악을 끼치는 종교를 금한다."

여범이 조심스럽게 "지금 비가 오지 않아 백성들이 걱정이 태산입니다. 우길도사가 비를 부를 수 있다고 하니 비를 불러보라고 하시면 어떨까요?"

"그래? 한번 시켜보자."

손책은 제단을 높이 쌓으라 하고 우길에게 올라가 비가 오게 해보라고 명령한다. 우길은 몸을 씻어 정갈히 하고 제단을 오르면서 옆에 따라오는 교도관7에게 "분명히 비가 오게 할 것이다. 그러나 나는 죽게 될 것이다."

"아닙니다. 비만 오게 하면 주군이 살려준다고 했는데요."

그러나 우길은 "나는 때가 다 되었다. 피할 수 없다."라고 속삭이며 제단 중앙으로 걸어가 자리를 잡는다. 햇빛은 쨍쨍! 모래알은 반짝! 제단에 올라간 지 3일이 지나도 하늘은 푸르디푸르기만 하다. 지켜보고 있던 수백 명의 백성은 약속시간이 가까워오자 안타깝게 그 광경을 지켜보고 있고 그 사이로 재빠른 뻥튀기 장사, 오뎅 장사, 순대 장사, 생수 장사만 돈을 벌었다.

"봐라, 너희들이 믿고 따르던 우길도사는 약속을 못 지켰다. 하늘에 비 한방울 없지 않느냐. 네 이놈, 우길아, 우길 걸 우겨야지. 혹세무민한 저 도사를 불태워 죽여라."

군사들이 제단 밑에 쌓아둔 나무에 불을 붙인다. 선물용 천안명물 호두과자 장사도 뒤늦게 뛰어들어 호두과자를 좌판에 펼치는데 갑자기 바람이 일고 번개가 번쩍 치더니 비가 쏟아지기 시작한다. 그랬더니 "우산이요, 우산! 우산 사세요!" 정말 빠르다. 우산장사가 나타나고 국숫발 같은 비가 점점 굵어지더니 이제는 아예 쏟아 붓기 시작한다. 교도관이 비를 맞으며 제단 위로 올라가보니 우길이 비를 맞으며 대(大)자로 누워 비를 즐기고 있다. 시가지는 온통 물난리가 났다. 우길은 불려 내려와 손책 앞에 서서 콧노래를 부르고 섰네. 손책은 화난다. 비 안 올 줄 알고 시켜봤는데 진짜 비가 내리니까 화나지, 거기다가 이 우길이란 작자는 자기 앞에서 노래까지 부르고 서 있으니 더욱더 화나지.

"당장 목을 쳐라."

사형수들이 달려들어 목을 치니 푸른빛의 상서로운 기운이 동북쪽 하늘로 사라져간다. 그걸로 끝날 줄 알았지. 다시 한차례 폭풍우가 있더니 다음 날 시체가 없어졌다는 보고를 받는다. 보고를 마치고 돌아가던 놈이 뒤를 돌아보는데 그놈이 우길로 변했다. 손책이 깜짝 놀라 정신이 혼미해져 그 자리에서 쓰러진다. 손책의 엄마인 태 부인이 병상에 누운 손책을 찾아와 꾸짖으며 "너는 왜 죄도 없는 우길 도사를 죽였느냐?" 이 소리에 손책이 일어나니 태 부인이 "내가 아직도 너네 엄마로 보이냐?"라고 하더니 갑자기 얼굴이 우길 도사로 변한다.

회의 도중 화장실에 볼일이 생겨 화장실로 달려가 노크를 하면 안에 누가 있다. 할 수 없이 밖에서 발을 동동 구르고 있으면 화장실에서 바지춤을 올리며 우길이 나온다. 면도를 하려고 거울 앞에 서면 어느새 지 얼굴이 우길 얼굴로 바뀐다. 잠자리에서도 마누라인 줄 알고 가슴을 쓰다듬으면 앞다리가 쑤~욱! 뒷다리가 쑤욱! 우길이 됐네! 나중엔 보이는 것마다 우길이 아닌 것이 없으니 칼로 목을 베어보겠다고 허공에다 칼춤을 추어댄다. 길길이 소리 지르고 나뒹굴고 오두방정을 떨어대니 예전 사냥 갔다가 화살에 맞은 얼굴의 상처는 점점 깊어간다.

● 구라 심리학 _ 지금 손책은 환각을 경험하고 있다. 환각이란 외부나 자신의 내부에 감각을 일으킬 만한 자극 대상이 없음에도 불구하고 이러한 자극 대상을 감각적으로 인지했다고 믿는 것을 말한다. 환각은 자극의 종류에 따라 환시(幻視), 환청(幻聽), 환취(幻臭), 환미(幻味), 환촉(幻觸) 등으로 분류된다. 그렇다면 멀쩡한 사람이 우길 도사를 죽인 순간부터 환각을 경험한다는 것이 가능한 일인가? 만약 그것이 가능하다면 손책이 환각을 경험하는 이유는 무엇일까? 우길 도사의 저주라도 받은 것일까? 환각은 정상인이라고 하더라도 약물에 의해 일시적으로 경험할 수 있으며, 오랜 지병이나 충격적인 사건으로 인해 심신이 약해진 상태에서 경험하기도 한다. 또한 정신질환자들이 환각을 경험하기도 한다. 정신질환자들이 경험하는 환각은 감각장애와 인격장애에 의해 유발된다. 손책은 우길 도사를 죽이고서 상당한 심리적 부담감을 가졌을 것이다. 밤에는 잠을 제대로 이루지 못했을 것이고, 식욕도 많이 떨어졌을 것이다. 한창 나이에 잠을 제대로 자지 못하고 제대로 먹지 못한다는 사실만으로도 힘이 들 터인데, 전쟁터에서 힘까지 써야할 처지이니 몸이 급격하게 축나기 시작하였을 것이다. 제 아무리장사인들 버텨낼 수가 있겠는가? 몸이 축나면 마음은 더 허약해지

기 마련이다. 이제 악순환의 연속이다. 몸이 축나니 마음이 약해지고, 마음이 심난하니 저녁에 잠도 안 오고 식욕도 없다. 그러니 몸은 더욱 축나고 이 때문에 마음은 더욱 심난해진다. 이러한 악순환의 과정을 통해 결국 손책은 위에 기술된 것처럼 환각을 경험하게 된 것이다. 감각장애보다는 인격장애에 의한 환각을 경험하는 것으로 볼 수 있다.

어느 날에는 새벽부터 "내 아우 손권(孫權)은 어디 있냐?"며 소리를 지른다. 새벽잠을 설치고 부리나케 손권과 참모들이 모여들었다.

"중원천지는 지금 변혁기다. 우리나라는 지리적으로 참 좋은 곳이다. 이곳을 지키는 것은 사람이다. 내 아우를 도와 이곳을 잘 지켜주시오."

동생에게는 "너는 정치를 잘하는 재주가 있다. 좋은 사람을 널리 쓰도록 해라. 백성들을 사랑하고, 부모님께 효도하고, 친구끼리는 의리를 지켜야 한다. 나는 이제 천명을 다하였으니 곧 간다. 국내의 일은 장소와 의논하고 주유가 지금은 없지만 돌아오면 국외의 일은 주유와 상의해라."

손책은 결혼식 주례 같은 말씀을 마치고 마지막으로 부인에게 "여보, 그동안 고생 많았소. 사랑해!"

그 순간 또 우길이 나타났나? 손책이 '아니 이게 누구야, 우길이잖아!'라고 놀라는 사이에 툭, 목숨 하나가 떨어진다.

"아이고, 해장국도 못 드시고……." 사람들이 슬피 운다.

그때 손책의 나이 26세. 정권을 계승한 동생의 이름은 손권, 나이는 19세.

해초무침 추가 구라 _ 독자 여러분 19세에 대해 한번 생각해보자. 아이도 아니고 어른도 아니고 어중간한 나이! 나는 19세 때 뭐 했나? 동양방송 탤런트 4기 모집에 응모했다가 실제로는 1차에 떨어졌지만 그 사실을 말하기 창피해서 '2차까지 됐다가 3차에서 빽이 없어서 떨어졌다.'고 구라치고 다녔던 나의 19세 시절. 나는 장차 무엇이 될 것인가? 암울했던 나의 열아홉이여!

9

리더여, 60%를 잊지 마라

– 직관을 믿은 조조의 승리와 원소의 대패

손권은 나이 19세 때 형님의 7일장을 치른다. 출장 갔던 주유가 돌아오니 손권이 손책의 유언을 말해준다. 주유는 "사람을 얻으면 나라가 번창하고 사람을 잃으면 나라가 망합니다. 사람이 기초입니다. 덕과 재주가 많은 사람을 기용해야 합니다."

"형도 같은 말을 했어요."

"유언을 잘 받들어 모실 괜찮은 사람을 추천하겠습니다."

주유가 노숙(魯肅)을 찾아가니 "친구하고 다른 데 약속이 있어서 거기루 가기로 했는데요."

주유가 **계속 설득을 하니** 이에 노숙이 허락하고 강동으로 돌아와서 손권을 만난다.

야채죽 추가 구라 _ 내가 어느 영화사에서 2,000만 원을 받을 게 있었다. 그런데 그 영화사에 있는 제작부장이 나보고 1,500만 원만 받으라는 거다. 사실은 받을 돈이 3,000만 원이 넘었는데 하도 영화사에서 뻗대길래 사장이랑 최종적으로 합의본 액수가 2,000만 원인데 지가 왜 또 나서서 1,500만 원만 받으라고 지랄이냐구? 싹통머리 없는 자식! 안 된다고 했더니 충무로의 해결사인지 뭔지 무지막지하게 크고 무섭게 생긴 건달이 방송국 로비로 나를 찾아왔다. 자기 동생(영화사 제작부장) 부탁으로 왔는데 막무가내로 1,500만 원만 받으라는 거다. 처음 보는 놈이 와서 말하는데 미치겠는 거다. "안 된다, 나는 2,000만 원을 받아야 한다." 나는 조심스럽게 안 떨리는 척 말했지만 말이 안 통한다.

그놈은 "그러니까 1,500만 원을 못 받겠다는 거냐?"는 이 말만 계속 되풀이하며, 자기는 생기는 게 하나도 없는데 동생 부탁이라서 왔단다.

내가 얼른 말했다.

"정말 한 푼도 안 생기는데 이러시는 거예요?"

"그럼! 내가 한 푼도 안 생기는데 동생 놈 부탁이라서……."

"그럼 한 푼도 안 생기는 일을 하지 마시구요, 2,000만 원 받아주시면 내가 500만 원 드릴게요."

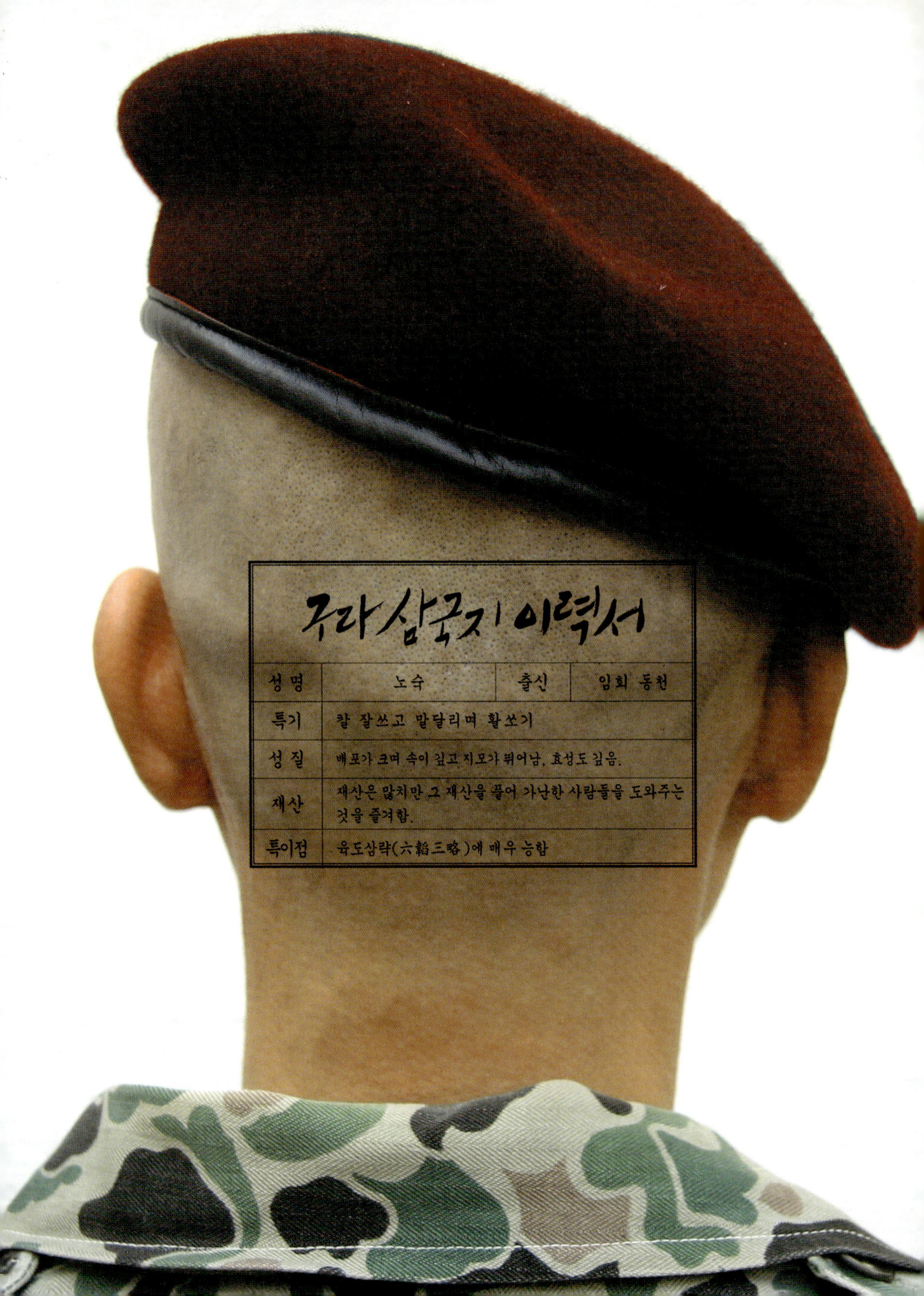

성명	노숙	출신	임회 동천
특기	칼 잘쓰고 말달리며 활쏘기		
성질	배포가 크며 속이 깊고 지모가 뛰어남, 효성도 깊음.		
재산	재산은 많치만 그 재산을 풀어 가난한 사람들을 도와주는 것을 즐겨함.		
특이점	육도삼략(六韜三略)에 매우 능함		

그 건달 같은 놈은 단번에 눈동자가 흔들리더니 얼굴색이 변한다. 나는 다시 쐐기를 박았다.

"그놈 나쁜 놈이잖아요. 형님을 일 시키면서 한 푼도 안 주면 싸가지 없는 동생이잖아요, 그렇잖아요?"

"그래, 맞아. 그놈 나쁜 놈이네!!!"

어차피 이놈이 끼어든 이상 결국에는 1,500만 원밖에는 못 받게 되는 거다. 나는 2,000만 원을 회사로부터 받았고 미친 척하고 깎아서 350만 원을 그놈에게 바쳤다.(뜯겼다.)

주유는 노숙을 잘 설득한 거다.

* 마지막에 상대의 동의를 얻을 수 있는 네 가지 주요 기준

  1. 충분한 투자 2. 비교 기준 3. 최종한계가 다가오고 있음을 알게 해주는 양

  보의 정도 4. 특정결과를 얻는 과정에 관여했다는 느낌

  −허브 코헨의 『협상의 법칙』 중에서

노숙을 만나 대화를 나눠본 손권은 노숙이 박학다식하고 아는 게 많아 잠시도 떨어질 줄을 모른다. 술잔치가 끝난 어느 날은 자기 방에 같이 데려가 한이불을 덮고 자기도 한다. 새벽에 일어나 한 수 가르쳐달라고 하니 제갈근(諸葛瑾)을 추천해준다.

제갈근은 아는 것도 많고 재능도 많으며 또 효성도 매우 지극했다고 한다. 제갈공명(諸葛孔明)의 형이기는 하지만 공적인 일로만 만날 뿐 사적인 일로는 만나지 않았다고 전해지는데, 지금 생각으로는 좀 이상한(?) 형제 관계라고 볼 수도 있지 않을까.

어느 날 노숙이 "한나라의 왕실은 서까래도 기둥도 다 썩었습니다. 다시 부흥시키기는 힘이 듭니다. 그렇다고 조조를 제거하기도 사실 힘에 벅차구요. 지금은 솥의 세 발처럼 버티고 서서 구경만 하세요. 지금 북방 쪽에는 할 일이 많으니 먼저 황조 소굴을 없애고 두 번째 유표를 토벌해서 장강을 경계로 하고 스스로 연호를 설정해서 황제가 되십시오." 하고 권고한다.

노숙의 이 말을 '전라도 나이트클럽 버전'으로 바꿔보자.

"행님, 지금 한나라 나이트클럽은 망해버린 지 오래되야뿌렸소이! 한나라 나이트도 옛날 말이제. 다시 옛날처럼 장사 잘 되기는 글러버렸소잉! 장사가 되믄 뭘 하것소? 조조파가 사장, 부사장, 총무에 대기실, 김밥 장사까정 다 해묵는데 우리가 그걸 인수하믄 뭔 이익이 있것소. 아그들만 다치제. 그라지 말고 우리 동네도 목 좋은 데 새로 하나 오픈합시다. 여기 잔챙이들 황조나 유표는 아그들한테 손 좀 보라 하고 우리도 이름 하나 지어서 새로 오픈하장께요."

결국 노숙의 말은 옛날 회사의 브랜드를 인수하지 말고 새롭게 만든 독립 브랜드로 승부하자는 이야기다.

손권의 진영에 있던 진진이 원소에게 돌아가 출장보고서를 올린다.

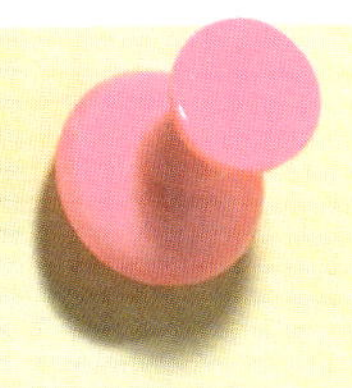

보고서를 읽어본 원소는 머리끝까지 화가 나 "이런 빌어먹을 놈들." 하며 조조를 쳐부수는 전쟁 준비에 즉각 착수한다. 기주, 청주, 유주, 병주의 군사들을 모으니 칼갈이 전담병사, 이발병, 세탁병을 포함해 70만 211명이 모아졌다. 허창을 향한 출발을 앞두고 있는 시점에서 옥에 갇혀 있던 전풍이 조심스레 '이번 싸움은 안 했으면 좋겠다.'는 의견을 내니 전풍의 라이벌인 봉기(逢紀)가 한 말씀 안 할 수 없다.

"지금 이 시점에서 싸우러 나가지 말자는 것은 장군님이 패하기를 바라는 거 아니겠습니까?"

원소가 전풍을 죽이려 하니 여러 사람이 말린다.

"알았다. 전투가 끝나고 와서 처리하자."

원소네 대군은 깃발을 휘날리며 양무까지 진격해 그곳에 본부를 세웠다. 첫날 밤 저수가 찾아와 "우리는 군사 숫자는 많지만 초짜들이 많아서 조조네 고참 병사들을 맞아 싸우기엔 문제가 있습니다. 우리는 군량미가 많으니 장기전을 펴야 유리합니다. 조조네는 군량미가 모자라 속전속결로 전투를 끝내려 할 것입니다. 저들의 작전에 말려들지 말고 시간을 끌면서 지구전으로 나가야 우리가 이길 겁니다."

"뭐야? 이놈도 전풍 같은 놈이네. 재수없다. 이놈도 옥에 가두어라."

다음 날 아침 원소가 70만 대군을 동서남북으로 나누어 진영을 펼치니 사방 90리가 모심기 끝낸 논처럼 원소네 군사로 가득찼다. 조조가 원소의 엄청난 대군을 맞이해 대책회의를 한다. 순유가 먼저 "적군의 숫자가 많긴 많네요. 하지만 오합지졸입니다. 우리에겐 훈련이 잘된 병사들이 있으니까요. 속전속결로 나가야 합니다. 왜냐하면 쟤네들은 군량미가 많아서 오래 버틸 수 있거든요."

한참 회의 중인데 밖에서 북소리가 크게 세 번 울리더니 원소가 황금빛 투구와 새로 맞춘 갑옷과 비단도포를 입고 나타났다.

조조가 "너는 내가 천자한테 말씀드려 대장군이란 자리도 줬는데 뭐가 부족해서 모반이냐?"

"에라이! 이 한나라 역적 놈아, 넌 여포보다 더 나쁜 놈이야."

"뭐라고? 여포보다 더 나쁜 놈? 천자의 명을 받들어 너를……."

"마찬가지."

"너 죽을래!"

"장합아, 나가서 저놈들 좀 혼내줘라."

"그럼 우리도 같은 장씨를 내보내마, 장요야!"

원소네에서는 고람이 창을 들고 나와 네 명이 서로를 죽이려고 피투성이가 되어 싸운다.

중국 심천 〈중국 민속 문화촌〉

둘이 47합을 싸워도 승부가 나지 않으니 조조네에서는 허저가 나오고 원소네에서는 고람이 창을 들고 나와 네 명이 서로를 죽이려고 피투성이가 되어 싸운다. 조조는 하후돈, 조홍에게 원소네 진영을 공격하라 하고 원소네에서는 장수 심배가 깃발을 들어 신호하니 양쪽에서 궁노수들이 쇠뇌를 쏘아대고 궁수들이 화살을 날려댄다. 마치 논에 농약을 치듯 쏘아대니 조조네 군사가 당해낼 수 없어 도망친다. 원소가 뒤쫓으니 조조네 군사가 수도 없이 죽어 나자빠진다. 조조는 관도까지 도망칠 수밖에 없었다. 원소도 관도에 도착하니 심배가 "군사 10만 명은 관도를 지키게 하고 조조네 진영 앞에 흙을 쌓아서 그 위에 올라가 적진을 굽어보며 활을 쏘게 해주십시오."

말 떨어지기 무섭게 군사들이 흙을 쌓는다.

"여기서 우리가 이기면 좁고 험한 길목을 손에 넣을 수 있어서 허창까지 쳐들어갈 수 있는 중요한 자리를 차지하게 될 것입니다."

정면에서 쏘아 맞추는 것보다는 아래를 보고 쏘아 맞추는 게 정말 명중 확률이 높은 것 같다. 다트게임도 재미있지만 번데기 찍기도 재미있는 것과 마찬가지다. 원소네 군사들이 높은 곳에 올라가 아래로 쏘아대니 견디기가 힘들다. 조조가 대책회의를 안 할 수 없다. 유엽이 "어릴 때 동네에서 어떤 아저씨가 만든 걸 본 적이 있는데요, 돌포를 만들면 어떨까요?"

"돌포라니?"

"돌멩이를 날리는 기구입니다."

어릴 때 본 걸 생각하면서 설계도를 그려 보이니 바로 작업에 들어간다.

돌포에서 돌을 쏘아대니 원소네 군사들은 돌멩이에 맞아 죽고 터져 죽고 미끄러져 죽고 아침밥 먹은 거 체해 죽고 더 이상 화살을 쏘아댈 수가 없게 되었다. 이번에도 원소네 장수 심배가 "땅굴을 파고 들어갑시다."

하지만 조조네는 땅굴이 들어올 만한 곳에 미리 참호를 파놓아 땅굴작전을 꽝으로 만들어버린다. 장기전에 들어간 원소네를 조조가 8월부터 9월 말까지 지키고 있으려니 사기도 떨어지고 군량미도 떨어져간다. 조조는 이러지도 저러지도 못하는 입장이 되었다. 허창의 순욱에게 편지를 보냈더니 답서가 왔다.

조 승상님께

(중략) … 원소는 군사가 많아도 부릴 줄을 모르니
그저 가만히 있기만 하면 됩니다.
경계를 철저히 하고 있으면
(하략) … 여기 토종 닭 뒤 마리를 인삼뿌리와 함께
보내니 여름철 몸보신하십시오.

　　　　　　　　　　　　　　　　　　　　　　－ 순욱 올림

순욱의 편지를 받은 조조는 경계를 철저히 한다. 어느 날 원소네 장군 한맹네의 군사7을 잡아 문초를 하니 한맹이 군량미를 가져온다는 정보를 캐낼 수 있었다.

조조가 "그거 우리가 접수해야겠는데."라고 하자 서황이 "제가 나가 접수하겠습니다."

서황이 나간 뒤 장요와 허저에게 뒤쫓아가서 서황을 도와주라 이른다. 수천 석의 군량미를 운송하던 한맹이 산골짜기에서 서황을 만나 한바탕 싸우고 있는데 군량미엔 언제 불이 붙었는지 불길이 여기저기서 하늘 높이 솟구친다.

"아이고, 쌀 다 타네."

원소가 멀리서 불길이 치솟는 걸 보고 '저게 웬 불빛이지?' 하고 있는데 군사17이 달려와 보고하니 장합과 고람을 파견했다. 막상 현장에 도착해 보니 조조네 군사들이 너무 적은 거다. '애개개! 저렇게 적은 군사들에게 당하고 있다니.' 하고 적진으로 뛰어드는데 뒤에서 허저와 장요가 군사를 이끌고 나타나니 '이크크!' 하고 도망친다.

적군의 군량미를 태워 없애버리긴 했지만 조조네 군량미가 늘어난 것도 아니다. 그래도 조조는 기뻐하며 서황에게 동남아 4박 5일 여행권을 상으로 내렸다. 원소는 한맹을 죽이려고 했지만 여러 사람이 말려서 죽는 건 면하고 바로 계급장 떼고 장군에서 군사로 강등됐다. 얼마나 수치스럽고 창피했을까? 한맹 아들아, 아버지를 위로해드려라! 아버지 정말 힘들다.

심배가 "우리에겐 아직 오소(烏巢)의 군량미가 있으니 반드시 지켜야 합
니다."

심배 말이 이번 전투에서 잘 먹힌다. 원소는 순우경을 대장으로 하고 부
장 목원진(睦元進), 한거자(韓莒子), 여위황(呂威璜), 조예(趙叡) 등과 군사
2만여 명을 붙여주어 오소를 지키라 했다.

캘리포니아롤 추가 구라 _ 연극 연출가 중에 술주정이 심한 선배가 있
었다. 작품도 잘 쓰고 연출도 잘하고 문제작도 많이 만들어낸 국보 같은 존
재다. 근데 이 사람이 술주정이 심하다. 단원들과 기분 좋게 술을 마시다
가도 갑자기 앞에 앉아 있는 단원에게 "너는 누구냐? 니가 뭔데 여기 앉아

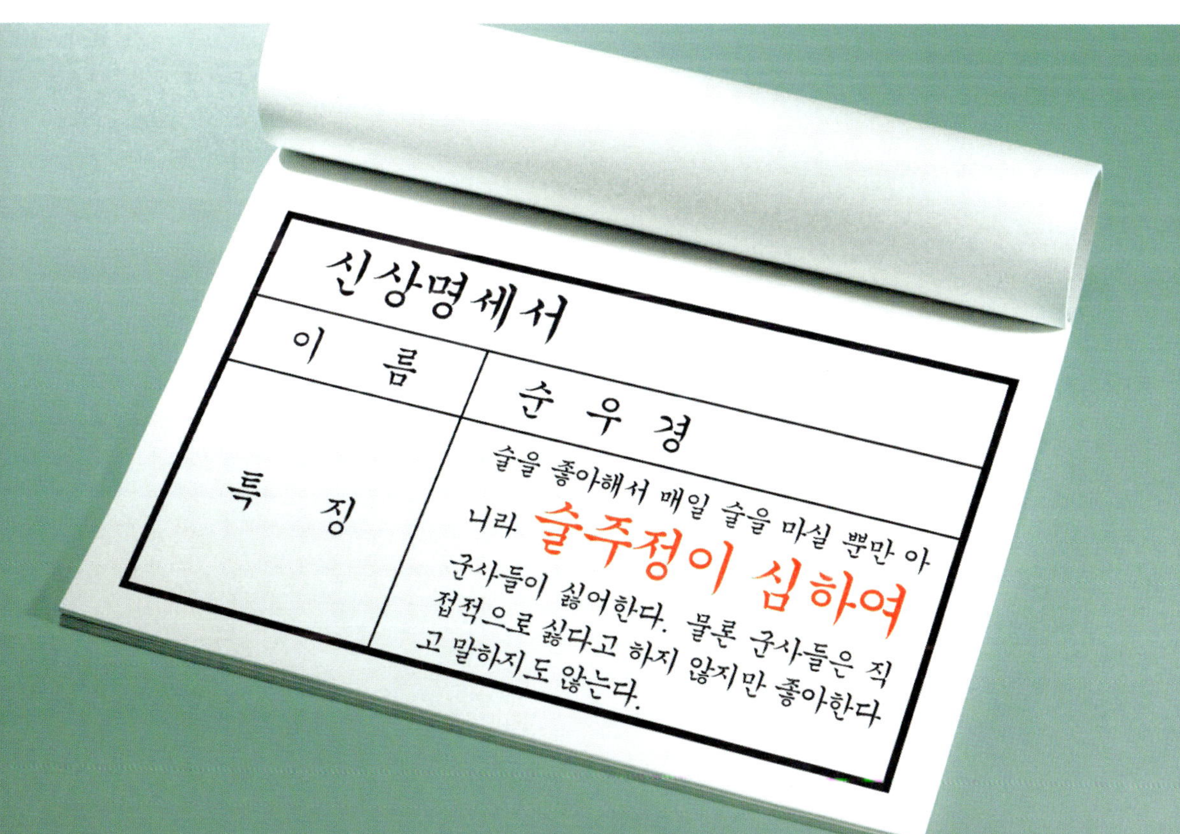

서 술 마시느냐?”라는 따위 말로 사람 미치고 팔딱 뛰게 만든다. 여자 단원들에겐 더한 짓거리도 서슴없이 해댄다. 기분 더럽지만 참는다. 술 깨고 나면 언제 그랬냐는 듯 말짱하니까 그럭저럭 넘어간 거다. 그런데 또 언젠가는 후배 단원에게 “넌 누군데 여기서 술 마시냐?”라고 했다가 그 후배가 “그러는 넌 누군데?”라고 했다. 이 사람이 누렇게 뜨더라는 거다. 한 번도 대든 사람이 없었으니까 얼마나 당혹스러웠겠는가? 지 당혹스러운 거만 생각하지 남 당혹스러운 건 생각 못하는 놈이었다. 그런데 문제는 선배들이 “너는 누군데?” 했던 후배를 좆나게 팼고 그 후배는 그 극단에서 사라졌다. 근데 그 연출가라는 사람은 아직도 그 짓거리를 하고 있다더라! 살다보면 별 놈 다 있다.

● 구라 심리학 _ 주변에서 술주정을 하는 사람들을 심심찮게 본다. 술자리에 이런 사람이 한 명 끼면 분위기는 완전히 망가지고 만다. 술주정을 하는 사람들은 도대체 무슨 심보일까? 정말 미치고 환장할 노릇은 술이 깨고 나면 자신의 만행(?)을 전혀 기억하지 못한다는 사실이다. 술주정을 하는 사람들은 대부분 맨 정신에는 완전히 신사라는 공통점을 갖는다. 법 없이도 산다. 그런데 술만 한잔 들어가면 완전히 다른 사람이 되고 만다. 왜 그럴까? 누구나 삶을 살아가다보면 크든 작든 스트레스를 받는다. 하지만 인생을 살아가기 위해서는 스트레스 관리를 잘 해야 한다. 즉, 쌓인 스트레스를 효과

적으로 해소해야 한다. 운동이나 예술활동 등을 통해 스트레스를 해소하기도 하고, 수다를 통해 스트레스를 해소하기도 한다. 그러나 스스로 스트레스를 해소하지 못하는 사람들(성격이 내성적이거나, 체면 때문에 스트레스를 밖으로 표출하지 못하는 사람 등)은 마음속에 차곡차곡 스트레스가 쌓이게 되고 이 쌓인 스트레스가 술을 먹을 때 폭발하게 되는 것이다. 한편 술주정을 하는 사람들이 많은 이유 중 하나는 우리 사회가 술로 인한 실수에 대해 지나치게 관대하기 때문이다. '술을 마시면 누구나 실수하기 마련이다.'라는 둥, '오죽하면 저러겠냐.'라는 둥 술주정을 크게 문제시하지 않는다. 더욱이 선배의 술주정에 대해 후배들은 아무런 문제제기를 하지 못한다. 이런 사회적 분위기가 술주정자를 양산하는 이유가 된다. 또한 술을 권하는 사회적 분위기도 문제다. 사람들이 모이면 으레 술을 마시게 되고, 술을 잘 마시든 못 마시든 상관없이 술을 권한다. 술을 마시지 않으면 사회생활 자체가 어려워지기도 한다. 그러다 보니 자신의 주량과는 상관없이 과음을 하게 되고 정신을 잃기도 한다. 제발 무리하게 술을 권하지 맙시다…….

원소네 모사 중에 어릴 때 조조 친구였다가 별로 공도 못 세우고 허송세월하던 허유란 자가 있다. 어느 날 허유네 군사 중의 하나가 조조가 순욱에게 보내는 편지를 가지고 가던 조조네 군사71을 붙잡았다.

허유는 이 편지를 들고 원소를 찾아가 "지금 조조는 우리랑 관도에서 대치하느라 허창을 오랫동안 비워놨습니다. 군사를 둘로 나누어 쌀 떨어진 관도도 치고 비어 있는 허창을 이번 기회에 쳐들어가야 합니다."

"누구나 다 아는 뻔한 수를 조조가 둘 것 같으냐? 이 편지도 위조일지 모르잖아!"

"이번 기회에 허창을 안 치시면 나중에 크게 후회할 텐데요."

"물러가 있거라. 피곤하다."

허유가 허탈한 표정으로 집으로 돌아오니 집에선 난리가 났다. 전에 기주에 있을 때 세금으로 거두어들인 양곡을 조카를 시켜 빼돌린 사실이 들통나서 조카가 붙들려갔다는 거다. 허유가 앞으로 살아갈 길이 막막하여 자결하려 하자 주위에서 말리며 "목숨을 가벼이 여기지 마십시오. 조조하고 오랜 친구라면서 조조한테 가볼 생각은 왜 안 하십니까요. 나으리!"

허유는 그날 밤 통장과 신용카드를 챙겨 들고 말을 달려 조조네 진영으로 달아났다. 조조는 옛 친구가 찾아왔다는 소식을 듣고 맨발로 달려 나온다. 허유가 당황해서 황망히 엎드려 같이 절하며 "아이구 조 승상께서 이렇게 절을 하시니 몸 둘 바를 모르겠습니다."

"친구 간에 상하가 어디 있나! 이리와 앉게. 술 좋아하지? 자, 홈 빠(Home Bar)로 가세."

더덕구이 추가 구라 _ 혹시 독자 여러분 중에 술한테 절해본 사람 있을까? 전위예술 하시는 무세중 선배님 부부를 모시고 지리산에 간 적이 있다. 그때 인근에 살던 친구 한 명이 10년(?) 묵었다는 더덕주를 숙소로 가져왔다. 마침 술이 떨어져 있던 차에 반가운 손님이었다. 우리 일행 중 누군가가 그 친구에게 고맙다고 인사를 하고 병을 따려고 했더니 갑자기 무세중 선배가 술병을 집어 높은 의자에 올려놓는 것이다. 의아하게 생각하고 있는데 우리보고 일어나라는 거다. "왜요?" 내가 물었다. 더덕을 키워준 지리산에 고맙다고 절하고 10년 동안 우리를 위해서 참고 기다려준 더덕주한테 절을 해야 한다는 거다. 나, 원 참! 선배가 하라니 절을 하긴 했지만 한밤중에 멀쩡한 아저씨들이 더덕주를 향해 절을 했다는 건 두고두고 잊혀지지 않는 이벤트였다.

조조와 허유가 만난 첫날 밤도 두고두고 잊히지 않을 거다.

"사실 내가 이제까지 원소한테 있었던 건……."

"됐네 됐어! 지금 나랑 같이 있는 게 중요하지 무슨 딴말이 필요한가?"

"내가 여기 온 건 원소가 내 말을 안 들어주고 해서……."

"무슨 이야기를 했는데?"

"기병을 이끌고 허창을 공격하자고 했거든."

"아이고 큰일 날 뻔했네. 원소한테 자네 말을 안 들어줘서 고맙다고 상이라도 줘야 할 것 같은데."

"그 덕에 자네도 만날 수 있었으니 상은 내가 전달해주고 싶네, 헛헛허!"

"그러게 말일세. 한 잔 더 들어."

하하! 껄껄! 밤이 깊어간다.

허유가 "근데 쌀이 다 떨어졌대매?"

"무슨 소리야, 쌀이 떨어지긴! 한 1년치는 있는데."

"1년치는 너무 쎈데, 좀 깎아."

"6개월치는 있어."

"6개월치도 많아."

"사실은 3개월치는 있다니까."

"뭔 소리야, 당장 쌀이 떨어져 굶어 죽을 지경이라던데."

"뭐? 누가 그런 헛소릴 하고 다녀?"

"여기 편지가 있다니까 그러네."

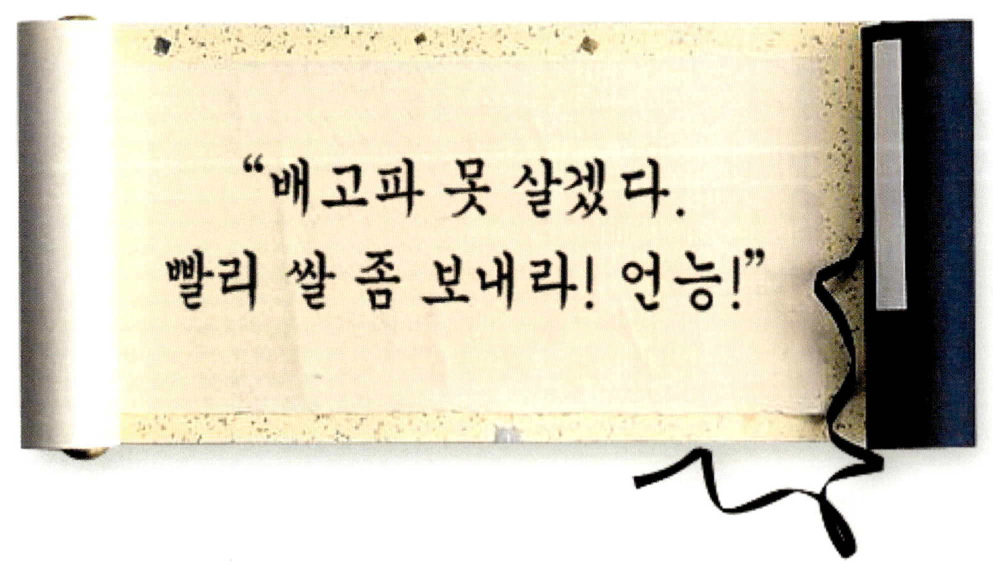

"아니 그 편지가 왜 자네한테 가 있는 거야?"

편지 입수과정을 설명하니 조조가 계면쩍어하며 "군사기밀이라 거짓말을 좀 했네. 어쨌거나 기분 좋은 밤이네."

"……그래서 말인데 여기서 한 40여 리 떨어진 곳에 오소라는 곡창지대가 있거든! 원소네 군량미가 잔뜩 있는 곳이야! 근데 수비하는 애가 술꾼이라 맨날 술만 처마시고 지내! 야습하면 무조건 그 쌀은 우리 것이 된단 말이야."

"호! 그래?"

조조 눈이 반짝반짝 빛난다.

"그곳까지 통과하기가 쉽지 않을 텐데!"

"그거야 간단하지. 원소네 군사처럼 변장해서 지나가는 거야. 우리는 '군량수비대 증원부대다.' 하고 말이야."

"어이 친구, 고맙네. 한 잔 더 하지."

"폭탄주로 돌리면 안 될까?"

술자리에서 하는 말 중에 정말 중요한 이야기 많다. 메모하느냐 안 하느냐가 아마추어와 프로의 차이다. 술 마시면서 메모 왜 못해? 머릿속에 메모하면 되지! 누가 꼭 연필로 쓰랬나!!!

옆에서 말리는 사람도 있었지만 조조는 확신에 찬 어조로 "내가 직접 간다. 뒷일은 준비돼 있다. 가자!"

 _ 『60초 혁명』이란 책을 보면 리더의 요건 중에 준비가 60퍼센트 되면 실행(실천)하라는 말이 나온다. 완벽한 준비는 이 세상 어디에도 없다는 거다. 리더가 되려는 사람들아, 잊지 말자, 60퍼센트! 그럼 나머지는? 나머지는 자신의 직관으로 결정하는 거다. 돌다리 두드리는 사이에 남들 다 건너간다. 그냥 건너다가 무너지면 그때그때 고쳐가면서 건너가라!

원소가 술에 취해 잠들어 있는데 감옥에 갇혀 있던 저수가 특별면회를 신청한다. 저수, 아까 바른말하다가 감옥에 갇힌 장수다.

"제가 감옥 창살 너머로 별자리를 보니 야습당할 별자리 모양입니다. 오소 방비를 좀 더 철저히 시켜야 할 것 같습니다."

"너 지금 시간이 몇 신데 날 깨우냐? 넌 이 시간에 옥에 갇혀 있어야 되는 거 아냐?! 야, 저놈을 다시 가둬놔!"

저수를 원소에게 데리고 갔던 교도관은 애매하게 참형당하고 저수는 다시 갇히는 신세가 된다. 저수가 한탄하듯 "곧 망할 텐데! 그럼 내 시체는 어디서 뒹굴게 되나?"

원소 군사로 변장한 조조네는 오소 수비군에게 증강되는 수비군이라고 속이고 각 문을 통과했다. 그날도 오소 수비대장 순우경은 동네 아녀자들을 강제로 불러 술을 따르게 하고 부하들과 띵까! 띵까! 깊은 밤까지 신나게 놀아댄다. 갑자기 밖이 소란스럽다. 불이야! 기습이다! 내 신발! 누구야,

《군량미 탈취작전》

작전명 : 숫! 들켰다!

암장 서시오.
(장료·허저)

중간
(나)

좌측매복   뒷장서시요잉!   좌측대비
(하후돈)   (서황·우금)   (조인·이전)

城 → 성 지키기
순유.가후. 조홍. 허유

(준비물) ① 말 이까리개
② 사람 이까리개
③ 우산네 군복짝퉁
④ 칫솔.치약.면도기. 양말 두 켤레. 고약. 다이아찡가루

날 때린 게! 담배 있으면 한 대 얻읍시다. 앗 뜨거!

"밖이 왜 이렇게 소란스럽냐?" 하는데 갑자기 커다란 갈퀴가 날아오더니 술자리에 있던 순우경을 긁어가버린다. 목원진과 조예가 군량미를 운반하고 돌아오다가 불난 걸 보고 급히 달려왔지만 조조네 군사들에 의해 말먹이, 사람먹이는 거의 다 불에 타버리고 이들도 칼싸움 끝에 전사한다. 오소 수비대는 절반은 항복하고 일부는 도망가고 나머지는 타 죽고 맞아 죽고 찔려 죽었다. 한밤중에 일어난 일이다. 원소도 저수를 감옥에 보내고 시원한 꿀물 한 잔 마시고 잠이 까무룩 들었는데 또 누가 깨우니 물대접을 던져버리면서 짜증을 낸다.

"뭐야, 이번엔?"

"오소가 야습을 당해서 온통 불바다가 되었습니다."

한밤중에 비상 소집이 이루어진다.

"오소가 불바다가 되었다는데 구원병을 보내야 될 것 아니냐?"

곽도가 "조조가 직접 오소에 나섰다니 오소보다는 차라리 비어 있는 허창을 공격하는 게 낫지 않을까요?"

장합이 이의를 제기하며 "하지만 조조가 허창을 비워놓고 갈 리가 없습니다. 오소에 구원병을 보내야 합니다."

두 의견이 팽팽하다. 가위바위보를 시킬 수도 없고 원소는 난감하다. 그러나 결단을 내려야 한다. 장합과 고람에게 군사 5,000을 주고 관도로 보내 조조네 진영을 공격하게 하고, 장기에겐 1만 233명에 군인 장의사 1명을 포함시켜 1만 234명을 오소 구원병으로 보낸다. 오소로 달려가는데 군사들 몇 명이 띄엄띄엄 저쪽에서 오길래 알아보니 조조에게 패한 순우경의 군사들이란다.

한참을 가는데 "장기야! 너 이리 좀 와볼래?" 하는 소리가 들린다. 소리 나는 곳을 돌아보니 조조네 장수 장요가 나타난다. 칼을 뺄 들 사이도 없이 달려들어 장기를 베어버리자 패잔병이라고 하던 자들이 일제히 돌변해 장기네 군사들을 베어버린다. 장요는 자기 군사를 시켜 원소에게 장기가 자살하고, 오소 군사들은 다 도망갔다고 거짓 보고를 올리니, 원소는 오소를 포기하고 관도에 더 많은 군사를 보낸다. 한편 장합과 고람은 조조네 군사들에게 박살이 난다. 원소가 구원병을 이끌고 오소로 달려왔으나 조조네 군사가 뒤에서 공격을 해대니 본부로 도망칠 수밖에 없다. 본부에 도착해 보니 순우경이 눈, 코, 귀, 손을 잘린 채 아직도 입에선 술냄새를 풍기며 "저녁까진 별일이 없었거든요. 근데 자고 있는데 김 양이 밖에 불이 났다고 해서⋯⋯." 횡설까진 했는데 수설도 하기 전에 남아 있던 목마저 원소의 칼에 잘려나간다.

한편 원소네의 곽도는 당황스럽다. 아까 원소에게 허창을 쳐야 한다고 아이디어를 낸 장본인이 본인이기 때문이다. 자신의 잘못된 전술 때문에 장합과 고람이 대패했다는 걸 원소가 알게 되면 이거 내 목숨이 아깝잖아! 남의 목숨이야 안 아깝지! 곽도는 원소에게 찾아가 거짓말을 해댄다. 이런 놈들은 아직도 우리 주위에 많다.

“장합, 고람 두 사람은 오늘 새벽 관도에서 참패했습니다. 두 사람은 원래 조조에게 항복을 하려고 마음먹고 있었던 놈들이었거든요. 조조도 없는 본 진영에 야습을 갔다가 그렇게 패전했다는 게 말이 됩니까?”

“그래 맞아! 이 자식들 돌아오기만 해봐.”

곽도는 사람을 시켜 장합과 고람에게 “원소 장군께서 지금 화가 기관차처럼 나서 두 사람을 기다리고 있습니다. 돌아오면 반드시 두 사람의 목을 칠 것입니다.”라는 쪽지를 전한다.

두어 시간이 흐른 뒤 진짜 원소의 명령을 받은 원소네 군사4가 다시 장합과 고람을 찾아가 “원소 장군께서 빨리 귀환하랍니다.” 하고 말을 전하니 고람은 돌연히 칼을 뽑아 군사4의 목을 베어버린다. 하필이면 군사4, 죽을 사 자냐!! 팔자도 참!

장합이 두려움에 떨며 어쩔 줄 몰라 하는데 “우리가 죄 없이 왜 죽습니까? 시대의 조류는 조조에게 흘러가고 있습니다. 같이 가서 항복합시다.”

“이 마당에 안 갈 수 있나!”

두 사람이 백기를 높이 들고 조조에게 투항하니 반갑게 맞아들인다. 혹시 투항 자체가 원소의 잔머리가 아닐까 하고 의심하는 옆 사람들도 있었지만 조조는 이럴 땐 찐하게 사람을 챙겨서 자기 사람으로 만드는 타고난 재주가 있다. 바로 벼슬을 내려주고 명함을 바꿔주니 인쇄병만 바쁘다.

원소네의 상황을 중간점검 한번 해보자. 손해가 이만저만이 아니다. 오소에 있는 군량미 불에 다 그슬렸지, 허유 달아났지, 장합, 고람도 배신의 빈대떡을 부쳤지, 조조는 장합과 고람을 앞세워 옛 주인에게 “물어, 물어! 쉭쉭!” 하고 시키지, 원소네 군사를 조조가 세 갈래로 나누어 기습하니 원소네는 군사의 반을 잃었지 손해가 이만저만이 아니다. 여기에 순욱이 퍼트린 흉흉한 유언비어가 여기저기 날아다닌다. 조조네가 여양(黎陽)을 친다더라, 산조(酸棗)를 먹은 후 업군을 친다더라, 우리를 작살내러 온다더라…….

원소는 아들 원상(袁尙)에게 5만 군사를 주면서 ‘업군을 막아라.’, ‘신명(辛明)아, 너도 5만을 줄 테니 여양을 구해라.’ 내친 김에 조조에게도 한 5만 원을 주면서 ‘이 돈으로 과자 사 먹고 다시는 오지 마.’ 하고 싶지만 그게 그럴 수 있는 장난도 아니다.

원소는 유언비어에 속아서 또 군사들 태반을 잃었다. 나중에는 갑옷도 못 챙겨 입고 강가에다 짐이 될 만한 물건들은 다 버리고 잠옷 바람으로 강을 건너 달아날 수밖에 없었다. 강가에서 조조네 군사들이 획득한 전리품을 살펴보니 무기, 금은보화, C레이션, 관인 카드 등이었다.

그중에서 원소와 내통한 조조네 장수들의 밀서가 발견됐다.

순욱이 원소랑 내통한 자들을 없애버리자고 방방 뜬다. 하지만 조조는 “조용히 좀 해라. 그건 원소네 세력이 커서 개네들을 우리가 제대로 막을 수 없었던 상황에서 벌어진 일이 아니겠냐. 그때는 나도 어떻게 해야 좋을지 몰랐다. 하물며 다른 사람들이야 어땠겠느냐? 없었던 일로 하고 태워버려라.”

특종이 풍부한 종합 시사삼국신문

일요삼국

www.ilyosamkuk.com 제647호 판매기간 10월 1일

조조 군사, 원소네 군사 8만 명 살해 대승

유언비어에 속은 원소 잠옷바람 달아나

전쟁속보!

▶ 원소 강 건너고 보니 겨우 8백 명 남아
▶ 대패한 원소, 신세 한탄하며 계속 줄행랑 중

발굴 특종

원소네 비밀문서 발견!

조조 진영 내통자 리스트 大공개

● 조조와 있으면서 원소와 내통, 정보 빼줘
● "샅샅이 찾아내 처형" … 조조는 "없었던 일로"
● 조조가 폐기한 내통자 리스트, 본지 긴급입수

원소네 단골술집 마담 전격토로

"원소 도망갔으니 아이고~외상값 어디서 받나?~엉엉"

고질적인 '패전 후 외상값 떼어먹기 행태' 다시 고개 들어

전사자 호주머니 노리는

'전쟁 앵벌이'의 세계

"그저 손만 넣으면 다 내것…이만한 비즈니스 또 있나요?"
지역별로 세력 다툼 치열, 전쟁 유치를 위한 그들만의 비법

황실 뒤흔든 도박게이트

'바닥물 이야기'

무수리 J양, 내시 H군이 주도, 암호명 "큰판 한번 하실라우?"
불꺼진 부뚜막에 '기계' 설치…월급 몽땅 잃은 문지기 P군 자살

별자리로 전투운세 점치던 도사의 이중행각

적군에게 정보 주고 큰 돈 챙긴 기막힌 사연

동행취재 | 주막 수질 탐방대

님들아! 여기가 바로 특급 1급수닷!

● 새로 생긴 주막 돌며 '수질' 파악 후 입소문 내
● 주모, "탐방대가 영업 상무, VIP 대접"

인기연재 전투전략 활용술 ④

미인계 대처법? "딱 한 번만 하고 쌩까는 방법이 최고"

"우리 사랑하게 해주세요"는 최악의 행보

고마운 여자들 다수 확보, 오빠가 이기나? 내가 이기나?
지칠 때까지 팁 1만 원…막가는 노래방도우미 실태 고발

ISSN 1739-4228

이 소식을 들은 후 날개를 푸드덕거리며 남몰래 안도의 숨을 내쉰 박쥐들이 있었을 거다. 이거 쉬운 일이 아니다.

마늘쫑 추가 구라 _ 1970년대에 유명했던 신촌 어떤 술집의 주인은 영화 조감독 출신이었다. 조감독 생활로 먹고살기가 쉽지 않을 때여서 술집을 개업했는데 문화예술인들의 단골 술집이 되었다. 문화예술인들의 특징은 화제가 늘 풍부한 반면 주머니는 늘 비어 있다는 사실이다. 또 있다. 술값이 있건 없건 한번 찾아간 술집은 단골이 된다는 거, 말도 안 된다고 생각되는 걸 우기는 거, 심한 술주정! 싸우다가 몇 대 맞아서 머리가 깨져도 고소 안 하고 그 다음 날 때린 놈이랑 같이 술 마시는 것 등등!?

회사원들은 쪼매 이해하기 어려운 특성들이 있다. 주머니가 늘 비어 있어도 그 자리에 가면 꼭 그 사람들이 있었다. 가끔 누가 원고료를 받는다든가 출연료가 생기면 집에 안 가지고 가고 그 집에서 다 퍼마시는 일이 기적처럼 생기는 술집이었다. 어느 해 12월 31일 밤 12시쯤, 그 집 형수님이 외상장부를 들고 화가 나서 한마디 하셨다.

"야, 이 인간들아, 이 외상장부 좀 봐라! 손님 많으면 뭐 하냐? 전부 외상인데! 니들 내년에는 외상 좀 하지 마라. 돈도 많이 벌고!"

이렇게 울부짖으시면서 불이 시뻘건 난로 아가리에 외상장부를 던져 넣어 태워버렸다. 박수! 짝짝! 호호! 낄낄!

새해를 그렇게 맞이했고 다시는 외상하지 않겠다고 결심하던 그들은 다시 외상을 했고 연말이 되면 지들이 먼저 '태워라, 태워라!'를 외쳐대서 매년 외상장부는 난로 안으로 장렬하게 사라져갔다는 전설의 집이 있었다.

나도 가끔 그 집에 갔었는데 그 이야기를 듣고 감동 먹었다. 20년쯤 지나 인사동에서 '학교종이 땡땡땡'이란 찻집을 할 때 매년 12월 31일은 가게에 남아 있는 모든 먹고 마실 것을 손님들에게 공짜로 주고 한 해를 마무리했다. 1년에 한 번은 그냥 줄 수도 있잖아! 그치!

조조는 감옥에 갇혀 있던 저수도 풀어줬다. 하지만 저수는 "내 사전에는 항복이란 단어는 없다."

조조가 "원소는 자네 말을 안 들었는데 어째서 원소에게 미련을 두는가?"

"그럴 수 있는 거지, 안 그래? 그치."

결국 저수를 풀어줬지만 말을 훔쳐 원소에게 달아나다 잡혀 죽었다. 아깝다, 그놈! 쯧! 쯧!

헌데 나는 정말 궁금하다. 전쟁이 끝나고 나면 시체들은 어떻게 처리했을까? 그냥 놔뒀을 리는 없고! 장의사만 돈 벌었을까? 정답은? 알아서 처리했다.

조조가 혼잣소리로 '이젠 기주 공격이다.'라며 중얼거렸다. 원소는 겨우 800 기병을 거느리고 여양의 북쪽 해안에 당도하니 장의거(莊義渠)가 마중을 나와 있었다. 원소는 여기서 보약을 달여 먹으며 몸보신에 열중하고 있었다. 이 소식을 들은 과거 원소네의 패잔병들이 주섬주섬 모여들어 제법 숫자가 되었다.

어느 날 점심으로 삼선짬뽕을 먹다가 "그때 전풍 말을 들었어야 했는데……"라는 혼잣말이 입 밖으로 튀어나왔다. 봉기가 "무슨 그런 말씀을 하세요. 우리가 졌다는 소문에 감옥에 갇혀 있던 전풍이 손뼉을 치면서 좋아했다는데요."

"뭐? 내 이놈을 그냥!!"

짬뽕 그릇이 날아간다.

"야, 너 먼저 기주로 가서 전풍을 죽여라." 하고 자기 칼을 내준다. 전풍을 죽이라는 사자가 떠난 줄도 모르고 담당 간수는 전풍에게 "축하드립니다. 원소 장군이 크게 패하였으니 다시 풀어 높은 자리 하나 주지 않겠습니까?"

"아이구, 나는 이제 죽었네."

"아니, 왜 죽는다는 거지요?"

"원소 장군이 겉은 너그러운 거 같아도 속은 밴댕이야. 이겼으면 몰라도 졌기 때문에 날 죽일 거야."

오징어튀김 추가 구라 _ 나도 그렇더라. 나이를 먹으면 세상 일에 너그러워질 거 같고 사물을 보는 눈도 깊어질 거 같은데 나이를 먹을수록 더 소심해지더라. 별거 아닌 일에 잘 삐치고 남들이 보면 화낼 때가 아닌데 화를 벌컥 내서 주위 사람들을 당황스럽게 하고(속으로 나도 놀라면서) 어떤 사람한테서 안 좋은 소리를 들으면 남들이 전부 다 그렇게 생각하는 것처럼 생각돼서 쪼잔해지고 속이 좁아져서 병목현상이 생기더라. 그냥 통과가 안 되고 생각의 병목현상으로 며칠째 소통이 안 되더라.

● 구라 심리학 _ 나이를 먹을수록 속이 좁아지고 소심해지는 것은 몇 가지 복합적인 이유가 존재하기 때문이다.

첫째, 나이를 먹을수록 사회적 지위가 높아지고 연장자에 속할 가능성이 높아지면서 대접받을 거리가 많아지기 때문이다. 사람은 누구나 대접받기를 원한다. 그러나 모임에서 젊은 사람이 나이 든 사람들과 함께 있으면서 자신이 대접받기를 기대하지는 않는다. 반면, 나이 든 사람들은 당연히 자신들이 대접을 받을 것이라 예상하고, 기대를 한다. 그런데 자신의 기대가 어긋나면 무시당했다는 생각이 들고, 그래서 화가 치밀어 오르는 것이다. 조기축구회에서 공을 차고 물을 한 잔씩 돌리더라도 연장자순으로 돌아가지 않으면 바로 핀잔을 듣게 되는 것도 같은 맥락에서 이해될 수 있는 문제다.

둘째는 육체적으로 약해지면서 자신감이 결여되어 피해의식이 작용하는 것이다. 다른 사람들이 나를 무시하지 않을까 하는 생각을 늘상 하게 된다. 쉽게 표현하면 자격지심의 또 다른 표현이라고 생각할 수 있다. 자신감이 결여된 사람일수록 자신이 혹여 무시당하지 않나 하고 촉각을 곤두세운다. 나이를 먹었음에도 불구하고 자신감에 충만한 사람들은 자신이 무시당했다는 문제제기를 덜하게 된다.

셋째, 상대적으로 사회적 지위가 떨어진다고 생각하는 사람들이 화를 잘 낸다. 이것도 마찬가지로 일종의 자격지심인데, 동년배의 다른 사람들은 경제적으로나 사회적으로 성공을 했는데, 자신은 그렇지 못하다고 생각할수록 집단 내에서 사소한 것으로 화를 내고 삐치기도 한다.

원소가 전풍의 말을 들었으면 이번 전쟁을 일으키지도 않았고 그랬다면 지지도 않았을 텐데! 내가 삼국지 안 쓴다고 우겼을 때, 써봤자 팔리지도

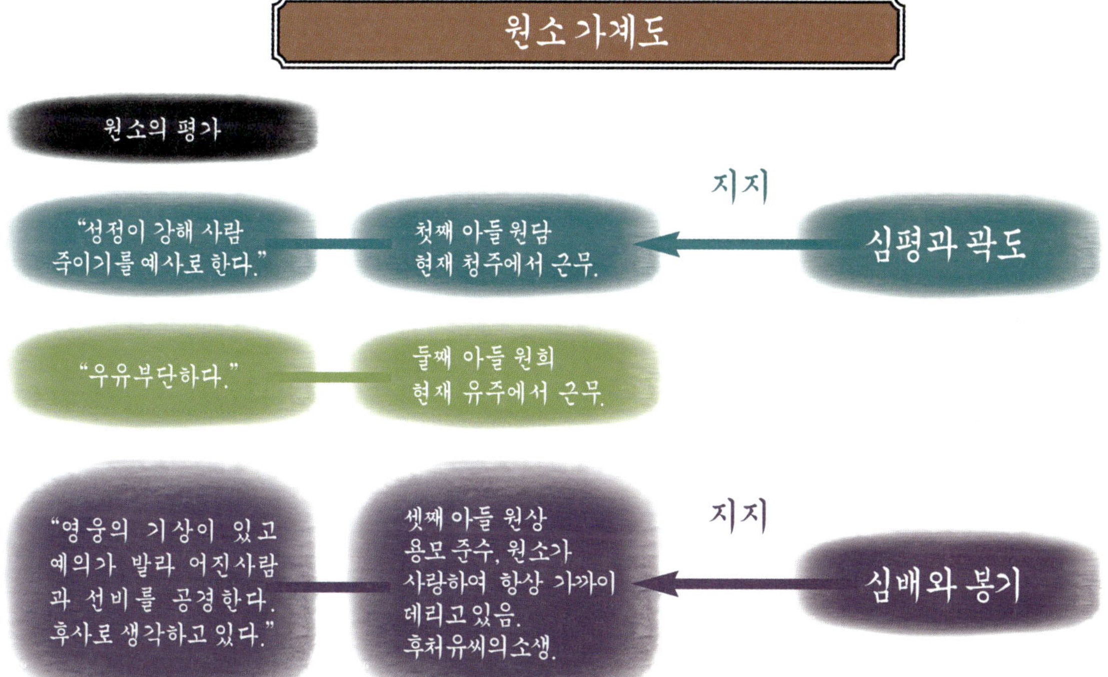

않을 거라고 말해줬을 때 말 들었어야지. 소담출판사 이태권 사장은 왜 말 안 듣고 우겼을까. 이거 쓴다는 게 얼마나 힘든 건지 알고나 그랬을까? 지금도 잘 팔릴 거라고 생각하는가? 확 때려치우고 어디 푸른 바다에 놀러 가고 싶다. 아아! 아아 아아악! 소리치고 싶다.

그날 밤 전풍은 "주인을 잘못 만나 섬긴 것도 나의 무지로구나!"라는 말을 남긴 채 끝내 자결을 하고 말았다. 아, 불쌍한 우리의 같은 전(全)씨! 고이 잠들라!

어느 날 잠자리에서 원소 아내 유씨가 "후사를 정해야겠어요."

곽도가 결론을 내준다.

"지금은 군사들도 지쳐 있고 적군이 국경에서 혓바닥을 날름거리고 있습니다. 지금 후사문제를 거론해서 형제간의 분란을 만들 필요가 전혀 없습니다. 시기적으로 별로 안 좋습니다."

원소가 빨리 결정을 내리지 못하고 있는데 다음 날인 목요일에 원희(袁熙)가 유주에서 군사 6만을 이끌고 오고, 금요일 저녁 원담(袁譚)도 청주에서 군사 5만 703명을 이끌고 오고, 토요일 아침에는 고간(高幹)도 병주에서 군사 5만과 함께 원소를 도우러 오니 원소는 '또 한번 붙어봐야지!' 하는 생각에 입이 째진다. 돈 떨어지면 비리비리하던 놈이 돈 조금 생기면 쓰지 못해 안달하는 경우가 있다. 월요일까지 비리비리하던 원소가 그 짝이다. 군사들이 좀 모이니 조조랑 붙으러 나갈 생각이 제일 먼저 떠오른다.

허장성세를 떠는 것보다 나은 처세술

– 유비, 목숨이 위태롭다

한편 전쟁에서 승리한 조조는 국민들을 잘 다스리기 위해 다음과 같은
포고문을 내렸다.

1. 민폐 끼치지 말 것. 논밭에다 오줌 누면 그걸 자를 것이다.
2. 닭 한 마리, 개 한 마리도 도둑질하지 말라. 닭이나 개 취급을 해줄 것
   이다.
3. 부녀자를 희롱하지 말라. 나도 참고 산다.
4. 노인들을 공경하라. 어르신들과 맞먹으면 막 맞는다.

뿐만 아니라 마을회관을 지어 노래방 기계도 설치해주고 잔치를 베풀어 동네 노인들의 환심을 잔뜩 산다. 노인들의 건의도 받아들여 의료보험으로 검버섯 제거도 할 수 있게 해주니 노인들에게서 얻는 정보도 많다. 원소가 유주, 청주, 병주, 기주 등 네 개의 주에서 군사 2~30만 명을 모아 창정(倉亭)에서 훈련시키고 있다는 정보도 칠성이 노인한테서 들은 유익한 정보였다.

하루는 조조가 원소가 진을 치고 있다는 곳까지 친히 나가니 원소가 새 디자인의 새 갑옷을 입고 말 위에 앉아 있다. 조조가 "너 보약 먹고 있다는 소문이 있던데 그냥 항복할 수 없냐. 죽으면서 후회하지 말고."

원소의 아들들이 이 말을 듣고 가만히 있을 수 있나. 셋째 아들 원상이 쌍칼을 휘두르며 앞으로 나온다. 조조네 서황의 부장 사환이 나가 치고받고 몇 번 하니 원상이 말을 돌려 달아난다. 사환이 쫓아가는데 갑자기 원상이 말을 돌려 화살을 쏘는 반칙(누가 갑자기 도망가다 되돌면서 활쏘면 안된다고 했는데 반칙이래!!!)을 한다. 날아온 화살이 사환의 왼쪽 눈에 맞아 말에서 떨어져 죽는다. 원소는 첫싸움에서 아들이 이기니 사기가 살아나서 진격명령을 내린다. 조조네 군사랑 일대 혈전이 벌어진다. 찌르고 베고 써니 여기저기서 최후의 비명과 단말마의 고함이 솟구친다.

"어머니—!"

"영식이 엄마! 잘 있어, 윽—, 나는 간다."

"나는 조조 군이 싫어요!"

피비린내가 진동하고 떨어진 머리통이 말발굽에 밟히는 아수라장 속에서 밥 먹고 싸우자는 징소리가 들리니 양쪽 군사들은 각자의 진영으로 돌아간다. 저녁 먹는 자리에서 조조네 정욱이 우리 군사를 상류로 불러 원소를 유인해서 격파하자는 안을 내놓는다. 그렇게 하면 우리 쪽 군사들에게는 더 이상 퇴로가 없으니 필사적으로 싸울 거라는 거다. 조조가 밥숟가락을 놓고 머리를 끄덕이자 다시 그림으로 설명한다.

조조네 주방장이 설거지를 끝내니 검은 구름이 달을 가리고 밤이 제법 깊어 있다. 정욱의 말대로 군사배치를 마친 후 첫 번째로 허저가 원소네 진영에 잽을 톡톡 날린다. 원소네 군사들이 달려든다. 허저가 빠른 후드워크로 코너를 빠져나온다.

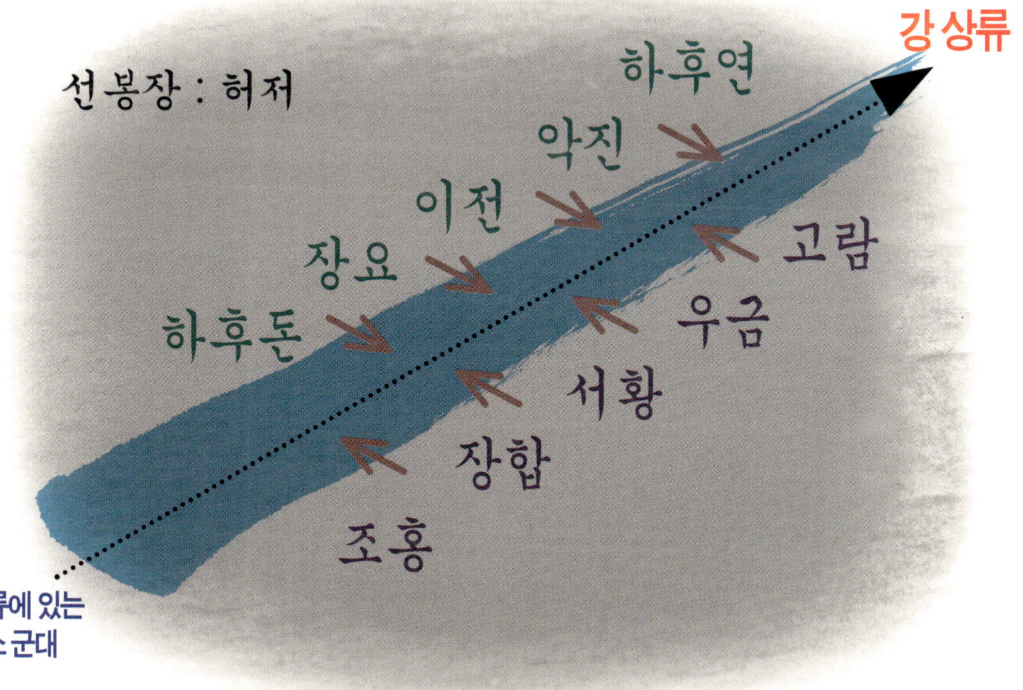

TV생중계 들어간다.

"네, 지금 원소네가 힘이 많이 남아 있어요."

"네, 말씀드리는 순간 허저가 링 밖으로 빠져나가 도망을 치네요."

도망가는 허저를 원소가 그냥 놔둘 리 없다. 군사를 이끌고 한참을 추격하고 있는데, 어디선가 조조의 목소리가 들린다.

"우리는 더 이상 도망칠 곳이 없다. 모든 군사들은 알아서 싸워라."

허저가 뒤돌아서 나비처럼 날아서 벌처럼 쏘아대니 적장 몇 명이 쓰러진다. 원소가 적진에 필요 이상 깊숙이 들어온 걸 깨닫고 돌아서려는데 좌우에서 하후현과 고람이 불쑥 나타나 길을 가로막는다. 2회전 공소리 땡! 하고 난 뒤 악진과 우금이 등장한다.

사면초가에 처한 원소 부자는 포위망을 겨우 뚫고 나온다. 원소는 숲속에 돗자리를 깔고 누워 비린 피를 토하며 "내가 지금까지 살면서 수십 번 싸워봤지만 이렇게 개박살 나기는 처음이다. 내 명이 다해가는 거 같다. 너희는 본국으로 돌아가면 다시 군을 모아 조조랑 붙어야 한다."

원소는 중상을 입은 아들 원희와 조카 고간을 붙들고 대성통곡하다가 기절해버렸다. 원상은 아버지 원소를 모시고 함께 기주로 가서 병상에 모시게 된다. 아버지가 병석에 누워 계시니 자연스럽게 원상은 비상대책위원장이 되어 군권을 장악하게 된다.

한편 조조네에서는 열띤 회의가 벌어진다.

"원소는 병상에 누워 있고 원상과 심배가 성지를 지키고 있습니다. 원담, 원희, 고간은 원래 근무처로 돌아갔구요."

"지금이 원소의 숨통을 끊어놓기 좋은 기회입니다."

"옳소."

박수 짝짝짝!

조조가 "우리 군대는 지금 먼 길에 지쳐 있다. 후방과 너무 떨어져 있기도 하고 또 지금은 1년 동안 백성들이 피와 땀을 흘려 농사지은 곡식을 거두는 계절이다. 추수철에 이곳을 전쟁터로 만들면 민폐를 끼치는 거다. 원소가 지금은 아프다 해도 심배와 봉기가 워낙 명장들이라……"

채 말이 끝나기도 전에 우체부7이 '편지요!' 하면서 편지를 전달해주니,

조 승상님께

승상께서 하북으로 간 틈을 타 유비가 여남에서
유벽, 공도와 공모하여 유벽에게 여남을 지키게 하고
본인은 대군을 이끌고 허창을 공격해오고 있습다.
동태가 심상치 않습다.
여기 진짜 우황청심천을 한통 구해서 같이 보냅다.
  － 순욱 올림

순욱이 보낸 것이다.

조조가 편지를 읽고 심장이 뛰어 순욱이 보내온 우황청심환을 한 개 까서 먹고 조홍에게 군사를 주면서 허장성세(실력이 없으면서 큰소리로 떠벌리는 일 ; 공부 못하는 놈이 시험범위만 알고 떠드는 일, 잘 서지도 않는 놈이 여자 이야기만 나오면 게거품을 물고 전국 사창가의 여자 값을 줄줄이 외우는 일)를 부리라고 하고 자기는 말에 올라탄다.

● 구라 심리학 _ 허장성세는 일종의 허풍이다. 허풍은 자격지심의 발로라고 할 수 있다. 사람은 누구나 남에게 무시당하거나 업신여김을 당하기보다는 대접받고 존경받기를 원한다. 자신의 부족함이 스스로 느껴질 때 사람들은 불안해하고, 자신을 보호하고자 하는 방어적 자세를 취하게 된다. 그래서 자신의 부족함을 감추기 위해 오히려 부족하지 않다고 강변하는 것이 허풍이 되어버린다. 그러나 불행히도 허풍은 오히려 자신의 부족함을 드러내는 꼴이 되기 때문에 조심해야 한다. 자신이 스스로 부족하다고 느껴지는 것이 있다면 다른 방법을 사용하는 것도 좋다. 첫째, 아예 내색을 하지 말라. 둘째, 차라리 밝힐 것이라면 허풍보다는 자신의 부족함을 그대로 전하고 이에 대한 마음가짐을 이야기하라. 상대는 허풍보다는 자신의 단점을 알고 이에 대처하려는 사람을 훨씬 존경하고 무서워하기 때문이다.

조조가 굳은 결심으로 "나는 지금 여남으로 가서 유비의 머리통을 이 안
장에 매달아 허창으로 돌아가겠다."

여기서 유현덕네 궁금하지요? 중계차 한번 불러볼까요!!

"네, 여기는 중계차입니다."

"유현덕은 지금 어디 있습니까?"

"네, 유현덕은 관운장, 장비, 조자룡과 함께 허창을 급습하려고 가는
도중에 양산 인근의 산기슭에 진을 쳐놨습니다. 운장은 동남쪽, 장비는
서남쪽, 자신은 조자룡과 함께 정남향에 진을 쳐놓은 것으로 파악되고 있
습니다."

 _ 우리는 지금 어느 방향에 있는가? 나의 직장에서 나의 집은 어느 방향인가? 내가 서 있는 곳에서 어머니는 지금 어느 방향에 계신가? 내 인생길은 방향을 잘 잡아서 나가고 있는 걸까? 우리는 무엇으로 인생의 나침반을 삼고 있는가? 사람으로 나침반을 삼는가? 돈으로? 명예로? 여자로? 술로? 도박으로? 이빨 까는 구라로? 나는 지금 방향을 잘 모르겠다. 가기는 잘도 간다. 서쪽 나라인지, 혹은 남풍이 불어오는 남촌인지!

조조는 제대로 방향을 잡아서 양산에 다다라 유현덕을 만나게 된다.

"나는 너를 언제나 귀빈처럼 대우를 해줬는데 어찌 배은망덕하는가?"

"너는 한나라의 승상이라고 하지만 사실은 나라의 적이잖아! 나는 한실의 종친으로서 천자의 밀조를 가지고 있어."

유비는 허창에 있을 때 받은 밀조를 내보인다.

조조가 "그 따위 거짓말로 조정의 이름을 파는 유비를 누가 잡아오겠느냐?"

이건 딴 이야기지만 청와대 사칭하는 놈들이 아직도 있더라! 사칭하는 놈이나 그거 믿고 뭣 좀 해보려고 했던 놈이나 둘 다 문제가 많은 놈들이다. 근데 그게 안 없어지네!

● 구라 심리학 _ 힘 있는 사람을 사칭해서 사기치는 사람들이 예나

'청와대' 팔면 通하더라?

▶ 日신문기자 "실세와 친분" 수주 청탁

▶ "공기업사장 시켜줄게" 4억여원 가로채

▶ 청와대 인사 사칭해 350억 사기 시도

"여권 실세 A의원과 호형호제" "청와대 B수석과 사돈지간" "대통령이 좋아하는 일본 C신문"….

청와대 직원을 사칭하거나 정치권 고위층 인사와의 친분을 빙자해 거액을 뜯어내려던 사기단들이 경찰에 잇따라 붙잡혔다. 범행에는 현직 변호사, 외신기자 등도 가담했다고 경찰은 밝혔다.

◆외신기자, 청와대 선물 위조

일본 유력일간지인 C신문 청와대 출입기자인 이모(45)씨는 지난달 12일 한 금융기관 정모(56) 서울본부장에게 술과 한과(韓菓)가 담긴 선물상자와 카드를 보냈다. 청와대 B수석의 이름이 적혀 있는 카드에는 "C신문은 매우 친한(親韓)적인 신문으로 대통령님께서도 좋아하신다. 한번 만나서 도와주길 바란다"고 적혀 있었다. 나흘 뒤, 이씨는 정 본부장을 찾아갔다. 그는 "친구가 운영하는 인테리어 회사가 당신 회사 서울 시내 지점의 리모델링 공사를 맡을 수 있도록 도와달라"고 부탁했다. 그러나 이씨의 행태를 의심하던 정 본부장이 청와대 비서실에 이를 확인하면서 이씨의 범행은 드러났다.

경찰 조사 결과, 이씨는 청와대 고위층과의 친분을 과시하기 위해 봉황무늬, 대통령의 서명이 새겨진 선물상자와 카드 등을 사용했다.

◆건축업자, 여권실세 친분 빙자

공기업 D사에서 부사장을 지낸 고모(65)씨는 2003년 3월 두 사람으로부터 '뜻밖의' 제의를 받았다. "여권 실세 A의원과 호형호제하는 사이"라고 자신을 소개한 임모(54·건축업)씨는 "D업체 사장에 발탁될 수 있도록 도와주겠다"며 로비자금으로 2억600만원을 요구했다. "검찰 고위 간부가 내 친동생"이라고 밝힌 그는 "국회의원과 골프를 치러 간다"며 고씨에게 고급 승용차까지 빌렸다고 경찰은 밝혔다.

같은 시기, 이모(51·건축업)씨는 "청와대 B수석과 사돈지간이다. D업체 사장을 시켜주겠다"고 고씨에게 접근, 2억3000만원을 받아냈다. 특히 이씨는 청와대 B수석과 통화하는 것처럼 행동하는 방법으로 고씨를 확신시켰다고 경찰은 말했다.

◆현직 변호사도 사기 행각

변호사 이모(50)씨는 지난해 11월 '청와대 집행관' 행세를 하는 곽모(52), 권모(51)씨와 짜고 건설시행업자 채모(38)씨에게 접근했다. 이씨 등은 채씨에게 "서울 양재동 농수산물유통공사 부지(시가 5000억원 상당)를 1650억원에 살 수 있도록 해주겠다"며 계약금 명목으로 350억원을 건네줄 것을 요구했다.

특히 이씨는 서울 대치동 자신의 사무실에서 채씨를 만나 "곽씨 등은 정부에서 구조조정 물건을 처리하도록 위임받은 사람들이 맞다"고 말했다. '계약이 성사되지 않으면 1억원을 변상해 주겠다'는 이행각서까지 써줬다고 경찰은 전했다.

그러나 채씨가 곽씨 등이 실제 '청와대 집행관'이 아닌 것을 확인, 청와대에 신고하면서 이들의 범행은 실패했다. 청와대 직원 확인 및 사칭 신고는 청와대 민원실(02-730-5800)로 하면 된다.

지금이나 사라지지 않는 이유는 뭘까? 답은 간단하다. 사기가 통하기 때문이다. 사건이 거짓으로 드러나고 이 같은 사실이 매스컴을 탈 때, 이를 지켜보는 우리 같은 사람들이야 도무지 이해가 가지 않는다. 저런 '말 같지도 않은 사기'에 놀아난다는 것이 이해가 가질 않는 것이다. 그러나 정작 사기를 당하는 사람들은 우리처럼, 아니 우리보다 더 똑똑한 사람들이 많다. 그런데 똑똑한 사람들이 당하는 이유는 뭘까? 이리 보고 저리 봐도 사기꾼의 농간이 진실로 여겨지기 때문이며 그건 바로 힘 있는 자들이 법 위에 군림하는 현실 때문이다. 친일파 세력의 후손들이 자자손손 부귀영화를 누리는 나라, 12·12 군사쿠데타를 일으킨 반역자들이 떵떵거리는 나라, 국민들의 세금을 끌어다가 회사 차려서 말아먹고 도주한 놈을 잡을 생각도 하지 않는 나라, 더 이상 말해서 무엇하리. 무전유죄요, 유전무죄가 상식인 나라에서 무소불위의 권력을 가진 사람들이 못 할 일이 어디 있겠는가? 누군가가 나에게 접근해와 귀띔을 해준다. 자기가 청와대의 고위간부와 호형호제하는 사이인데, 남들이 알면 곤란하니 나만 알라며 지금 그린벨트로 묶여 있는 모처의 땅을 사두면 큰돈이 될 거란다. 이런 말을 들으면 나는 무슨 생각을 하냐고? 청와대 고위 간부의 말을 믿어도 되나의 여부를 고민하지 않는다. 그까짓 그린벨트는 마음만 먹으면 힘 있는 사람들이 묶었다가 풀었다가 할 수 있다. 법은 필요없다. 바꾸면 되니까. 난 다만 그 사람이 청와대 고위 간부와 호형호제하는 사이인지 그것이 궁금할 뿐이다. 이제 사기꾼은 자신이 청와대 고위간부와 호형호제하는 사이라는 사실만 속이면 된다. 간혹, 힘 있는 사람들이 텔레비전을 통해서 하는 말이 있다. '아무리 힘이 있는 사람이라고 하더라도 법이 있는데, 그런 일이 가능하겠습니까?' 하지만 우리는 자신 있게 말할 수 있다. '가능합니다.'라고.

허저가 말을 달려 나가니 조자룡이 함께 날아가고 동남쪽에서는 관운장이 들이대고 서남쪽에선 장비가 밀어닥친다. 조조가 세 방향에서 공격을 당하니 먼 곳에서 달려온 조조네 군사가 유현덕네 군사를 당해내지 못하고 57리를 퇴각한다. 현덕네 1차 승리! 다음 날 조자룡이 나가 싸움을 걸었지만 조조네 군사들은 10일간 대응을 안 한다. 이번에는 장비가 나갔지만 반응이 없다. 반응! 이거 없으면 미친다. 웃기려고 준비한 말을 무대에서 했는데 관객 반응 썰렁~하면 정말 돌아버린다!

그날 밤 유비는 일기장에 '이상하다. 조조 전투 스타일이 저렇게 소극적인 스타일이 아닌데…….'

붓을 막 내려놓으려는데 삐뽀~ 삐뽀~ 비보가 날아든다.

"군량미를 운반하던 공도가 조조네 복병들에게 포위당해 전멸상태가 되었습니다."

"하후돈이 우회해서 여남성을 기습했습니다."

"조조가 여기 있다.
살 길은 항복 뿐이다."

적군이 앞에만 있는 게 아닌데 방심했구나! 여남엔 우리 가족들이 있는데.(가족부터 챙기자.)

이 소식을 들은 현덕은 장비와 운장에게 각각 공도와 여남으로 가서 군량 수송대를 구하라고 명한다. 하지만 시간이 흐른 뒤 장비가 적군에게 포위당했다는 참담한 이야기가 들려왔고 관운장하고는 아예 소식이 끊겨버린다.

조자룡이 나가 싸우자 하나 유현덕은 "그건 자살행위니 경솔히 행동할 때가 아니다. 우선 양산으로 퇴각하자."

군사들을 배불리 먹이고 밤이 되길 기다렸다가 캄캄한 밤길을 틈타 조심스레 퇴각한다. 한참을 가다 양산 근처에 도착했는데 산꼭대기에서 '유비, 저놈 잡아라.' 하는 함성이 들리고 산 위에서 바위가 굴러 내려오고 북소리, 꽹과리소리가 천지를 진동하는 가운데 불비가 쏟아진다.

"조조가 여기 있다. 살 길은 항복뿐이다."

하나밖에 없는 목숨에 도망갈 길마저 막힌 군사들은 항복을 선택할 수밖에 없다.

"항복!"

"니가 먼저 항복했어!"

"아니라니깐. 항복할 눈치는 니가 먼저 보였잖아!"

"빙고!"

"항복하는 데 무슨 서류가 필요합니까?"

"접수는 어디서 받나요?"

군사들이 여기저기서 투항하는 가운데 조자룡과 현덕의 목숨은 경각에 달려 있다. 조자룡이 현덕 옆으로 와서 "걱정 마십시오. 제가 길을 열겠습니다."

하지만 상황은 그리 호락호락하지는 않다. 허저가 앞을 막고 뒤에서는 이전과 우금이 죽어라 쫓아오고 있다. 유비 역시 죽어라 산 속의 가파른 길을 따라 어디가 어디인지 알 필요도 없이 밤새 달렸다. 깜깜한 어둠 속에서 오로지 살겠다고 도망가는 유비의 심정은 어땠을까. 유비는 이번 싸움을 다시 역전시킬 수 있을까. 도망가는 유비의 마음은 백만 가지 생각으로 복잡하다.

– 4권도 몹시 흥미진진해요! –

전유성의 **구라 삼국지**

3권 자신의 단점을 아는 자가 정말 무서운 자다

펴낸날 2007년 6월 4일 초판 1쇄

지은이 전유성
펴낸이 이태권
펴낸곳 소담출판사
　　　　서울시 성북구 성북동 178-2 (우)136-020
　　　　전화 | 745-8566~7　팩스 | 747-3238
　　　　E-mail | sodam@dreamsodam.co.kr
　　　　등록번호 | 제 2-42호(1979년 11월 14일)

ⓒ 전유성 2007

ISBN 978-89-7381-885-3 04810
　　　978-89-7381-882-2 (세트)

* 책 가격은 뒤표지에 있습니다.
www.dreamsodam.co.kr

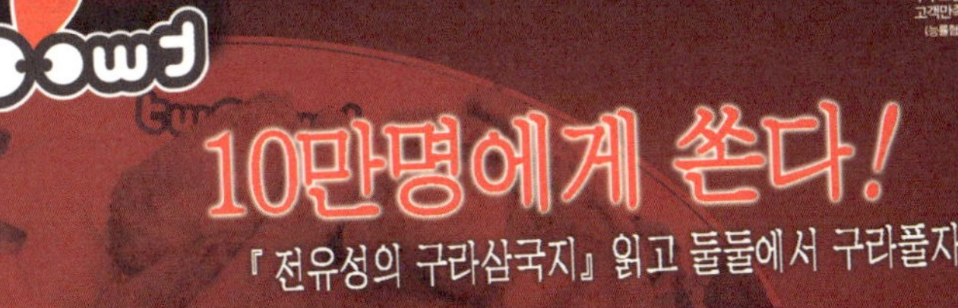

twoowl
10만명에게 쏜다!
『전유성의 구라삼국지』 읽고 둘둘에서 구라풀자!
맛있게 풀자!
둘둘과 함께~
2,000원
할인쿠폰!
절취선
※ 이 쿠폰을 가져오시는 모든 분들께 할인혜택을 드립니다.
(전 매장 사용가능, 타 쿠폰과 중복 사용불가)
♣ 할인쿠폰 사용기간 - 2007.12.31 까지 사용가능
01년~02년
우수프랜차이즈
고객만족도1위!
(능률협회주관)
04년 고객감동
베스트브랜드
대상수상!
(서울경제신문 선정)
2005년
CEO경영 대상!
(헤럴드경제 선정)
2005년 대한민국
명품브랜드 대상!
(한국일보 선정)
www.22chicken.co.kr

구라 유발자 전유성, 삼국지를 웃기다!
전유성의
구라
삼국지
값 각권 10,000원
나는 전유성을 대한민국 최고의 '구라 유발자' 로 추대한다. _ 소설가 이외수
전유성 씨는 엇박자를 통해서 세상의 모든 권위와 딱딱한 편견에 대해서 '조롱' 을 하고 있다. _ 영화감독 이준익
www.dreamsodam.co.kr 소담출판사

"너들이 중국을 알어"

★『전유성의 구라 삼국지』에서는 장비, 여포, 손권도 (　　　　)를(을) 친다.

❶ 마빡　❷ 구라　❸ 꽹과리　❹ 헤엄

정답:

＊정답을 적어서 보내주시면 추첨을 통해 중국여행의 기회를 드립니다.
♣ 당첨자는 소담출판사 홈페이지(www.dreamsodam.co.kr) 공고 및 개별통지

♣ 독자카드 ♣

이름 :

성별 :

나이 :

직업 :

이메일 :

구입동기 :

이 책에 대한 느낌 :

앞으로 소담출판사에서 나왔으면 좋겠다고
생각하는 책과 하고 싶은 말 :